Sjätte boken

”Låt inte andras beteende störa din inre frid.”
(Dalai Lama)

P-C Wike

Podder

[påd:er]

Spår av sändning i Köttrymden

Förlag: BoD – Books on Demand, Stockholm, Sverige
Tryck: BoD – Books on Demand, Norderstedt, Tyskland
Omslag: Windrike
Illustratörer: Ida, Joel, Villc
ISBN: 978-91-7569-486-3

Till mina filurer

Inledning
Om det som varit och sånt som blivit
samt allt som hänt och strunt som skrivits

På Laduviks Gård någonstans i Stockholmstrakten hade
allting haft sin gilla gång under god styrning av Rut och
Twist. På gården lever de numera i lugn och harmoni, eller i
alla fall i harmoni. Själva lugnet hade genom året fått
förhinder av Ruts framfart och ständigt nya skördar av
idéer.

När Twist dök upp i hennes liv hade hon bara en enda
önskan ihop med honom, och det var att de skulle leva ett
lugnt och kvalitativt liv utan tidspress och oförklarlig oreda.
Gården skulle få vara den plats där man fick skrota runt och
vara den man var. Aldrig skulle man behöva känna att något
måste försvaras eller dokumenteras. Ingen skulle kunna
tvinga igång några argumentationer, inget skulle behöva
bevisas eller kontrolleras och man skulle aldrig nödgas
motivera sina val, exempelvis för att hålla sin egen rygg torr
och fri.
Rut hade skäl för sina önskningar. Genom åren som
arbetstagare hade hon minst sagt arbetat för två. Ibland för
tre. Hon påbörjade sin arbetsbana som ung postsorterare på
ett stort företag i stan. Det var på sommarloven hon hade
arbetat med in- och utgående post på företaget. Snart tyckte
hon att arbetet var på tok för långsamt och stillastående
med enbart tre postturer om dagen så hon nosade upp nya
sysslor på arbetsplatsen att fylla upp tiden med. Kanske hon
kunde hjälpa till i köket och köra runt med kaffevagnarna på
alla våningsplan? Jo, det kunde väl gå för sig tyckte man.
Eller kunde hon tänka sig att fylla på förråden med
kontorstillbehör, alltså varenda ett på varje våningsplan? Ha
det som en syssla när postgångarna var över? Ja, svarade Rut

eller kunde hon kanske få göra alltihop, för inte fanns det väl något värre än tid som gick långsamt? Hon borde kunna ta såväl posten som kaffet och kontorsförråden. Eller?

Ungefär så hade det sett ut även på arbetsplats två och tre och om det inte var arbete i kvadrat, så var det arbete med studier samtidigt, och kanske även arbetet som följer med ansvar som mamma. Men en dag tog Rut plötsligt slut. Hon var någonstans i mitten av livet, hade fått tre barn och separerat från barnens pappa. Arbetena hade bytt skepnad, studierna var klara, två av barnen hade flyttat hemifrån och självaste Rut tappade orken. Hon kunde inte riktigt förstå varför, men med en snabb titt i backspegeln började hon skymta ett slags facit. Hon borde kanske varva ner några hekto.
På gården hade hon sin gamla häst installerad. Den hade följt henne genom livet och till slut blivit skabbig som en gammal snuttefilt. Hästen var numera begravd i en skogsglänta på tomten. Rut köpte några höns och en tupp som tillsammans gjorde storverk i hönshuset. Då knöt hon en kontakt men ICA-handlaren Bengt och tipsade honom om att starta en delikatess- och färskvaruavdelning på ICA där hennes ägg kunde säljas. Och så blev det.

Ganska exakt vid den här tidpunkten dök Twist upp som en glad annons i Ruts liv. Han arbetade med att hålla reda på andras nätverk och IT-portaler. Strax senare startade han ett eget företag och titulerade sig plötsligt konsult. Utifrån den positionen styrde han upp ordningen, eller rättare sagt oordningen, i statspolitikernas mejlsystem. När Twist träffade Rut och fick höra om hennes tankar om lugna livet, insåg han att det mest troligt var grejen även för honom så han tackade ja till Rut och hennes tankar. Han sa ja till gårdslivet, till hästen och hönsen och... okej då, en ko kan vi väl mäkta med också, sa Twist.

Det de inte visste var att kon var dräktig och en vacker
höstmorgon födde kon sina kalvar. De var tre stycken och
de utvecklades så småningom till tre majestätiska varelser.
Två kvigor och en tjur. En häst, några höns, en tupp och
fyra kreatur. Det var hanterbart och helt okej.
Så levde de lyckliga i alla sina dagar. I det som Rut kallade
för lugn och harmoni. I det som Twist kallade goda livet
och i det som många skulle kalla det förnämsta av
livskvaliteter.
Men så ringde telefonen. Det var Bengt, den arga och tvära
ICA-handlaren som plötsligt fått en anledning att ta till
skitstämman och skräna runt. Ett av Ruts ägg, alltså ett av
Ruts hönors ägg, hade kläckts mitt inne på ICA. Denna
tillblivelse hade fått kunderna att reagera med stor
förtjusning och Bengt med att bli bindgalen.

Bengt var en före detta laduviksbo. Det hade han varit
sedan tidernas begynnelse men flyttade till England där han
bodde under ett drygt decennium för att ta hand om sina
pengar. På den tiden arbetade han med att hålla oskattade
pengar gömda, göra små pengar stora och svarta pengar
vita. Just det och lite till gick åt pipan om man uttrycker det
hela mycket kort. Han var tvungen att fly landet snabbt och
diskret och valde då att återvända till Laduvik där allt var sig
likt och huset hans stod kvar där han senast lämnade det. Så
snart han kommit hem syntes han på ICA's avdelning för
mejerier och med lite av varje utöver det. Med åren hade
han arbetat sig upp och fått mer och mer ansvar, en roll
som han trivdes i men inte var riktigt lämpad för. Bengt
avskydde allt som inte var i ordning. I hans ordning alltså.
Han var helt enkelt för nervös och principfast för att få
riktig rulle på ansvarsbitarna. Ett exempel på det var att han
inte ens kände igen sina arbetskamrater. Förklaringen till det
var att han satt allt för mycket på sitt kontor.

Nåväl, Bengt och Rut hade den kontakten de behövde och sanningen var den, att var det någon som hade Bengt lindad runt sitt lillfinger så var det Rut. Ändå skrek Bengt så att membranet buktade sig i telefonluren den där dagen. Han skrek som om han sett sin nemesis i den gula lilla dunbollen, och beordrade Rut att omedelbart hämta hem den där förbannade kycklingen som nyss kläckts. Så då gjorde Rut det. Folk skulle kunna kliva in på ICA, utföra sina ärenden och sedan betala utan att störas av tjo och tjim hade han sagt. ICA-Cindy som kunderna kvicktänkt hade döpt kycklingen till hämtades omgående hem av Rut, och Bengt fick löfte om att det som hänt aldrig någonsin skulle hända igen.

Med tiden visade det sig att ICA-Cindy inte alls var en Cindy, i alla fall inte som en höna, utan snarare som en tupp. Med två tuppar i hönshuset blev det ännu fler ägg och givetvis också en eller annan höna till. Det i sin tur ledde så småningom till ett nytt hönshus men innan det stod klart hände helt andra grejer.

Rut och Twist hade en liten sidoinkomst en gång per år och det var julgransförsäljning på gården. När folk hade hämtat sina granar låg det alltid en hög av överblivet, stickigt elände på gården. Den högen tenderade att ligga kvar, fast något mindre stickig, genom hela vintern och en bra bit in på våren. Twist sågade och så eldade de, men det var ett drygt arbete att göra sig av med allt. Särskilt sedan Twist erbjudit sig att också ta emot de färdigdansade granarna vid tjugondag Knut. Rut som älskade att googla på grejer för att lösa problem, lära sig nytt och få idéer, kom att hamna på en sida om getter. Bara så där. Hon föreslog Twist att de skulle skaffa ett litet bestånd med getter. Jordens klokaste djur, som hon kallade dem. Hon hade läst att en fattig familj kunde överleva med hjälp av sin enda get, samt att getter åt det som bjöds. Till exempel grankvistar.

Så då blev det ett gäng Lappgetter, en utrotningshotad art. Det var viktigt för Rut att inte bara ta en getsort helt random. Kunde man slå två flugor på smällen så gjorde man det. Det de också snabbt blev varse, var att just den utvalda getmodellen krävde enorma ytor. Tomten som gården låg på var faktiskt enorm så det var bara att påbörja arbetet med att konstruera ett stort gethägn. Ett modernt och snyggt gethägn med boxar och foderautomater, värmande avdelningar och inhägnade strövområden. Den getostproduktion de redan startat upp i liten skala, utökades i och med att getterna fick det bättre, Det blev dräktiga honor, killingar och mer mjölk. De inhandlade kylar och all den teknik som osttillverkningen värd namnet krävde och snart hade Laduviks ICA ytterligare en delikatess att sälja. Färsk getost.

Till deras hjälp med allt som plötsligt behövde tas itu med, hade de Mini, grannens vuxne son. Rut och Twist hade sett honom gå sysslolös på familjens ägor dag ut och dag in. Pappa Mac hade en livslång försörjning och erfarenhet bakom sig som båtmotorreparatör och tillsammans med hustrun Pia-Carin hade de bott och arbetat på samma ställe sedan de var unga. Numera fanns där också en liten tax som Pia-Carin skaffat som sällskap eftersom hennes gubbar jämt hade fullt upp som hon uttryckte det. Sanningen var snarare den att det var Pia-Carin som hade fullt upp. Hon hade börjat skriva böcker och detta med sådan frenesi att hon knappt hann med något annat. Hon var som ett orensat avlopp enligt Macs sätt att beskriva det. Tryckeriet på förlaget som katalogiserar hennes böcker hade under en period helt satt igen och hennes produktivitet var enorm. Det upplagrade flödet av tankar som legat i träda sedan oändligt många år tillbaka, hade plötsligt sprängts sig igenom fördämningen. Det fanns liksom ingen stoppknapp som kunde hejda henne längre. Utom Yahoo då förstås. När den sötnosen tittade bedjande på Pia-Carin för att uttrycka

sitt behov av smekningar eller en promenad, då var det bara
att ta en paus.

Macs och Pia-Carins båtmotorverkstad ligger mitt emot
Ruts och Twists gård och därifrån hade Mini observerats
som en ömsom sysslolös och ömsom deprimerad person.
Rut visste inte så noga, men antog att något inte stod rätt till
med sysslolösheten, och i gethägnsbygget fanns gott om
arbete för ett par händer till. Det var inledningen till ett
samarbete dem emellan. Mini var den som med fantastisk
känsla och plikttrogenhet skötte djuren på gården. Han var
mycket noggrann och ansvarstagande och det var helt tack
vare Mini som Rut och Twist ibland kunde lämna gården.
Minis liv hade på inget sätt varit lätt att förstå, men det hade
fått en helt ny mening i och med arbetet på Laduviks gård.
Detta arbete var hans första riktiga anställning och han hade
äntligen blivit självförsörjande. Samarbetet dem emellan
utvecklades till att utforma gården till Laduviks mest
centrala plats. Orten hade dittills betraktats mest som en
sovstad men fick nu lite färg på kinderna tack vare Ruts och
Twists olika gårdsprojekt. Och de var många. Rut hade ofta
huvudet fullt och hon gillade när det hände saker.
Så snart gethägnsbygget var klart började Rut smida planer
på att starta ett äppelmusteri. Det var som så, att i samma
stund som en idé väckts i hennes huvud, satte hon sig vid
tangenterna och googlade fram vilka möjligheter det fanns
att ro idén i hamn. Hon såg bara möjligheterna, inte
svårigheterna, riskerna eller flopparna. Även här kunde både
Mac och Mini bistå med hjälp och snart såldes även gårdens
must både på gården och på ICA. Samtliga av gårdens
produkter fanns givetvis att köpa hos Rut men genom
leveranserna till ICA fanns en stadig inkomst att tillgå varje
månad.

Nästa projekt var att se till att deras provisoriska
julmarknad, den då de sålde julgranar och gårdsprodukter,

bjöd på glögg och tilltugg, blev lite mer etablerad. De behövde så klart förbättra marknadsföringen och utöka försäljningen. Även den idén gick i lås.

På julmarknaden sålde de julgranar, getost och äppelmust plus att de hade kafeteria och matservering. Ruts mamma Maja hade gjort chutney och lemon curd som såldes. Pia-Carin sålde sina böcker och handstöpta ljus. Mac sålde en egentillverkad väggprydnad som var ljusstake och blomvas, allt i ett. Mini och Bengt tog hand om julgransförsäljningen vilket var något Bengt njöt av i fulla drag medan Mini nog helst hade velat sälja Bengt men behålla granarna.

Med på några av gårdens upptåg, bland annat julmarknaden, hade Pernilla och Tobbe varit. Pernilla är Bengts dotter, fast det är mest på papperet. De hade inte världens bästa pappa-dotter-relation, vare sig före eller efter det kom fram att Bengt hade tagit Pernillas katt. Katten hade suttit utanför Bengts ytterdörr en dag och utan att veta vems den var, snodde han den. Eller katten snodde sig själv, kan man säga. Den bara travade in och bosatte sig. Pernilla och Bengt mest bara hälsade artigt på varandra om de sågs på ICA men så mycket mer var det inte.

Till julmarknaden hade Tobbe bryggt öl och Pernilla hade bakat och fixat all maten tillsammans med Rut. Alla deras gemensamma ungdomar var med och jobbade och drog sitt strå till stacken. Pernillas barn Tor, Emil och Fia. Tobbes barn Malte och Simona och givetvis även Ruts barn Sigge, Sixten och Siri. Engagemanget som var och resultatet av det, hade blivit en succé. Dels i fråga om antalet besökare, dels fick Laduvik ett uppsving som plats på kartan och dessutom samlade de ihop pengar. Planen med julmarknaden var att starta en insamling för världens flyktingar, det hade de alla varit överens om. Till och med Bengt.

Pernilla och Tobbe bor i andra änden av Laduvik, sett från gården. Pernilla jobbar som speciallärare på högstadiet på ortens skola. Som lärare har hon huvudet fullt. Ständiga tankar på elever och lektionsupplägg, strategier för bemötande och mer eller mindre avancerade planer. Frågor med många svar runt tankar om skolutveckling och progressioner. Varje höst behöver nya tag tas om det som egentligen ser likadant ut från år till år. Det är bara överraskningarna som skiljer sig åt. Rädslan att inte räcka till och oron över att uppdraget varje år ska innebära för stora utmaningar finns där inför varje ny läsårsstart.

Tobbe arbetar som ansvarig över datatrafik och leder teknisk support på olika företag i stan. Configuration Manager skulle det stå på hans visitkort om han nu hade några. Han har också rollen som incidentledare på ett av företagen. Det innebär i korthet att han periodvis ska finnas tillgänglig dygnet runt för att lösa ärenden var som helst i världen. Under dessa perioder har han tre eller fyra telefoner som han bär med sig överallt. Ibland glömmer han dem, till exempel vid sänggåendet och då vaknar hela familjen mitt i natten av att det låter som att ett helt tivoli slagit upp sin verksamhet där hemma.

Tillsammans ägnar Tobbe och Pernilla mycket av sin fritid åt båtar av olika sorter. De har en äldre modell av daycruiser som tar dem ut på sköna sommarsvängar runt om i skärgården men som också gräver djupa hål i plånboken. Dessutom har de två olika segelbåtar, små femmeters katamaraner som de använder mest för träning och banseglingar. Mellan dessa två eller tre båtar pendlar de runt under årets åtta månader, mellan april och november. De tävlar årligen i smått som i stort och placerar sig både högt och lågt. Förutom olika klubbtävlingar hemmavid har de tävlat även en bit bort, exempelvis i södra Sverige och på västkusten. De åker också till Grekland varje år och seglar, ibland två gånger och alltid till samma ställe för även där kan man tävla fast i andra vindar. Vindarna som bjuds på den specifika platsen finns nästan ingen annanstans i världen. De är jämna och hårda, utan vågor och i varmt vatten. Vid det här laget har de också farit runt på andra tävlingar utomlands. I Tyskland och Italien, utanför Australien och i Österrike. Under kommande säsong planerades det för bansegling både i Schweiz och utanför Holland.

Pernilla och Tobbe är med sin motorbåt ständiga kunder hos Mac. Han hör till den äldre generationens båtmotorreparatörer och det finns ingenting som inte Mac kan lägga sina läkande händer på men han avskyr alla varianter av tekniska nymodigheter. Det är nog en av förklaringarna till att han aldrig når njutningen av sin pensions otium. Han har för mycket att stå i men trivs rätt gott med det.

Som en slags gårdens övervakare och Ruts turbringare finns en stenhård trätomte i röd akryldräkt och kladdigt skägg. Den var från början Tobbes och Pernillas, men Rut och Twist adopterade den. Pernilla kallade den för fultomten, fast övertygad om att den förde otur med sig. För Rut hade det blivit precis tvärtom. Eftersom allt hade gått hennes väg sedan tomten kommit till gården, kallade hon den för turtomten. Platsen där allting pågick kallade Rut för köttrymden och hon var fast övertygad om att köttrymdsvardagen var det finaste en människa kunde ha. Den var tuff, obarmhärtig, hård och krävande men också lärorik, kärleksfull, påhittig och levande. En tillvaro där samarbete och gemenskap höll ruljangsen i gång. Så som det fortfarande kan fungera in real life, i den verkliga världen.

Ett av de senaste projekten hemma hos Rut och Twist var att bygga ett helt nytt hönshus. Det bygget förde med sig att det gamla hönshuset blev tomt, vilket varade i knappt en vecka, innan det på nytt fylldes. Denna gång var det förvisso inte av höns utan av antikviteter. Gärna i kombination av festsugna människor, gårdsprodukter till försäljning, skolungdomar som pluggade på sina läxor... eller av potatisbollar med smör och lingonsylt.

Mac, Pia-Carin och Mini plus de två medelålders paren Rut och Twist, Tobbe och Pernilla, ser sig om lika mycket bakåt som framåt för att inte säga åt alla håll för att hantera vardagen. Nu har de börjat lära känna varandra riktigt väl och inser verkligen inom vilka områden de kan ha både glädje och nytta av varandra. De har som så många andra, många beröringspunkter och varierade kompetenser som kompletterar varandra på alla möjliga vis. Var och en av dem har verkligen allt de kan önska, utom det kanske viktigaste av allt; förmågan att varva ned. De är alla ganska lika varandra men det finns tillräckligt många olikheter för att det ska bli spännande. Olikheter och mångfald, viktiga ingredienser för att få livet att spänna mellan högt och lågt, stark och svagt, mjukt och hårt.

Tillsammans hjälps de numera åt att inspirera varandra till att fortsätta spana, vara nyfikna och utmana sig själva och varandra. Som en kontrast till alla minnen de delar, börjar de verkligen förstå värdet av stunden. Tillsammans är de oslagbara.

Kapitel 1
Om bländande blåljus och gomorrisgrejs
samt lingonsylten och brottsstatistik i paradiset

Polisen anlände först. Scenen de mötte när de kom till platsen var ingen trevlig syn. De hade fått larm om skottlossning, att några skottskadade och att minst en person hade dödats.

Gården var full av folk. Många sprang, eller snarare vimsade planlöst omkring. En kvinna ränte fram och tillbaka mellan de olika husen. Hon bar på hinkar, trasor, tallrikshögar och kastruller. Varje gång hon såg ut att ha grepp om vart hon var på väg, ändrade hon plötsligt riktning och började röra sig åt motsatt håll. Det var ett sorl och ett tjoande utan dess like. Många grät och ojade sig. En äldre man stod böjd över gräset och kräktes. I hans sällskap stod en kvinna med en liten hund. En synnerligen liten tax kunde man notera.

Poliserna identifierade snabbt var de skulle sätta in sina resurser. En person låg på marken, alldeles stilla, uppenbart skadad, kunde eventuellt vara avliden. I en halvring bakom kroppen satt ytterligare några människor på huk. De var nedstämda, någon grät högljutt och några såg ut att turas om med att hålla uppsikt över den som låg på marken. Personen verkade helt livlös och flera stod böjda över kroppen. Rätt som det var satte sig personen upp och var snart uppe på fötter. Det var en man. Han stod stilla en stund. Strax därpå var det som om en våg fortplanterade sig i kroppen på honom vilken avslutades med en pop som stannade upp hans rörelse. Han hamnade i ett fryst läge och aktiviteten stoppades. Det hela avslutades med ett par glides innan han återigen la sig ner.

Tre personer satt som uppflugna i varsitt träd. En åt på ett äpple och en läste ur en bok. Den tredje dinglade obesvärat med benen som märkligt nog såg ut att bli längre och längre för varje dingling som gjordes.

Twist betraktade hela scenen från den plats där han stod en bit bort. Han studerade den röran som uppstått på gården. Det sagolika lugn och den harmoni som nyss upplevts bland alla gäster och palttallrikar var nu ett minne blott. I utbyte pågick i stället en alldeles uppskruvad aktivitet av lika uppskruvade människor. Twist såg getter som bräkte och flockades runt varandra på ett ovanligt, nära nog nervöst sätt. Han hörde hönsen kackla såväl hest som högljutt och några av dem hade en ton som svajade och hackade, så där som en ljudleksak gör med svagt batteri. Ändå verkade det som om de försökte överrösta varandra, helt utan paus. De var som besatta.

Polisen hade nu nästan nått fram till personen på marken för att se om de kunde hjälpa honom på något sätt. Trots att de nyss sett hans poppingdans var han den som verkade mest skadad och i störst behov av hjälp. Mannen som hade kräkts blev ompysslad av kvinnan med taxen. Intill mannen på marken kunde poliserna notera skärvor av trasigt porslin och något rött som runnit på porslinet. Det röda såg ut som blod. Det var definitivt blod tyckte Twist därifrån han stod. Samma röda såg ut att ha smetats ut på väggen i staketet ovanför. Kladdet hade börjat precis under nischen och sedermera övergått till ett drällande närmare marken. I samma staket var det ett hål, liknande ett skotthål. Bakom staketet höll alla getter hus. Getterna som nyligen hade bräkt och steppat runt blev helt tysta när poliserna tittade på dem.

Twist som hade följt poliserna med blicken höll en hand uppe på sin panna för att skydda sig från det vassa blåljuset

som roterade från en lampa på polisbilens tak. Han såg
precis allt som polisen sett från det ställe han befann sig.
Skillnaden för Twist var att han också såg poliserna och
deras rörelsebanor. De betedde sig inte stort mycket
redigare än Rut på sina vandringar med disk över gården.
Liksom planlöst fram och tillbaka.
Inne i gethägnet syntes en man som sprang runt i cirklar.
Han sprang runt, runt, runt men bytte varv lite då och då
antagligen för att inte stupa av yrsel. Mannen höll en bössa i
handen och skrek, ömsom av skratt och ömsom av glädje.
Ansiktet syntes inte eftersom ett bockhuvud var trätt över
huvudet men Twist såg på kläderna vem det var. Och så på
bössan så klart. Det var Bengt som fortfarande höll ett hårt
grepp om Blunderbussen av antikt snitt. Poliserna tog sig in
i hägnet för att avväpna och lugna honom och så snart det
var gjort delade de upp sig. Den ena tog sig an Mini, vilken
var den som låg skadad på marken medan den andra
försökte locka ner dem som satt i trädet. Pernilla, Tobbe
och Tor. Tillsammans förberedde de sedan analys av blodet
som hade runnit längs väggen och besudlat den trasiga
tallriken.

Mitt i allt detta såg Twist att Leif GW Persson satt och
förde anteckningar över hur poliserna skötte sig på
brottsplatsen. Han studerade och skrev om vartannat.
Emellanåt plockade han med sina glasögon. Han sköt dem
upp i pannan och så ner i ansiktet där han la dem tillrätta
över näsroten. Han skrev och studerade, flyttade runt
glasögonen och log försmädligt varje gång poliserna klev
sönder bevismaterial och brottsspår. Ibland ställde han sig
upp och antecknade lite brottsstatistik med en vit penna på
en glasskiva. Han skrev: *Antal döda rävar = noll*

På den plats som Twist stod och spejade över röran på
gården, hade han som sagt full överblick. Det underliga var
att ingen såg honom. Ändå hade han inte gömt sig, nej han

stod bara under en björk, inte bakom eller så. Björkens lövverk pillade honom på ett irriterande sätt i huvudet hela tiden. Detta pillande hade pågått ett tag men Twist var så inne i att studera det han hade framför sig att han inte kom loss ur sin position. Med ett litet kliv åt sidan hade problemet varit löst. Tänk vad många gånger ett litet steg kan bli en lösning på något, började han tänka. Å andra sidan kan samma steg leda till ett felsteg, fortsatte han i tanken medan han kikade bort mot Bengt och Blunderbussen. Leif GW greppade sin krycka, reste sig upp och gjorde en ny notering. *Lingonsylt*. Vid det här laget log han inte bara utan ett svagt kluckande hördes som fick hela den stora magen att guppa. När han ändå var på plats vid glasskivan fortsatte han att rita upp lite brottsstatistik som om hans enda uppdrag på platsen var att läxa upp poliserna.

Dödligt våld 2015: 112
2016: 103
77 män
26 kvinnor
Skjutning vanligast
Utöver det: Kniv 40 %
Resterande; Strypning, slag, trubbigt våld

Pillandet hade fortsatt där uppe på Twists huvud, eller inte bara fortsatt förresten, utan snarare tilltagit. Det liksom krasade som om något strävt drogs över huvudet. Samtidigt hördes ett svagt, nästan lite hemtrevligt brummade. Twist vände sig mot infarten och försökte se förbi blåljusen bort mot stora vägen. Inte ett fordon syntes. Brummandet fortsatte och krasandet på huvudet likaså. Twists fötter hade blivit blytunga. Det gick bara inte att röra sig en millimeter och hur mycket han än ansträngde sig för att lyfta en av sina fötter, stod han som fastgjuten i marken. Brummandet och krasandet tilltog, han kunde svära på att det kändes lite fuktigt också på huvudet men även armarna var blytunga

och omöjliga att lyfta. Det sista han uppfattade från GW's tavla var en ny text. En av poliserna hade med lingonsylt på fingrarna skrivit *type this:* <(")
Sen vaknade Twist.

Han föste bort katten från huvudkudden och drog med handen över huvudet. Det var inte blött, men väl så fuktigt av kattens slickande. Just att slicka var kattens sätt att umgås. Rut hade berättat att katten alltid gjort så och hennes teori var att katten blivit tagen för tidigt från sin mamma. Rut låg bredvid honom och trynade gott. De hade fått sovmorgon dagen till ära eftersom hela huset fortfarande var fullt med ungdomar sedan paltfesten för två dagar sedan. För morgonrutinerna på gården fanns således gott om resurser vilket föranledde Twists och Ruts morgonvila. Sixten och Siri som inte ofta var på plats där hemma fick god stöttning av Sigge som vid det här laget hade järnkoll på allt som behövde fixas. Mini var som vanligt i tjänst, bara oändligt mycket mer moloken efter det som hänt. Så klart. Sådan man är när man förlorat en viktig vän.

Vilken sjuk dröm, tänkte Twist. Fast inte helt långt från verkligheten ändå. Men några poliser hade förstås inte kommit. Inte heller någon kriminologiprofessor. Däremot hade de distriktsveterinären på besök sent på kvällen. Usch det var verkligen hemskt, stackars Ulvar. Mini hade nog aldrig varit längre ifrån att dansa popping än just denna kväll.
Mac hade kräkts som en hund av palten, eller *mest troligt* på grund av palten, det var väl inte fullt utrett ännu. Mac hade som ett första intryck tyckt att det varit gott sa han. En potatisklump som toppats av fläsk och badade i smält smör, hur svårt kunde det vara? Så klart att han gillade det. Men magen hans reagerade, varpå han började bälga i sig mjölk och plötsligt krängde det till i magen. Det hade känts som

en eld där inne, och minuten efter att Bengt sprungit ut med Blunderbussen, hade Mac sprungit efter. Till ljudet av skottsalvorna kräktes han tills hela magen vänt sig ut och in.

GW's notering i drömmen, "Antal döda rävar = noll", stämde den med. Räven som Bengt var på jakt efter kom undan, och den som troligtvis var mest lättad över det var nog Tobbe. Han hade annars grämt sig i månader. Skulle hans dammiga, frånvarande klantskalle till svärfar ha lyckats skjuta räven som jagats av Twist och honom själv i flera år? Och detta med ett enda skott från en antik väggprydnad? Över min döda kropp, hade Tobbe sagt. Det där med att de jagat *en* räv var visserligen inte sant utan bara uttryckt för att måla scenen mer effektfull. Både Tobbe och Twist var alltid sugna på jakt och hade försökt skjuta flera stycken men väntade nu mest bara in det rätta tillfället. De hade börjat spekulera i om en fälla i skogen vore mer givande för jaktlyckan för hittills hade det verkligen inte gått särskilt bra. Att Tobbe satt i ett träd och åt på ett äpple i Twists dröm var i ren symbolisk mening ett uttryck eller en parallell till myten om paradiset. Twist log när han tänkte vidare på drömmen. Uppenbart var det så att Pernilla sträckt över äpplet till Tobbe i hopp om att det skulle ge honom bättre förstånd. Därefter hade hon satt sig lugnt på sin gren och börjat läsa som för att markera att hon hade ordning på sitt eget förstånd. Hon bara inväntade den vredgade Guden som hon visste var i antågande. Gud skulle komma och vrida om örat på Tobbe, i tron om att han stulit frukten. Förvisningen från paradiset var nära. Medan detta utspelades bar Rut disk som en besatt, hit och dit, en reaktion så typisk henne när hon blev nervös eller pressad.

Två dramer lämnade sina spår på gården. Två händelser de pratat mycket om sedan festen. Den ena var att Ulvar blivit skjuten. Skottet som Bengt fyrade av var nog aldrig ens i närheten av någon räv utan den träffade i stället palttallriken som Twist ställt hos tomten i staketnischen. Räven som fått spår på matdoften, hade precis fått ner tallriken på marken och snott palten när Bengt slängde sig ut. Skottet gick rakt mot gethägnet, eller rättare sagt rakt igenom planket och träffade Ulvar på andra sidan. Tomten hade landat på marken bredvid den trasiga tallriken. Armen och skylten hade gått av och var spårlöst borta. Eventuellt hade räven fått med sig både palten, armen och skylten på flykten. Nu var det givetvis Ulvar som fick allt fokus och inte tomten, så arm och skylt kan kanske ha sparkats iväg någonstans när alla på festen hamnade i rörelse.

När de konstaterat omfattningen av Bengts och Blunderbussens aktivitet, tog Pia-Carin hand om de gäster som inte tillhörde familjen och serverade dem kaffe på maten. Hon hade vid det laget gett Mac Yahoos koppel och skickat hem dem båda så att Mac fick vila upp sig. Några av gästerna hade inte möjlighet att vara kvar längre på kvällen men var oerhört nöjda och ville trots det som hänt gärna komma tillbaka. Herrn i familjen blinkade till Pia-Carin och sa att de mer än gärna ville återkomma inte minst för det som hänt. Äntligen, sa han, händer det något i den här gudsförgätna hålan. Exakt vad som hade hänt kände de kanske inte riktigt till.

Alla som visste något om skillnaden mellan det som var dött och levande, fattade att Ulvar var död. De som kunde något ytterligare om det här med skjutskador såg också att det var fråga om en omedelbar död. Ett bröstskott. Rut blev uppriven och Twist fick tårar i ögonen men det var Mini som behövde all tröst. Han var utom sig av förtvivlan när han sjönk ner på huk bredvid Ulvar. Sigge, Sixten och Tobbe hjälpte till att mota bort de övriga getterna och under tiden landade Mini i en ny position och hamnade i fosterställning bakom Ulvars mjuka rygg. Maja och Pernilla sprang och hämtade ett par filtar från palzerian och la dessa över Ulvar och Mini. Alla samlades och bildade en varm, trygg kärleksring runt Mini och Ulvar där de sörjde tillsammans. Sixten och Sigge tog plats när de var klara. Tor, Siri, Tareq och Waheed likaså och så satt de en lång stund allihop. För Minis skull. Pernilla la sin hand tungt på Minis överkropp. Ingen sa ett ord.

Twist gjorde en kattsträckning på sin sida av sängen. Med vänster ben åt ena hållet och höger arm åt det andra fick kroppen sig en vridning och en sträckning samtidigt. Efter en stunds tänjande bytte han sida. Rut rörde sig lite där hon låg.
Twist gnuggade sig i ögonen och pillade bort lite ögonvar. Ganska nyligen hade han läst en artikel som legat framme där hemma. Rubriken löd: "Tack och lov för att det finns ett språkråd" och efter att ha läst ingressen höll han faktiskt med. Enligt språkrådet är det just ordet ögonvar som gäller. Ytterligare förslag som funnits i jakten på det perfekta ordet på det man pillar ur ögonen när man vaknar var listade. Nattfjärilar, tänkte Twist, det var väl ändå ganska gulligt och kanske också sovgubbar. Men fortsättningen? Vad sägs om geggbollar, tapetklister, guldklimpar eller gojs? För att inte tala om förslaget gomorris, det lät ju mer som en könssjukdom. Nä, tacka vet jag språkrådet, tänkte Twist. De har tagit tag i grejerna här och beslutat att ögonvar fick bli ordet.

"Jag tror inte att det var palten som fick Mac att kräkas", sa Rut plötsligt.
"Men godmorgon", svarade Twist. "Jag visste inte att du var vaken. Vadå, tror du inte?", fortsatte han.
"Jag har legat vaken till och från i natt och funderat. Nej, faktiskt inte. Eller i och för sig, han sa att han mådde illa av palten men jag tror att det var någonting annat. Typ att han kände skuld för vad som hände eftersom Blunderbussen är hans".

”Oj, du menar för att den bara var att rycka ner från väggen,
att den var laddad och i brukbart skick?”
”Japp”.
”Det får vi ju ta ur honom. Alltså, det var inte precis han
som hade envisats med att ha sakerna i palzerian. Det är vi
alla som har utövat grupptryck mot honom. Först hånat
honom för alla gamla saker och sen antytt att han borde
ställa ut dem och sedan tjatat på honom. Näe, det vore för
hemskt om det var så att han trodde felet var hans”. Twist
tystnade.
”Men hur kunde Bengt veta att det fanns ett skott i bössan?
Han reagerade ju snabbare än en råttfälla. Han måste ju ha
känt till att det fanns nåt slags material i loppet?”
”Mmmm, han är bra lurig den där”.
”Ja, du kanske har rätt. Man kan bli riktigt nyfiken på hur
han egentligen fungerar. Snabbt försvann han också när han
hade förstått vad som hänt. Så typiskt Bengt, att agera först
och tänka sen. Jag måste ringa honom idag och höra hur
han har det”.
”Tur att hans Englands-dotter var här precis då, så nån tog
hand om honom. Pernilla såg mest ut att vilja krypa ur
skinnet av skam”.
”Igen. Hon får alltid skämmas över sin pappa. Hon kunde
inte sluta tjata om hur en enda människa av fyrtiotalet glada
festprissar kunde spåra ur så fullkomligt. Hur det var
möjligt? Han förstörde ju allt. Hon tänkte på dig, som
planerat i veckor, alla som hade jobbat för att få till det och
Maja som kämpat så för allas trivsel”.
”Du”, sa Twist. ”Jag är säker på att det var för Maja som
Bengt skulle spänna upp sig. Han är ju galet förälskad i
henne. Det blev nog för mycket med all mat, doften av
fläsk, smöret som ringlade och all kärlek i palzerian. Det
blev tilt för gubben”.
”Dags att gå upp va? Klockan är halv nio”.

Kapitel 2
Om klackar, lack och flykten från kriget
samt doppen i badviken och pilten i Johannesörten

Tobbe började jobba tidigt i augusti. De inledande dagarna på jobbet var plågsamt varma. Han hade kontakt med Pernilla som fortfarande var ledig och hade det skönt på hemmaplan. Hon satt ute i bikini och läste, lyssnade på sommarpratare och började så sakta tagga upp inför sin egen jobbstart. Plötsligt ändrade sig vädret mot slutet av veckan till mer växlande molnighet. En växling som snart blev totalt utan sol och i stället enbart mulen och ganska regnig.

Än var värmen tillräcklig för att räcka till lite småutflykter kvällstid. För att slippa nu-börjar-vi-jobba-och-hösten-är-här-känslan gjorde de gärna så. Besökte skärgårdskrogar, gjorde kvällsutflykter och åt utomhus. Ett par kvällar deltog de i grannortens allsång. Den var populär som tusan och alltid fullbokad. En öl, lite snacks och trubadurer, sånt var aldrig fel.

Tor var fortfarande på konfirmationsläger. Sextio ungdomar hade bussats ut till skärgårdsidyllen, cirka elva mil norrut. Bara en ungdom av alla dessa hade ångrat sig och ville hem men resten av gänget fick minst sagt ett minne för livet. Pernilla och Tobbe hade kontakt med Tor och gruppen via Instagram. Direkt när konfirmanderna kommit fram till lägret, lades en instagramprofil upp. Där kunde man sedan följa dem varje dag. Instagramsidan innehöll information om sådant de gjorde och hur lägrets upplägg såg ut. Det fanns gott om bilder på omgivningarna och filmer som visade de olika uppgifter de ägnat sig åt.

Gården de höll till på var enorm. En stor, grönskande
gräsmatta och flera byggnader. En helt ny byggnad på cirka
fjortonhundra kvadratmeter inrymde en stor samlingssal
och två längor med sovrum. Ungdomarna delades upp i
rummen i söder- och norrlängan på var sida av ett
mittskepp. Mitt i huslängan fanns undervisningssalar och
samlingsrum.
Tor bodde med två andra killar i rum nummer tio,
Johannesörten. En kiosk fanns på området också.
"Prästbyrån", och den var öppen en timme per dag. Man
deponerade sin godispeng i början av vistelsen och kunde
sen tugga i sig tills den var slut och förbrukad.

Mitt på området fanns ett rött träkapell. Kapellet bestod av
ett enda rum, med tjocka takbjälkar i det höga taket.
Rymden i rummet kändes stor eftersom det var öppet hela
vägen upp till nocken. Ljuset smet in i springorna mellan
plankorna. Ett stort samlingshus tog också plats på gården.
Det var där prästen och alla ledare bodde och där de alla åt
tillsammans. Prästen på lägret var samma präst som vigde
Tobbe och Pernilla för ett antal år sedan. Det kändes extra
fint.
En kort bit från alla dessa byggnader låg badviken. Där
gjordes simtest första dagen men sen var det bad, segling
och paddling som gällde. Det var även i den viken som Tor
döptes. För utan dop, ingen konfirmation.

Som ett av augustidagarnas evenemang för att bevara
sommaren åkte Tobbe och Pernilla till lägret för att hälsa
på. Två besöksdagar var inlagda för föräldrar som ville
komma och se hur deras barn hade det. Lördagen ena
helgen och söndagen i den andra, då även
konfirmationsmässan stundade. Huruvida Tor uppskattade
besöket var osäkert men de hade sina skäl att närvara. På
lördagen var det nämligen dop för de sju som inte var
döpta, däribland Tor. Pernilla tyckte att det var så otroligt

kul att se Tor igen, det var en månad sedan sist eftersom de
varit i Österrike när lägret startade. Han och hans kompisar
var jätteglada, eller egentligen var det kanske mest Tors
kompisar som var jätteglada. Tor var bara lagom glad. De
visades runt innan det var dags för dopet. Kikade i rummen,
i samlingssalarna och övriga ytor.

Alla besökarna samlades i det röda kapellet och alla
konfirmander stod vid altaret, men bara de som skulle
döpas hade sina vita kåpor på. Var och en av de sju fick en
konfirmationsledare till fadder. Prästen och lägerchefen
ledde själva ceremonin kring dopet. Det var inledningsord
och tackord:

*"Gud, vi tackar dig för detta barn. Välsigna dem som bär ansvar för
barnen (föräldrar, faddrar och vänner). Fyll dem med din kärlek, så
att de kan ge ömhet och trygghet. Hjälp oss alla att leva så med
varandra att vi tillsammans får glädjas över dopets gåva".*

Om man stannar upp här en stund och tänker på barn som
ingen bär ansvar för, vare sig Gud eller föräldrar. Barn som
blir utnyttjade eller förskjutna och som aldrig ges ömhet och
trygghet. Barn som kanske inte ens har några föräldrar. Barn
som blir misshandlade och lämnade, vars föräldrar eller
anhöriga aldrig känt tacksamhet över dem. Och barn som
inte fylls med kärlek utan enbart med känsla av oduglighet
och skam… ja då vill man bara gråta. Det här var en sådan
dag.
Därefter var det befrielsebön. Prästen och lägerchefen la
handen på Tors huvud. Prästen frågade honom vilket hans
namn var och sa sedan:

*"Gud, du som ensam räddar från allt ont, befria Tor från mörkrets
makt, skriv hans namn i Livets bok och bevara honom i ditt ljus, nu
och alltid. Tag emot korsets tecken på din panna, på din mun och på
ditt hjärta".*

Prästen tecknade ett kors i luften över Tors panna, mun och hjärta och det såg ut som om Tor gjorde sitt yttersta för att åtminstone ta emot prästens ord. Hur det var med Guds ord var mer osäkert. Efter kapellstunden tågade de alla ner till badviken. Allra först gick korsbäraren och sedan prästen. Därefter de som skulle döpas och övriga konfirmander. Sist gick de anhöriga. En efter en av de som skulle döpas leddes ner i vattnet och doppades tre gånger i Faderns, Sonens och den Helige Andens namn. Det var rejäla dopp, inget larv med ett tunt strilande från prästens handflata. Nej då, utan hela Tor var under vatten. Sista stunden i vattnet, precis efter tredje doppet, stannade prästen tiden i en sådan otroligt fin närhet till Tor. Hon strök honom på huvudet och gav honom en kram innan de återvände till stranden. Där väntade hans fadder med en handduk och ett tänt dopljus. Pernilla som är så långt man kan komma från skolad i kristen tro, tog reda på vad korset, kåpan och dopljuset symboliserade. Det var det minsta hon kunde göra hade hon kommit sig fram till. Korstecknet är den gudomliga kärlekens tecken, den långa kåpan är påminnelsen för den döpta att förstå att växa och mogna och den vita färgen symboliserar förlåtelsen. Dopljuset symboliserar världens ljus som ska vägleda, upplysa och värma. Det var good enough, tyckte Pernilla. Högst rimligt.

Dagen var fantastisk. Sol och ljumma vindar, en utedag i naturens tecken. Pernilla tog en bild på träkapellet, la in den i ett inlägg på Facebook och skrev: *"Var på dop idag. I ett vackert kapell med sagolik stämning. Världens finaste var huvudpersonen. Platsen för dopet var badviken och alla gick i tåg dit. Korset och prästen först och alla dopungdomar efter. Fantastiskt. En underbar dag med en stämning man sällan känner bland så många människor. Avkopplande, kärleksfullt, minnesvärt"*.

Efter dopet var Tobbe och Pernilla kvar en stund och åt en medhavd tårta som höll på att sjunka ihop alldeles i

sommarvärmen. Eftersom Tor hade fullt upp med att
upptäcka världen genom den döptes ögon syntes han inte
till under resten av dagen. Hans besökare fick därför klara
sig på egen hand under tiden de var där.
Det de då hittade var konfirmandernas schema över måsten
och städning samt samlingsplatser för var de skulle vara på
dagarna. Uppgifterna rullade under veckornas gång och
återkom flera gånger. Samlingsplatserna var ställen som
badviken, kapellet, hallen, matsalen, lekparken eller
flaggstången beroende på vilken aktivitet det handlade om.
Städning, lektion, mat, beachdans, sång eller Instagram stod
på programmet.
Att hålla ordning och äta var ett måste och att kunna något
om Bibeln likaså. Ett antal sånger skulle repeteras och en
dans skulle klaffa, det hela skulle visas upp en vecka senare
på själva konfirmationen. Att ha en grupp som ansvarade
för rapporterna på Instagram gav föräldrar och andra på
hemmaplan möjlighet att följa lägret och konfirmanderna
själva fick ett minne efteråt.

Klockan åtta varje dag var det väckning och halv tio andakt.
Däremellan åt de frukost. På förmiddagen var det ett två
timmars långt lektionspass innan lunch. Från klockan ett låg
det ett fritids- och båtpass på tre timmar. Klockan fyra till
fem var det städning och efter middagsmålet vid halv sju
blev det lektioner igen innan kvällspasset på en timme.
Dagen avslutades med kvällsfika och en kvällsmässa. Just
kvällsmässan var Tors bästa stund enligt honom själv. På
kvällsmässan tände de ljus i kapellet och hade en mysig
stund, säkert med berättelser och samstämmig sång till
gitarr, gissade Pernilla. De avslutade kvällen med en stor
kramring, där alla kramade alla innan det var hopp i säng
som gällde… NOT! För då började kvälls- och nattspringet,
konfirmandernas eget midnattslopp. Då var det ingen som
följde något som helst schema.

En ny dag kom med väckning klockan åtta, frulle, andakt och så vidare under alla sjutton dagar. Fast Tor tyckte att det kändes som tre. Han stormtrivdes.

Från här tänkte Pernilla att hon nog ändå, och till slut, hade närt en konfirmand vid sin barm. Eller i alla fall vid prästens barm. Nu kanske det kunde vara slut på bistra tillrop, ständiga tjat om swishningar och önskningar om att få det alla andra hade. Nu hade nog ynglingen, i det religiösa vyssandet, tillförts värdefulla nya idéer om hur skört livet var och att man ska vara tacksam och rädd om det man har. Värden som beskriver människans inre rikedom, allas lika rätt, att man i det stilla och långsamma också kan finna nöje. Men väl hemma igen började jagandet, snapchattandet, SOS-alarmen, sambandscentralen och tidsmatchandet som om ingenting hade hänt. Som om de alla bara utsatts för ett litet tillfälligt avbrott. Myrornas krig var tillbaka. Aldrig trodde väl Pernilla att hon var den som nu messade en annan förälder med orden:
"Hej förlåt om jag stör, men är Tors Bibel hos er? Han sa att den nog åkte med i Filles packning efter konfan och sen har han visst inte prioriterat att hämta hem den (smiley). Tänkte hojta till innan den helt kommer på avvägar". Det var givetvis Pernilla som fick hämta hem den igen. När hon med varsam hand placerat Guds uppmaningar och Jesus mirakel längst ner i cykelkorgen tänkte hon att det mesta nog trots allt var som vanligt igen. Att det kanske var det som var livets mening.

Telefonen ringde och Pernilla sträckte sig för att nå den. "Halloj! Vad händer?", hörde hon i andra änden och där var Tobbe.
"Hej! Jag sitter ute i solen och försöker fånga de små strimmorna som molnen släpper fram. Lyssnar ömsom på radion och ömsom drömmer mig tillbaka till Tors dop och konfirmation. Det var fina dagar".

”Visst, det håller jag med om. Vilket ställe de var på,
jättemysigt. Ungdomarna verkade ha haft det himla bra där.
Alla var så schyssta på ett stillsamt vis, sådant man är ovan
vid. De kändes lugna och utvilade”.
”På tal om det”, svarade Pernilla. ”Eller tvärtom inte alls på
tal om det utan mer på tal om hur olika livets skördar träffar
barnen på denna jord. Efter sommarprataren lyssnade jag på
ett annat program på radion. Om de ensamkommande
flyktingbarnens berättelser”.
Pernilla försökte återge det hon nyss hört. Om flickan från
Somalia med svår epilepsi. Hon hade många anfall per dag
och vart och ett av dem var så kraftfulla att hon var helt
utom sig efteråt. Den svenska sjukvården hade sällan eller
aldrig sett allvarligare tillstånd av sjukdomen än denna
sjuttonårings epilepsi. Och anfallen kom tätt. Därifrån hon
kom, såg man sjukdomen som ett tecken på att man var
hemsökt av andar så hon hade blivit förskjuten genom hela
sin uppväxt. På okänt sett, hade hon ändå beretts plats på
ett lastbilsflak för att fly från Somalia. Mitt under färden
hade hon fått ett anfall och blev därför avkastad från sin
plats på flaket. Ingen ville väl ha andar ombord.
”Va? Är detta på riktigt?”, hördes det från Tobbe.
”Japp det är det. Flickan hade berättat att det värsta var
kanske inte flykten, utan hur mycket hon avskydde sig själv
och sin kropp. Vem ville dela sitt liv med andar, hade hon
sagt. Inte förrän nu i Sverige hade läkarna lyckats övertyga
henne om att det alls inte handlade om att hennes kropp
hade blivit hemsökt utan att det var en sjukdom som utlöste
anfallen. Att det fanns medicin att få. Hon hade svårt att ta
in deras ord om att hon var lika bra och normal som alla
andra. Tänk att ha växt upp med en fast övertygelse om att
vara besatt, det är ju inte klokt”.

Pernilla tog ett djupt andetag och presenterade ytterligare en
historia. Den om pojken som vid fyra års ålder blivit
föräldralös och tvingats ta hand om sina syskon. En

tvillingsyster och en liten bebis. Att vara ett så litet barn och bära det största av ansvar hade satt sin prägel. Efter åratal av tillsyn och beskydd, hade han nu lämnat sina systrar och flytt till Sverige för att kunna tjäna pengar. Han missunnade sig allt. Varenda krona skickade han hem till systrarna och hoppades innerligt att han en dag skulle lyckas flytta dem till Sverige. Han hade aldrig sovit i en säng och gjorde det fortfarande inte. Trots att han inte behövde bo på gatan längre eller sova på marken, låg han aldrig i sin säng. Han sov på golvet i sin lägenhet.

”Men vad jag babblar”, avslutade Pernilla sitt berättande. ”Du kanske ville nåt när du ringde?”

”Otroligt hur en del får ha det”, svarade Tobbe. ”Jo, jag blir nog kvar här ett tag. Islamabad och Kabul ligger nere, men det är inte jag som är incidentledare den här veckan så jag ska bara se vad jag kan göra innan jag åker hemåt”.

”Okej, och jag som hade tänkt att vi kunde ta en öl eller kvällsfika i baren på Mälarpaviljongen”.

”Bra idé, det hinner vi säkert. Jag hör av mig senare”.

Pernilla la ifrån sig telefonen och tänkte ömsinta tankar om sin Tobbe. Exempelvis tankar kring konfirmationen då den fantastiska plastpappan, styvfadern, extrafarsan eller morsans snubbe, alltså Pernillas bästa hälft… körde dem alla för att delta i konfirmationen. Han styrde på krokiga vägar, genom landsbygd och åkrar, förbi gruvhål och loppmarknader, aktioner och nedlagda bensinstationer. De åkte längre och längre bort förbi lanthandlarbutiker som blev mindre och mindre. En butik delade fastighet med ett sjöfartsmuseum, så där som det är på landet. De jämförde det de passerade med Laduvik och kom fram till att det fanns många likheter. En mindre ICA-butik, muséet med Macs antikviteter, gårdsbutiken, en enda pizzeria, loppisar och mycket grönt omkring. Fast ändå med mer fart och liv. Laduvik hade lätt kunnat uppnå samma grad av sovstad som det de passerade, om det inte varit för Rut och Twist som sparkat liv i hålan.

Pernillas tankar landade åter på Tors konfirmationsdag och Tobbes insats för att det skulle bli en lyckad dag. Han hade lånat ut sin finskjorta till Tor. Filmat och fotograferat hela tilldragelsen och sedan stekt hamburgare till Tors alla närmaste. Han grillade så flottet stänkte och såg det kanske som ett skönt avbräck till haverier i internettrafiken i Kabul, uppdatering av appar och ominstallationer av programvaror. Pernillas egen insats för tillställningen var att tänka igenom vilken mat de snabbt och enkelt kunde få till efter en heldag på tomma magar. Något ätbart som alla gillade i ett sällskap där åldersspannet löpte mellan två och åttio år. Så klart, hamburgare med olika brödsorter och tillbehör. Klyftpotatis och grönsaker, vad kunde egentligen gå fel? Tobbe och Pernilla ställde i ordning bord och stolar i formen av ett långbord som de sedan dukade. Pernilla slängde ut stora geléhjärtan på den vita bordsduken. Hon var själv nöjd över hur dekorativt det blev men log lite åt konversationen som blev runt dukningen.

”Va?”, hade Tobbe sagt. ”Ska du lägga godis på bordet? Då kan man inte äta dem sen”.
”Jaså, kan man inte? Du tänker att den som är sugen på ett geléhjärta stålsätter sig från att ta ett, bara för att det inte ligger i en skål? Nähä, då får de väl enbart vara till dekoration då”.
”Jamen då så. Då kan man ju slänga ut pennor och lite av varje över duken då. Menar du det? Du, tänk om alla gjorde så?”
I såna här upplägg var Tobbe och Pernilla väldigt olika. För Tobbes del skulle det vara som det var tänkt och avsett, och ingenting annat. Pernilla å andra sidan, nästan roade sig med att göra på alternativa sätt. Sån var hon och det trivdes hon med.

”Får jag fråga en sak”, sa Pernilla.

”Mmmm”, hördes det från Tobbe som kände sig säker på att det skulle komma en liten föreläsning eller ett allvarsprat nu. Det gjorde det alltid från Pernilla, särskilt när hon var lätt uppstressad och mest troligt inte alls hade lust att diskutera gélehjärtan. Eller pennor.

”En sån där leksak du vet med runda, ovala och fyrkantiga hål som man tränade på att stoppa likaledes runda, ovala och fyrkantiga bitar i när man var liten”.

”Ja, en sån kommer jag ihåg att vi hade hemma”, svarade Tobbe. ”Eller en sån hade kanske de flesta, vad det nu skulle vara bra för?”

”Fick du inte använda den förrän det stod utom allt rimligt tvivel att alla bitar skulle hamna rätt?” undrade Pernilla. Hon tänkte på hur viktigt det är som barn att få laborera, testa sig fram, köra på fantasin, testa gränser och göra fel. Hur viktigt det är för kreativitet och inlärning.

”Jooo”, sa Tobbe utan att egentligen veta vad han svarade på. Pernilla var säker på att han inte hade förstått vad hon menade med frågan och vad en gammal leksak hade med hennes dukning att göra. Hon trodde heller inte att han skulle utveckla sina tankegångar eller frågor här. Dekorationshjärtana låg där de låg på duken och de skulle mest troligt gå åt också, det var Pernilla säker på.

Mellan resan på landsbygden och grillandet av hamburgarna var det en minst sagt ljuvlig dag. Regnet hängde i luften men omfamnades hårt av molnen och inte en droppe släpptes igenom. Konfirmationsmässan hölls utomhus, ute i det fria. Trettiotalet konfirmander i sina vita kåpor, tågade på led i ett lugnt tempo och i en nästan svävande stil från det röda kapellet. De var allvarliga och samlade när de ställde upp sig i en halvcirkel på gräsmattan. Åskådarna satt på bänkar framför och fick snart lyssna till, och själva delta i samlingsord, böner, bibelläsningar och trosbekännelsen.

Två präster ledde ceremonin.

Jesus Kristus som är avlad av den Helige Ande, född av Jungfru Maria, pinad under Pontius Pilatus, korsfäst, död och begraven… nederstigen och uppstånden… uppstigen och sittande… igenkommen och dömande.

Något som kanske ingen egentligen på fullt allvar trodde på men ändå bekände eftersom det kändes så rätt där och då. Därefter följde kollektupptagning vilken konfirmanderna gemensamt hade enats om skulle gå till barncancerfonden. Numera kan man faktiskt swisha kollekten så ingen kom undan. Därefter följde lovsägelse, nattvardsbön och Herrens bön.

Vår fader, du som är i himmelen. Låt ditt namn bli helgat. Låt ditt rike komma. Låt din vilja ske, på jorden så som i himmelen… Hör och häpna om inte konfirmanderna, inklusive Tor kunde hela Herrens bön utantill. Likaså alla sånger som sjöngs. Ja, de hade ju tränat och följt lägrets schema för aktiviteter daglig dags, så annat vore väl konstigt. Givetvis gav övning färdighet.

Därmed var de framme vid brödbrytelse och nattvard, där alla besökare som ville, fick delta. Tackbön, lovpsalm och välsignelse följde efter det. När hela konfirmationsmässan var över stod konfirmanderna kvar i halvcirkeln. En låt tornade upp och sedan började alla, med samstämmiga rörelser, dansa till låten *Du är fantastisk* med Marcus och Martinus. Något de hade tränat på lika mycket som alla böner och sånger. Det såg störtskönt ut när de hoppade runt i gräset i sina vita kåpor bland biblar och textpapper som släppts ner där de stått. Pernilla fick tårar i ögonen, det kändes varmt i hela kroppen och hon var verkligen här och nu i denna lyckliga stund. Medan konfirmanderna skuttade runt hade hon en annan melodi i huvudet än den som spelades. Hon nynnade *Femton gastar på död mans kista hej o hå och en flaska med rom.*

Sist men inte minst samlades konfirmanderna i den sista av alla kramringar och det var en privat, seriös och fin stund där ingen fick mer eller mindre av uppmärksamhet, bekräftelse, high fives eller applåder. Kärleksfullt och fint, alla människors lika värde.

Tor samlade ihop sina tillhörigheter och efter att de packat in allt i bilen och precis lagt i ettan för att lämna lägret, hördes en röst från baksätet.
"Nej, jag glömde mitt dopljus". Så, hur var det nu med dopljuset, vad var det symbolen för? Jo… världens ljus. Tänkt för att vägleda, upplysa och värma. Aldrig hade väl Pernilla trott att Tor skulle bemöda sig att ränna iväg den förhållandevis långa sträckan tillbaka efter något över huvudtaget. Och kanske framför allt inte ett stearinljus. Han glömde också sina älskade svarta NIKE skor men det var för stunden helt satt i andra rummet. De fick efterlysas hos lägerledaren senare, vilket så klart var tusen gånger bättre än att behöva efterlysa det ljus som var tänkt att vägleda, upplysa och värma.

Slutligen satt de i bilen inför de elva milen tillbaka till Laduvik. Tor med sitt dopljus mellan benen, svintrött efter dagens upplevelser och efter att ha dygnat natten innan.

Pernilla plockade undan efter sig på altanen och gick in för att pytsa ihop en enkel middag. Hon och Tobbe skulle inte behöva äta så mycket eftersom de ändå skulle iväg på kvällen. Inspirationen och matlagningskonsten var kanske inte på topp men för dagen vevade hon i alla fall ihop en Ceasarsallad, det näst godaste man kunde äta. Numera var Twists palt nummer ett. Åh, det skulle hon inte ha tänkt. Nu kom hon på det som känts som en molande värk i hennes medvetande den senaste tiden. Det hon äntligen och förvånansvärt nog lyckats släppa. Bengts skjutande på paltfesten. Twists förberedelser och genomtänkta planering som på grund av en annan persons ogenomtänkta och impulsiva beteende fick festen att ändra karaktär. Fast i och för sig. Hon hade inte de högsta förväntningarna på Bengt, och visst höll hon honom på en armslängds avstånd just därför, men hon trodde att hon kunde känna sig trygg med honom när Rut var med. Så hade hon tänkt, men det gällde inte nu längre. Han hade gjort bort sig totalt och vad som skulle kunna släta över det han ställt till med, kunde hon denna gång inte föreställa sig. Ulvar var död, getflocken i oreda, Mini förtvivlad, Rut och Twist nedstämda och Mac skamfylld. Halva Ruts älsklingstomte var också borta, eller i alla fall så pass viktiga beståndsdelar som en arm och en skylt. Den enda som möjligen kunde ha fått lite luft under vingarna här var Pia-Carin som genom händelsen fick material till nästa bok. Dumma, tjuriga jävla Bengt tänkte Pernilla. Den här gången skulle han få skämmas ordentligt.

Tobbe kom hem, något lite senare än vanligt. Supporten hade hört av sig berättade han.
”Sju personer lyckades inte få kontakt med sina diskar. Det är allvarligt. Och en app behövde uppdateras, det brukade inte gå fel. Leverantören sa att en felmarginal på en procent kan förekomma, men i stället var det tretton. En katastrof! Massor av programvara behövde ominstalleras”.
”Oj, vad gjorde ni, eller jag menar, redde det upp sig?”
”En intensiv felsökning startades och alla skyllde på alla i det uppkomna läget. Vi försökte rekonstruera vem som hade gjort vad och vad som hade gått fel. Vi gick gemensamt igenom procedurerna, och alla som på något sätt varit inne i systemet försökte leta upp vad som gått fel”.
”Låter lite som svarta lådan live”, sa Pernilla.
”Lite så. Normalt sett får man alltid larm när något går fel, men det här hade uppenbarligen gått under larmnivå”.
”Och hur kom ni på vad felet berodde på då?”
”Ja det gjorde vi. Det var Katrin som hittade felet. Några få procents utrymme var allt som fanns kvar på backupen plus

att det hade blivit fel på programvaran som plötsligt börjat
ta bort loggar och städat filer. Någon hade ändrat en nia till
en fyra och så var felet där.”
”Så bra”, svarade Pernilla svävande eftersom hon vid det
här laget hade slutat lyssna.
”Fast nu har det börjat glunkas om att vi ska ha tre timmars
workshop i kontinuitetshantering för att stärka driften.
Fattar inte varför. Vi fixade ju biffen”.
”Cool! Jag har också fixat biffen”, sa Pernilla och hoppades
att alla invecklade procedurer och jobbrelaterade termer
därmed skulle lämna rummet. Hon ställde fram sin
Ceasarsallad med knaperstekt bacon och färsk ciabatta.

De åt och tog sedan bilen till stan i den härliga
sensommarkvällen för att sätta sig på Mälarpaviljongens
gungande bar. Det var många människor som hade tänkt
som dem. Fast ändå inte. De flesta var nämligen uppklädda
och skitsnygga, var lite mer ”glam”. Vid en närmare
betraktelse av läget verkade det endast vara Pernilla och
Tobbe som hade byxor, tröja och skor av det mer
fantasilösa, tristare snittet. Deras oreflekterade klädval var
inte precis något som rockade, inget som var hippt eller
stack ut och ingen som tittade till, typ ”wow, kolla in de där
två”. Nej, hade det funnits en beige tapet hade de smält in i
den. Tacksamt följde de övriga gäster med blicken. De åkte
liksom räkmacka på deras outfit. Sjalar, hattar, läder,
accessoarer, klackar, lack, slitsar, tighta brax, snygga skjortor
och läckra dresser fyllde rummet. Design, färgprakt, glitter
och generösa pyntningar. Till och med en supergammal
dam med rullator hackade sig förbi. Hon kunde knappt gå,
absolut sant, men klänning, hatt och högklackat hade hon.
Och läppstift. Andelen öppet homosexuella, bisexuella och
transpersoner översteg med all säkerhet andelen
cispersoner. Tobbe och Pernilla hade massor att titta på från
det hörnet de satt och kände sig väldigt udda i sina trista
outfits. Byxor, Converse eller Ecco och slätstickad tröja.

Inget högklackat, inga spännande accessoarer, ingen hatt, inte ens en sån där liten gullig hund i en väska. Liksom "hej vi kommer från Laduvik".

Musiken var rena rama åttiotalet och publiken var mer queer än någon annanstans vilket i sig gjorde stället till vad det var. Det här var säkert en av de sista sommarkvällarna innan det blivit dags även för Pernilla att sätta tänderna i jobb och ansvar.

Kapitel 3
Om löständer, appar och den utsvultna katten
samt at-tecknet och de kastrerade bockarna

Det var lunchtid och Bengt hade precis svampat upp den sista såsen från tallrikens botten. Hans stackars katt tittade uppfordrande på sin husse. Katten var satt på diet efter en magsjuka som varat i över två veckor. Den betedde sig som en Robinsondeltagare och åt allt den kunde komma över. Bengt hade sett henne gnaga desperat på bananstjälkar, sluka vattnig fisksky, till och med slicka på redan avsköljda tallrikar. Stackars kissemiss.

Kyckling och stekt potatis var det Bengt la upp åt sig för mindre än en kvart sen och det hade smakat riktigt gott. Så gott att tallriken behövde göras helt ren, till sista gnuttan sås. Det mjuka brödet hade legat tryggt i ena handen från första till sista tuggan som ett sorts extra bestick vilken nu omsorgsfull sög upp det sista av såsen. Bengt var faktiskt en hejare på att laga mat. Grytätter av alla sorter var hans specialitet och goda såser utgjorde själva kronan på verket.

Bengt tyckte nog att han hade bra mycket bättre stil och fason än vad hans gamla pappa någonsin haft. Det var visserligen länge sedan nu, men Bengt kom att tänka på när han i ett svagt ögonblick fått för sig att ta hand om sin pappa. Detta sedan det stod alltmer klart att pappan på grund av sin höga ålder inte längre klarade sig själv. Han var runt nittio när han flyttade in och det tog inte lång tid förrän det visade sig att samboskapet var på väg att förgöra dem. Bengt störde sig på sin gamla pappa och pappan kände hela situationen ovärdig med att bo i sonens hem och regelverk. Det här var inga tafatta gubbar, de hade båda en vana att ta hand om sitt eget jox i olika situationer hemikring. Från att sköta trädgård till att ta hand om tvätt, städning och köksbestyr. En dag fick Bengt nog. Det var när de hade satt sig till bords och Bengt i vanlig ordning anrättat en smakrik och mustig gryta. Det var kyckling som stod på menyn även den gången minns han. Pappan tyckte att maten var svårfångad, att den halkade runt i såsen på tallriken och att han behövde ha något att putta på med. Kniven hade hamnat utom räckhåll och därför tog han ut löständerna i överkäken och använde dem för att putta upp kycklingen på gaffeln. Samtidigt som puttandet pågick gurglade han lite av nöjt fnitter eftersom han löst problemet med den hala maten på så fiffigt vis. Bengt njöt inte lika mycket av initiativet. Tvärtom kände han där och då att han hade fått nog. Det här var höjden av griseri. Om det var för att retas eller om det var för att pappan inte förstod bättre visste inte Bengt, men matsituationen blev spiken i kistan. Nu var det uppenbart att fadern behövde tas om hand. Om inte av någon som älskade honom så i alla fall av någon som inte föraktade honom.

Bengt tröstade sin hungriga katt och sköljde av sin tallrik som han sedan ställde i diskmaskinen. Därefter satte han sig med dagens prioriterade aktivitet. Han skulle surfa på ordet getter. Han startade igång sin telefon och diverse appar syntes på skärmen. Bengt älskade sin telefon och ännu mer sin sortering av apparna. Andra människor hade dem säkert grupperade utifrån användningsområde eller intresseområde. Bengt hade sina appar i stället sorterade i färg. På första sidan fanns alla röda appar och med en enkel swipe åt vänster kom alla gröna appar fram. Efter ytterligare swipning, syntes de gröna. Han kunde inte fatta varför ingen annan hade den ordningen, den var ju genialisk. Den app han nu var ute efter var Safari, varpå han swipade tillbaka till den blåa sidan.
Så fort han fått kontakt med servern, skrev han texten *getter inköp* i sökfältet. Han fick träff på en sida som verkade matcha hans intresse; lantbruksnet.se och där gick han in.

Det fanns en hel del att välja på under rubriker som
Angoraget, Jämtgetter, Göingeget och Boergetter. Bengt
bläddrade och letade och det var många sidor, tiotals sidor
med liknande rubriker. Inte en Lappget i sikte så långt ögat
nådde hur mycket Bengt än skrollade. Det trodde han väl
aldrig, att han skulle vara den som letade runt bland
getannonser, men något kände han att han måste göra. För
rättvisan och vänskapen. *BegMarknad sälje*s var en rubrik han
hittade längre ner på sidan. Bengt kikade runt och började
läsa:

*Om du söker en snygg, bra och frisk bock till dina getter till höstens
betäckning - ja då har du verkligen chansen här. Besättningen har C3
status sedan många år tillbaka och aldrig haft någon positiv individ.*
Vadå aldrig haft någon positiv individ? Skulle det vara ett
plus i sammanhanget. Måste getter vara negativa och lite
tjuriga tro. Vad var det Bengt inte fattade här? Han läste
vidare och hittade ytterligare en annons där ordet bock
fanns med:

*Vi säljer två stycken getter och deras tre barn. Det är totalt fyra getter
och en kastrerad bock. De älskar att ta långpromenader i skogen med
våra tre hundar. De kan gå lösa på gården utan att rymma.*
Hoppla, hoppla. Det här var ju rena rama
matematikövningen och stämde inte det minsta överens
med vad Bengt lärt sig i biologin. Hur kunde bocken vara
kastrerad om den hade tre barn? Det fick Bengt att fundera
lite över om Ulvar hade använts till avel, alltså om det var så
att Rut och Twist inte bara blivit av med sin kära bock, utan
också en dyrgrip? Nej, det här började bli på tok för
avancerat för Bengt. Man kanske inte bara kunde köpa en
bock hur som helst, man behövde nog ha lite kunskap
också. Få se här nu... just den här annonsen handlade visst
om nordafrikanska dvärggetter så de var mest troligt
uteslutna att ens fundera över. Dessutom skulle det bli en
herrans massa getter på köpet. Bengt såg sig själv stega in på

gården hos Rut och Twist och i stället för att bara
överlämna en liten ersättarbock, fylla upp hela gethägnet
med getter. Och dessutom av fel sort. Som sagt, det här gick
verkligen inte bra. Ändå letade han vidare.

*En snäll getabock, svensk lantras, behöver komma till ett nytt hem för
avel. Han ger jättefina avkommor och vi är helt nöjda med honom.
Nu måste vi dock skaffa en annan bock för våra egna getter så byten
kan också vara av intresse.*
Det var sista annonsen med ordet bock i och den matchade
inte heller riktigt Bengts önskemål. Hans önskemål? När
hade egentligen hans önskemål blivit att leta bockar
överhuvudtaget? Nåväl, nu var det som det var med det.
Den här annonsen var lika värdelös som de andra två. Dels
för att det var fel getsort och dels för att det liksom inte
fanns något att byta mot. Det hade ju Bengt sett till. Här gav
han upp. Vid tillfälle, och när den värsta skammen lagt sig
skulle Rut och Twist få lära honom lite mer om det där med
hur man sätter ihop djur. Han ville veta hur olika raser
fungerade tillsammans och varför det var så svårt att hitta
just Lappgetter.

Det som hade hänt med Ulvar var verkligen inte Bengts fel
men han kände ändå att han behövde ställa saken tillrätta.
Det var egentligen den där jäkla ungen Taweed, eller vad
han hette, som skrikit av sina lungors fulla kraft och
samtidigt pekat ut genom fönstret. Bengt hade tittat in i
skräckslagna ögon, stora som mörkbruna bigarråer och
reaktionen blev omedelbar. Var det något Bengt var bra på
så var det att agera. Det var ingen av de andra
tröttmössorna som ens var i närheten av Bengts snabbhet.
Pang tjong, ner med puffran, ut genom dörren och med det
välriktade skottet han fick i väg, fällde han räven. Eller jaja,
kanske inte räven då men tomtejäveln i alla fall. Om det inte
varit för att pipan var sned, hade han inte träffat Ulvar.
Varför nu den dumma bocken behövde stå och trycka just

bakom skranket precis då. Skit också tänkte han sen. Nu
hade det blivit ytterligare en anledning, eller rättare sagt
ytterligare fel anledning till att skaffa sig uppmärksamhet.
Han skämdes lite inför Maja men som sagt, det var
verkligen inte hans fel.

Vad kul det hade varit att bli känd för bra saker, eller
åtminstone vara okänd, men kunna poppa upp som kändis
för att man gjort bra saker. Som Ray Tomlinsson, tänkte
han vidare. Totalt okänd men som ändå ligger bakom något
som andra blivit dagligt beroende av. Den turen och det
utgångsläget hade inte Bengt. I stället låg han bakom en röra
av händelser som han önskade både var och kunde få förbli
okända. Helt flyktigt hamnade hans tankar på sin
misslyckade relation till barn och barnbarn, på tiden i
England och villan som totalförstördes. Brevlådan som inte
tömdes, hans minimala framgångar på jobbet och katten
som han snattade. Han blev röd om öronen när han tänkte
på tomten som han kidnappat och nu skjutit sönder och
samman, och här senast: den döda bocken. Alltså, vad var
han för typ av människa? Helt klart var i alla fall att särskilt
mycket tur hade han inte på sin sida. Å andra sidan tyckte
han att världen blivit lite förvrängd de senaste åren. Nu för
tiden skulle det tyckas till om allt. Om precis allt. Förr skötte
var och en sitt, man la sig inte i och det var mycket som fick
lov att duga. Ett riktigt åsiktssamhälle var det som
utvecklats nu. Man skulle fan i mig tycka till om allt.

Just det, Ray Tomlinson var det ja. Om det inte var för Ray
Tomlinson till exempel, hade Pia-Carin inte kunnat
marknadsföra sina böcker. Rut hade inte kunnat googla och
Twist hade inte behövt utreda några mejlhaverier. Pernilla
och hennes elever hade behövt jobba otroligt mycket mer
med papper och penna och Tobbes jobb hade haft en helt
annan utformning. Endast för Mac hade det vare sig gjort
till eller från. Bengt log lite åt tanken. Varken till eller från.

Ray Tomlinson ligger bakom det första e-postsystemet. Han fick en idé för hur personnamn och domännamn kunde skiljas åt. Ray Tomlinson valde at-tecknet, snabel-a eller det som i vardagligt tal kallas kanelbulle eftersom han tyckte att tecknet skapade en känsla av plats. Dessutom var @-tecknet den enda prepositionen på tangentbordet.
Tomlinson föddes 1941 och tog examen vid de kända tekniska instituten Rensselaer Polytechnic Institute i New York och MIT i Cambridge i USA-delstaten Massachusetts. Han var elingenjör och arbetade som programmerare. Så en dag, när han arbetade på ett teknikföretag 1971, började han fundera över hur man skulle kunna skicka meddelanden mellan datorer. Han lyckades klura ut det och skickade det första mejlet mellan två datorer i samma rum, ihopkopplade via en föregångare till Internet. Det tog dock många år innan e-posten blev något som fler kunde ta del av. Inte förrän när persondatorerna slog igenom mot slutet av åttiotalet började tekniken spridas och det mejlades vitt och brett. Först 1994 vaknade någon tomte upp och ställde frågan om vem det egentligen var som uppfunnit e-posten. Då gav sig Ray Tomlinson själv till känna, och fick till slut bli lite kändis. Den 6 mars i år dog han i en hjärtattack, 74 år gammal. Ja, så kan det gå. Men som sagt, liknande kändisskap, eller ens doldisskap, skulle Bengt aldrig komma i närheten av.

Det ringde i telefonen och Bengts första ingivelse var att inte svara. Men så kom han på att någon gång kanske det skulle ske, det där som hittills inte hänt. Han var nu närmare åttio så sannolikheten att något stort skulle kunna hända krympte avsevärt för varje dag som gick. I just det här samtalet kanske hans chans fanns att bli känd och bekräftad för allt bra han trots allt uträttat och stått för.
”Hallå, det är Bengt.”
”Hej Bengt, det är Rut”.

Bengt slängde snabbt på luren. Han struntade faktiskt
fullkomligt i ära och berömmelse, vad höll han på med?
Och så Rut av alla människor? Hon var väl den sista som
skulle ha något positivt att säga som det nu var. Nej tack,
inte idag.

Han började plocka runt i köket. Letade fram vinäger och
honung. Telefonen ringde igen. Bengt ignorerade ringandet
och till slut upphörde det. En kort stund senare ringde det
igen, och så snart igen, och så igen. Hon tänkte visst inte ge
sig Rut. Bengt måttade upp en del vinäger och en halv del
honung i ett glas. Det var tyst från telefonen en lång stund.
Glaset med vinäger och honung toppades med ett par
droppar diskmedel. Bengt tog en sked och rörde runt i
blandningen. Han lyfte upp glaset och studerade honungen
som ringlade runt i vattnet, följde virvlarna i vattnet som
svävade runt sida vid sida med vattenbubblorna tills allt löst
upp sig i en genomskinlig blandning. Då ringde telefonen
igen och Bengt sprätte till så häftigt att innehållet i glaset
skvimpade till. Då blev Bengt förbannad, ryckte åt sig
telefonen och svarade med hög röst:
”Vad fan är det nu då?”
”Hej Bengt, det är Maja. Jag blev orolig att nåt hade hänt dig
när det inte gick att få tag på dig. Verkligen orolig”, la hon
till för säkerhets skull.
Den rösten och det ärendet fick Bengt att mjukna något.
Han blev faktiskt som förlamad av situationen. Kokhet i
hela kroppen, tinningar som började dunka och han kände
hur han blev röd som ett juläpple i ansiktet. Reaktionen
kom så fort att blodet nog inte riktigt hann med, för det
började susa i öronen och ljudet som nådde öronen svängde
och svajade. Skit också att han svarade så snäsigt när det var
Maja som ringde. Den omtänksamheten han nyss mötts av
var verkligen inget som han fick uppleva så ofta och det
vore direkt oförståndigt att förstöra stunden, tänkte han.
Ändå höll det på att bli precis just så. Bengt var på vippen

att fråga Maja hur hon hade fått tag i hans telefonnummer
men så kom han i grevens tid på hur otrevligt det skulle ha
låtit, så i stället sa han:
”Jag håller på med utrotning”, och tänkte inte på att det
heller inte lät så särskilt trevligt. Dessvärre hann han inte
hejda sig ytterligare en gång förrän det var för sent.
”Utrotning? Bengt, jag tror att du likväl som jag förstår det
olämpliga i att utrota. Det slår bara tillbaka på oss själva och
jorden behöver alla sorter. Utrotar vi en art blir det mer av
någon annan, eller mindre av någon sort och vi vet inte vad
vi själva egentligen behöver. Vi kan inte sätta oss till doms
över naturen, låt den reglera sig själv.
”Fast det är blomflugor”, svarade Bengt. ”De är så många
att jag åtminstone kan ta dem som är i mitt eget kök. Jag har
gjort en drink här som kommer att göra susen”.
”Jamen, det må väl vara hänt då”, svarade Maja. ”Det är i
alla fall hundra gånger bättre än att skjuta getter”.
”Bockar, menar du väl. Getter kallar man tanterna och
bockar kallas gubbarna. Det var Ulvar som tog emot kulan
och jag skäms så jag håller på att gå sönder”, tillstod Bengt.
”Jag ska köpa en ny bock till Rut och Twist, det ska jag”.
”Jag tror att jag vet hur du känner det men vill att du ska
veta att alla ser det som en olyckshändelse. Alla är
superledsna, mest Mini faktiskt, men nu är det som det är.
Mac har det tufft också berättade Rut tidigare. Han anklagar
sig själv för att ha lämnat ifrån sig ett vapen med skrot i”.
”Och jag visste att det var skott i loppet sedan lång tid
tillbaka och borde ha sagt till och när de där barnen såg så
rädda ut, ja och jag har väl lite svårt att...”
”Svårt att vadå?” undrade Maja.
”Jag har svårt att tygla mig. Kan bli arg och otrevlig utan
egentlig anledning och när det passar sig som sämst. Jag är
en mycket dum gubbe. Hade varit bättre om jag skjutit mig
själv men i stället fick Ulvar stryka med”.

Det blev tyst ett tag. Ganska länge faktiskt och Maja hörde genom tystnaden att Bengt höll på med något i köket.

"Jag tänkte i alla fall så här", sa Maja efter en stund.

"Just nu mår Mac inte så bra och jag hör på dig att du inte heller gör det. Pia-Carin behöver få tankarna på annat håll och jag har en massa tid över. Skulle vi gamlingar inte kunna ordna en fest för de andra? Ta med hela gänget som var på paltkalaset. Jag har några idéer när det gäller upplägg men vi behöver vara fler, jag fixar inte allt själv. Det är roligare om man är fler. Jag tror att det kommer att få både dig och Mac att må bättre. Vad säger du?"

"Oj, ja… varför inte? Fast jag är ingen festlig typ precis. Det låter ändå kul. Vad säger Mac och Pia-Carin? Har du pratat med dem om dina idéer?"

"Inte än, jag började med dig", svarade Maja samtidigt som hon hörde en lätt pustning följd av ett pysande ljud i andra änden.

"Rut och Twist har ordnat så mycket för andra genom åren, Det känns som om det är vår tur nu, tycker du inte?"

När hon avslutat meningen hörde hon hur pustningen och pysandet i andra änden ändrade skepnad lite till ett halvkvävt läte och en mycket tung suck.

"Vad gör du Bengt? Mår du inte bra?", undrade Maja.

"Jodå", sa Bengt och harklade sig. "Jag tror att jag lider och skäms så att det hörs bara. Det är lite jobbigt alltihop", svarade han.

"Nej då, nu får du skärpa till dig. Allt kommer att bli bra och nu tänkte jag att vi skulle hitta ett datum då vi kan börja planera lite. Vi behöver alla tänka på nåt annat", fortsatte hon.

"Men hur tror du själv att det skulle kännas att ha dödat ett djur som ägs av någon du känner. Ett djur som man själv nästan känner. Ett värdefullt djur, både för sällskap och till avel. Det hade varit bättre om jag skjutit tjuren, Bengt II. Tror du inte jag vet varför de döpt en tjurskalle till just Bengt II… va, fattar du Maja?" Maja skrattade till.

”Aha, du har listat ut det? Så går det när man är tjurig och dum Bengt, då kan man bli namne med ett djur. Men nu låter vi udda vara jämnt och ställer om våra sinnen till glädje och fest, vad säger du? Vi är båda gamla och så länge vi orkar... jag är full av energi sedan paltfesten”.

Tystnaden som bredde ut sig i samtalet avbröts av Bengt. ”Fast nu är det ju snart höst. Är det inte bättre att ha en vårfest eller nåt?”.
”Du, med de planer jag har behöver vi massor av förberedelsetid, så en vårfest får det bli”.
”Och vems mamma är du?” slapp det ur Bengt.
”Ja, så är det kanske, att man överför lite av varje till sina barn. Men Bengt, nu måste jag fixa vidare så jag säger hej då så länge. Vi hörs igen. Gaska upp dig nu”.

Bengt la ifrån sig luren. Det var länge sedan han känt sig så nöjd. Maja var en fantastisk kvinna, tänk den som hade haft en sån mamma tänkte han vidare men skakade snabbt bort alla tankar som kunde föra honom tillbaka till funderingar över sina egna föräldrar. Man överför lite av varje till sina barn hade Maja sagt men om detta 'lite av varje' blivit ett hopplock av flera liknande sorters ingredienser, hur blev det egentligen då? Skjutgalna bockjägare eller? Vad hade han förresten själv överfört till sina barn? Pernilla till exempel hon var ju ett hår av hin, ett litet frö av djävulen, när hon kom igång. Som en häxa på kvast. Uppfylld av planer och idéer. Det verkade som att hon levde utifrån principen att samtliga planer också skulle verkställas. Bengt veterligt, hade hon aldrig uttalat en idé som hon inte också hade en genomförandeplan på. Antal fullbordanden per plan låg på nära nog hundra procent. Japp, så var det. Pernilla var driftig och stark, men varifrån hon fått sin mani av att hela tiden vara duglig, att prestera, att ro saker i land och nå alla mål? Det fattade inte Bengt.

50

Han väckte sig själv ur tankarnas värld och snurrade runt
för att kolla om det hamnat någon enda liten blomfluga i
blandningen på köksbänken. Ve och fasa! Inte en enda
milliliter av vätskan fanns kvar och inte någon enda
blomfluga syntes heller. Vafalls? Vad var det frågan om?
Hade blomflugorna snabel? Hade de dragit i sig hela
vinägerblandningen, tyckt att det smakade gott och flugit
vidare? Kanske blandningen fungerade som näring i stället
för utrotning? Flugorna hade kanske på grund av Bengts
blandning blivit ännu större eller ännu fler... kanske han
råkat mutera dem till något ännu mer ohanterligt?
Bengt fattade ingenting. Så tittade han ner på golvet och såg
katten sitta där och slicka sig om nos och morrhår. Hon
drog några tag med tassen över ansiktet i ett försök att göra
sig helt ren.
”Å Herregud”, sa Bengt tyst för sig själv. Håller jag på att ta
livet av katten nu också? En bock och en katt på en och
samma vecka”. Det var en förtvivlad tanke. Utrotning. Det
slår bara tillbaka på oss själva, hade Maja sagt. Så rätt, så
rätt.
”Kom kisse”, sa Bengt ”Du har allt ett riktigt praktarsel till
husse du”. Han plockade upp katten från golvet och gick
för att ringa Rut. Hon visste nog att ge råd om saken.

Kapitel 4
Om osmakliga mackor, besparingar och klämmisar
samt skamsna män och podderian

Rut och Twist hade en stund vid frukostbordet tillsammans med Siri, Sixten och Sigge innan det var dags för de båda storasyskonen att säga hejdå och åka hem till sitt. Mini var på plats också så klart, han hade varit extra mycket på gården och ägnat tid åt getterna sedan Ulvar skjutits. Han ville förvissa sig om att ordningen återställdes, att den nye ledaren tog sin plats och att alla hittade sina nya roller. En given efterträdare var Kolgrim, det var de alla överens om. Han skulle kunna ta över ledarskapet med bravur. I sanningens namn till och med bättre än sur-Ulvar. Och var det någon som hade öga för att se hur det hela förlöpte och känsla för getternas mående så var det Mini. Nu hade han precis försetts med en macka och lite kaffe ihop med de andra och Rut tyckte att han såg ut att må något lite bättre. Ett högt blockljus stod mitt på bordet och hade varit tänt varje dag nu sedan Ulvar hämtats från gården för att tas om hand.

Det hade varit en omtumlande vecka sedan senaste helgen, en helg som ingen kommer att glömma på länge. Bakom dem låg nu minnet av en otroligt rolig och mysig kväll som abrupt avslutades på ett sätt ingen hade väntat sig. Visserligen var det en överraskningsfest för Rut men att den skulle avslutas med ett skott var det ingen som hade planerat. Inte heller Bengt, det var Rut säker på. Sixten som inte var hos dem särskilt frekvent hade undrat med Siri om det brukade vara på det viset ofta, alltså att de festade tills allt urartade. Framför allt hade han frågat en hel del om Bengt, vem han egentligen var.

Rut reste sig och började plocka av bordet och därmed avrunda den goda stunden när det knackade på dörren. Sigge reste sig snabbt och gick för att öppna. Den första som tryckte sig in var Yahoo. Hon liksom pressade sig först genom dörrspringan och sen mellan Sigges ben i jakten på att komma in till Mini. Hon skuttade rakt upp i Minis famn och slickade honom som besatt runtom i ansiktet.

"Jaså, du hittade rätt din lilla rackare!", sa Pia-Carin som kom strax efter.

"Tänk vad alla djuren älskar dig Mini!"

Mac hängde av sig sin tjocka tröja i hallen. I köket hos Twist och Rut var det varmt med alla människor och tända ljus.

"Hej Mac!", sa Twist som gick honom till mötes i hallen.

"Du har inga fler gamla vapen i din källare som vi kan ha i beredskap när räven kommer?", sa han och klappade om Mac. Twist visste att ett stort stycke humor var viktigt att möta den skamsne med och fanns det något som lättade på trycket, så var det ett gott skratt. Mac verkade inte riktigt upplagd för skämtet men log lite snett åt Twist innan han gick in till de andra där de satt.

"God förmiddag Mac", sa Rut. "Kom och få dig en kopp kaffe här, slå dig ner någonstans".

Yahoo hoppade ner från Minis knä och rusade med full fart mot Mac för att hälsa. Hon hade helt glömt bort att de fem minuter tidigare kommit dit i sällskap. Mac plockade upp henne från golvet och tog emot kaffekoppen från Rut.

"Kul", sa Rut. "Nu är vi tillräckligt många för att köra en lek. Få se här. Vi är en, två, tre, fyra, fem... åtta stycken. Det är perfekt!" De andra tittade på Rut och undrade vad hon höll på med. Även hon var av den uppfattningen att ett skratt förlängde livet. Sådant som sorg, skam och allmänt obekväma resårer, vilket var Ruts namn för allt som skavde, var en del av vardagen och skulle bejakas. Viktigast var att inte fastna i eländet, det gjorde liksom ingen gladare. Livet var fyllt av mirakel, vardagen allra helst, bara man var vaken

för det och välkomnade det. Alltför många människor hade
lätt för att fastna i ett ältande.

"Jag brer en macka med smör", började Rut. Bredvid henne
satt Siri som fattade galoppen.

"Jag brer en macka med smör och leverpastej". Det blev
Minis tur.

"Va? Vadå bre en macka, vad är det?" Pia-Carin förklarade.

"Jaha, okej", sa Mini. "Men jag gillar inte leverpastej, det är
sjukt geggigt så jag tar bort det och lägger på smörgåsgurka i
stället". Sixten tittade upp och log, nu var det hans tur.

"Jag brer en macka med smör, minus leverpastej, med
smörgåsgurka och Emmenthaler".

"Emmenthaler, vad är det?" undrade Siri.

"En ost", svarade Mac som dittills suttit med näsan i
Yahoos päls men som nu hade börjat tina upp lite.

"Ja, fast jag sa bara Emmenthaler så det blir fel om du
exempelvis skulle säga Emmenthalerost, det ska enbart vara
Emmenthaler punkt slut,". Sixten var tydlig här.

"Vadå punkt slut, har vi brett klart?", undrade Mac. "Jag
fick ju aldrig vara med".

"Nej, nu kör vi. Skärp er!", sa Rut.

"Jag brer en macka med smör, korv, ost…", hördes det från
Twist.

"Hallå!! Du gör FEL! Du måste bre i ordning!", tjöt Sigge.

"Ja… gjorde jag inte det då?"

"Näää, du ska börja med smör… du ska säga: jag brer en
macka med smör, leverpastej och så vidare".

"Okej, jag brer en macka med smör, ost, korv…", försökte
Twist igen.

"Nej, inte ost och ingen har ens nämnt korv, du måste
lyssna".

"Joho, det var ost med, det vet jag".

"Ja fast Emmenthaler, inte ost".

"Men det är ju en ost, det är ju samma sak".

Mac började skratta åt alltsammans, något som Twist hade
hoppats på. Hela upplägget var inte bara en lek, utan lika
mycket ett samspel mellan Rut och Twist. De ville att Mac
skulle känna med hela sitt hjärta att det inte rådde några
slags hard feelings på gården.
"Jag brer en macka med smör, plus leverpastej eftersom jag
gillar det, med smörgåsgurka, Emmenthaler och kaviar",
fyllde Twist på.
"Bra där!", hördes det från Sigge. "Du kan ju om du vill".
"Och jag brer en macka med smör, plus leverpastej, med
smörgåsgurka, Emmenthaler, kaviar och ägg", sa Mac.
"På min macka ligger det smör, minus leverpastej, med
smörgåsgurka, Emmenthaler, kaviar, ägg och majonnäs",
kom det från Pia-Carin.
"Wow, nu börjar det bli mycket", sa Sigge som fick sista
chansen innan omgång två.

Medan var och en repeterade och fyllde på med nya
godbitar, satt alltid en eller två och ljudade första och
nästkommande bokstav så det var mer fokus på ljudandet
än själva minnesövningen. I all välmening förstås, men i
stället blev alla stressade och enbart experter på att tyda
ledtrådar.
"Jag brer en macka med smör, plus leverpastej, med
smörgåsgurka, Emmenthaler, kaviar, ägg, majonnäs och
tomatbitar", kom det till slut från Sigge.
Jag brer en macka med smör, minus leverpastej, med
smörgåsgurka, Emmenthaler, kaviar, ägg, majonnäs,
tomatbitar och vitlökssås". Det var Ruts andra bidrag och
därefter var det Siri igen.
"Äh, jag är inte med, ni får köra utan mig. Jag behöver gå
och plocka ihop lite".
"Va?! Vill du inte vara med och bre?", sa Sixten med en
uppenbar retfull ton. "Det som är så kul!" Han hoppades att
det skulle framgå vilken superbangare hans syster var. Siri
gjorde sin fulaste grimas mot honom och lämnade bordet.

”Jag brer en macka med smör, minus leverpastej, med smörgåsgurka, Emmenthaler, kaviar, ägg, majonnäs, tomatbitar, vitlökssås och oxfilé”, hördes det plötsligt från en nöjd Mini.

Så där löpte det på varv efter varv genom kaviar, ägg smörgåsgurka och Emmenthaler, men det här med att utesluta leverpastej mitt i allt ställde till det. En del gillade leverpastej och andra inte, så leverpastejen åkte på och av hela tiden. Räkor, dill och citron kom med på tåget. Alla njöt av ordningen eftersom alla de senaste pålägen verkligen passade tillsammans och blev lätta att minnas bara därför. Hur de än bar sig åt blev så småningom ordningen ändå helt hejkonbejkon. Inför tredje varvet när Rut började bre en macka med smör, plus leverpastej, smörgåsgurka... men innan hon kommit upp i speed, utbrast Pia-Carin: ”Nej, nu räcker det! Det börjar bli en fullkomligt vedervärdig och osmaklig macka”. Rut höll med och kände sig tacksam över att någon satte stopp för leken. Var det någonting Rut var absolut urkass på, så var det att avbryta sånt som var i gång.
Smörgåsbredningen upplöstes och även Sixten gick för att plocka ihop sina grejer. Twist skulle köra honom och Siri till centrum, den ena till jobbet och den andra till bussen hem. Siri hade kvällsjobb på ICA den här veckan och skulle börja strax efter lunch. Sigge följde med Mini ut i ladan. Det hade visst blivit något tekniskt bekymmer med ett kylaggregat som Mac hade lovat att lägga en helande hand på. Eftersom Mac blev kvar i köket med de andra en stund, gick Mini ut så länge för att röja av lite efter senaste ostframställningen.

”Har ni hört nåt från Tobbe och Pernilla”, undrade Rut. ”Absolut”, sa Pia-Carin. De skickar ständiga rapporter till mig eftersom de vet att jag skriver om det. Trots alla besök de gjort i Windy Bay, har det hittills aldrig varit där på hösten så den upplevelsen är helt ny för dem”.

"Vilken lyx att kunna förlänga sommaren så", sa Rut och drog ihop tröjan runt kroppen. Hon frös konstant från tidiga hösten till en bra bit efter midsommar och så en hel del mitt i sommaren också. Luften var alltid några grader för kall enligt henne. Twist hade nog aldrig sett henne trivas så bra som när de var på Windy Bay i Grekland tillsammans.
"Första rapporten från Tobbe och Pernilla kom redan från Arlanda faktiskt. De började med att beskriva självbetjäningen där. Self Service Check som den kallas men särskilt personalbesparande var den inte. Tre personer plus en mekaniker jobbade heltid där och det bildades snabbt långa köer av arga resenärer".
Mac skrattade mer kluckande än på länge när han hörde Pia-Carin beskriva läget.
"Dagens teknik", muttrade han.

"Hur går regattan då", undrade Twist som minns hur coolt det var när han provade på att segla med Tobbe där i bukten året innan. Målet med höstveckan nu var för Tobbe och Pernilla att delta i "Ionian Regatta". Regattan skulle köras i tre dagar på Medelhavet och avslutas med att runda en ö och senare på kvällen med en superfest i hamnen. Tävlingen kördes första gången 1988 och hade gått av stapeln varje år, tredje helgen i september. Den var otroligt populär och många jättestora segelbåtar skulle delta dessa tre seglingsdagar. Många av dem som varit på Windy Bay och de som jobbar där har genom åren pratat mycket om tävlingen. Att den erbjuder en chans att lämna bukten, komma ut på havet och få möta alla sorters vindar. Nu hade Pernilla och Tobbe äntligen tagit chansen att vara med.
"Jag vet inte, jag tror att de tränar och förbereder sig för regattan först men den har inte startat än så som jag förstått det".
"Fast de berättade att det var en speciell upplevelse att vara de enda svenskarna nu. Genom att det är typ lågsäsong och många av dem som är där, har ett gemensamt mål med

vistelsen, så har de kommit närmare både de andra
resenärerna och flera av instruktörerna”, sa Mac som också
följt rapporteringarna.
Pia-Carin berättade att Tobbe och Pernilla den här gången
hade ett annat rum än de brukade. Rum sex längst till höger,
i stället för rum tre längst till vänster. Till och med
städerskan hade kommenterat det.
”Wrong room”, hade hon sagt.
”Då förstår man att de där två börjar ingå i inredningen
liksom och tydligen hade de bott i ett tillfälligt rum första
natten”, la Mac till.
”I ett tillfälligt rum men nyrenoverat badrum och med
balkong över poolen. Utsikten därifrån sträckte sig över
palmbladen och långt ut över bukten mot havet”.
”Å, vad mysigt det låter”, sa Rut och fick ett drömskt
uttryck över sig.
”Egentligen hade upplevelserna av att ha stjärnstatus börjat
redan på flygplatsen då taxichauffören plockade upp dem
inför transfern till hotellet”, fortsatte Pia-Carin.
”Han hade kommenterat att de varit där många gånger nu.
Tobbe och Pernilla undrade hur han visste det och då
berättade han att de på Windy Bay hade sagt att han skulle
köra tryggt och säkert med passagerarna. Att han skulle ta
hand om deras speciella gäster ordentligt”.
”Vad omtänksamt”, sa Twist som nu började känna sig lite
avundsjuk över att han inte var den som fick sådan service
och uppmärksamhet.
”Det ska bli spännande att höra fortsättningen men vad
säger du Mac, har du tid att följa med och kolla av kylen där
ute i ladan?”, sa han sedan.

Mini och Sigge var redan på plats i ladan och medan Mini
började röja upp bland byttor och knivar, salttråg och
litermått, satte sig Sigge på en halmbal. Han plockade upp
en termometer från marken och gav den till Mini.
”Jag tänkte på en sak”, sa han.

”Mmmm”, svarade Mini.

”Det här med Farming Simulator, börjar inte det bli lite långsamt att hålla på med? Vad säger du om att vi gör nåt annat i stället? Jag har faktiskt en kul idé som vi två skulle kunna hålla i, men be Rut och Twist att finansiera”.

”Va? Vad skulle det vara för nåt? De har nog fullt upp med kostnader som inte matchar inkomsterna om jag får tro vad jag ser. Jag är ganska säker på att de inte vill betala nåt”.

”Ja, fast det här kan ge inkomster, det är jag säker på”, fortsatte Sigge.

”Men jag vill dra det med dig först eftersom jag vill att det är vi som gör jobbet. Ensam blir det lite för mekigt att styra upp och bara hälften så kul. Jag gillar att göra saker med dig… så vill du veta?”

”Japp, gärna det. Berätta vad du tänkt”.

”Jo, när jag var i Kanada hade vi en aktivitet på schemat två timmar i veckan, liksom som ett profilval kan man säga. Det kallades ”Podder” och innebar att man lyfte en fråga, gjorde en redovisning, läste något som man skrivit eller berättade om ett intresse. Man gjorde en så kallad pod”.

”Pod, det har jag hört talas om”, sa Mini. Podcasting heter det väl? Som en blandning mellan blogg och vanlig radio eller?”

”Som en blandning mellan Rut och Mac”, skojade Sigge fast Mini fattade inte vad han menade.

”Som en blandning mellan Ruts misslyckande och Macs längtan kan man säga”, försökte Sigge igen, men fortfarande utan reaktion från Mini. Därefter slutade han skoja och berättade vidare om podcasting fast betonade faktabiten runt poddsändning för att få Mini mer intresserad. Sigge berättade att ordet podcastings motsvarighet på svenska skulle kunna vara rundradiosändning eller poddradio. Men att det till skillnad från radio, fast i likhet med bloggande, handlar om mycket låga startkostnader. Detta gör att privatpersoner och kommersiella företag har likartade förutsättningar. De flesta poddsändningar är gjorda av

oberoende producenter och inte kopplade till, eller registrerade av exempelvis Sveriges radio.
”Men varför inte bara lyssna på radio då? Eller skriva en blogg?”, undrade Mini. Vad är det egentligen som är nytt?”
”Jo, den stora fördelen med poddsändningar är att man kan lyssna var och när man vill. Man är alltså inte längre beroende av att lyssna vid ett visst klockslag för att ta del av ett program. Inte heller är man beroende av att vara vid en radio utan man kan med hjälp av till exempel en bärbar spelare ta med sig ljudet överallt. Det är det som är skillnaden mellan webbradio och poddradio. Man kan spara ljudinformationen för att spela upp den senare”.
Sigge fortsatte berätta att man också kan prenumerera på olika poddradioprogram med hjälp av en särskild programvara, en så kallad podcastklient. Prenumerationen kontrolleras på regelbunden basis och nya publicerade ljudfiler laddas ned automatiskt när ett nytt avsnitt publiceras. När så skett kan man flytta över filerna, eller låta prenumeranten själv göra det till sin telefon eller dator. Itunes, är nog den vanligaste.

”Okej, jag tror jag fattar, men den som sänder behöver väl i alla fall vara på plats? Och om det är vi som ska stå för sändningen… hur ska vi då kunna sköta vårt dagliga arbete och du din skola?”, undrade Mini.
”Vadå för sändning?”, undrade Twist som kommit in tillsammans med Mac i ladan mitt under samtalet.
”Morse signalering, eller?” Mac harklade sig lite och fyllde på.
”Lite hemlig underrättelsetjänst och kanske spioneri i förklädd skepnad av oskyldig bondgårdsmiljö?”. Både Mini och Sigge glodde storögt på honom. Även Twist sneglade åt hans håll. Mac blev lätt flammig om kinderna när han pratade om teknik. Det blänkte till i ögonen på honom.
”Vad är det med dig?”, undrade Mini.
”Alltså”, la Mac till, ”jag menade bara att skoja lite med er”.

”Vadå för sändning?”, upprepade Twist eftersom han
verkligen undrade vad det var Sigge och Mini hade pratat
om nyss.
”Äh, vi pratar bara om poddradiosändningar. Att det är en
så pass simpel teknik. Enkelheten gör att i princip vem som
helst kan nå ut med hemproducerad radio eller film över
hela världen”.
”Så intressant”, svarade Twist och slängde en snabb blick
över axeln för att se om Rut var i faggorna. Det sista han
ville var att några som helst idéer skulle nå hennes öron.
Men, det var för sent. Hon stod farligt nära det som nyss
sagts.
”Poddradio!”, utbrast hon. ”Vem sa nåt om radiosändning?
Jag vill vara en podder. Jag menar, har jag inte lyckats bli en
bloggare, kanske jag kan bli en poddare?”, fortsatte hon.
Mini hostade till och Sigge påbörjade en stavelse men
stängde mun lika kvickt. Poddare? Hur kom det sig att Rut
lyckades få det hela att låta lite... ja nästan kriminellt, typ
narkotikaklassat? Det som nyss var en försiktig fundering,
kom snabbt att låta som ett drivet och energiskt projekt.
”Mini, vad var det du behövde hjälp med nu igen?”, sa
Sigge. ”Skulle vi plocka undan lite redskap här kanske så att
det går att kolla av kylarna och annat här för gubbarna?”
De plockade runt i tysthet och Sigge tittade lite över axeln
efter Rut som tydligen försvunnit lika snabbt som hon
kommit. Mac och Twist hade börjat fördjupa sig i tekniken
och vad som möjligtvis kunde ha satt sig på tvären där.

”Varför skulle vi dra igång en pod? Och vad ska vi prata
om?”, viskade Mini.
”Rut har ju försökt att blogga för att skriva om gården och
vad exakt hon har mer på tapeten är jag osäker på, men
Twist har också startat en facebooksida. Jag tänker att de
nog på olika sätt vill marknadsföra allt som gården står för.
Med djurhållning, matproduktion och läxläsning. Muséet
med alla antika föremål, julgransförsäljningen och

julmarknaden. Sist med inte minst palzerian. Fattas bara att de startar en yogastudio också", väste Sigge tillbaka.
"Ska vi säga precis det där i podden så är det ju klart på tre minuter. Det verkar inte särskilt innehållsrikt", viskade Mini efter ett tag. "Och var ska vi få tekniken ifrån? Var ska alltihop vara stationerat?"
"För att göra en poddsändning krävs inget annat än en valfri bärbar musikspelare eller dator med programvara och det har vi redan. Det vanligaste filformatet är mp3, det är enkelt att spela upp med".
"Varför viskar vi?" undrade Mini sen.
"Jag vet inte säkert, men det känns som ett klokt val just nu", svarade Sigge.
De båda såg sig om och konstaterade att både Mac och Twist hade slutat med sitt mekande för att i stället studera Mini och Sigge.
"Så där ja, då var vi klara. Dags att lämna herrarna för sig själva", sa Sigge och gav Mini en blinkning som tecken på att de skulle gå.

Mini och Sigge gick tillbaka in till köket där Sixten och Siri stod med väskorna packade inför avfärd. På bordet var datorn uppslagen à la Rut, vilket betydde att hon startat upp något men sedan lämnat det hela för att göra någonting annat. Hänga en tvätt, rensa ett avlopp, slänga ut papper i tidningsinsamlingen, mata hönsen eller prata med bina. Vart hon tagit vägen just för stunden var det ingen som visste, men Mini slängde en blick på datorn och läste vad där stod.
Poddsändningar skiljer sig från andra sätt att tillhandahålla ljudfiler genom att RSS-flöden används för ändamålet. Därmed laddas filerna ner automatiskt när ett nytt avsnitt publiceras. Ur ett producentperspektiv är en av de stora fördelarna att det i stort sett är gratis att producera poddsändningar. Det som krävs är en dator med internetuppkoppling, ett inspelningsprogram och en mikrofon. Bandbredd är heller inte längre ett problem. Det finns leverantörer, specialiserade på podcasting, som tillhandahåller obegränsad

bandbredd till sina kunder mot en liten kostnad varje månad. De kan också förse kanalen med statistik, marknadsföringsverktyg och andra tjänster som är lockande för poddare. Allt till en rimlig månadskostnad.

"Pssst Sigge, kolla här", sa Mini till Sigge som gick för att se vad Mini läste. Han pekade på skärmen och Sigge läste:
Detta är den enklaste vägen att gå om man är beredd att betala en liten summa för att göra sin röst hörd. Vilken nivå man därefter väljer att lägga sig på är helt beroende på vilken ambitionsnivå man har (och vilken ekonomi).
På gräsrotsnivå finns ljudbloggarna där vanliga privatpersoner talar om vad helst de tänker på. Vissa har mer krönikeartade analyser tänkt för en publik med liknande åsikter, andra har mer vardagliga sammanfattningar som mer liknar en dagbok. Vidare finns det poddsändningar med pedagogisk eller upplysande funktion. En sådan genre är soundseeing där en geografisk plats eller till exempel ett museum presenteras av någon som fysiskt befinner sig på platsen när sändningen spelas in.

Dörren rycktes upp och in kom Rut. Hon hade varit en sväng vid brevlådan.
"Coop börjar bli desperata på mitt hushåll som aldrig kommer upp i poängen", sa hon.
"Vi har inte fler poäng än att vi kan nyttja poängklippet för en så kallad klämmis i deras poängshop. Vad nu det är för något?". Hon tittade upp ur reklambladet och såg ett gäng förundrade individer i sitt kök.
"Och för den som inte vet, är en klämmis en ekologisk slags puré", la hon till eftersom det verkade behövas. Hon pekade på en bild i annonsbladet.
"Mmmm", svarade Sigge.
"De föreslår nu ett inköp av exempelvis en emaljerad gryta vilken ger fyrtiotusen poäng. Eller tusen bin vilka ger trettiotusen poäng". Hon tog en kort paus och fortsatte:
"Tror de på fullt allvar att man är intresserad av något så

avancerat som en emaljgryta? Eller en bisvärm för all del, om man nu handlat så lite att poängen bara räcker till en sketen klämmis? Vad tror de? Och vem vill förresten ha en klämmis? Med miljövidrig förpackning och allt. Har väl aldrig hört något fånigare".
"Mmmm", lät det från Sigge igen.
"Är det inte ganska uppenbart hur ogärna man vill handla då?", muttrade hon.
"Snacka om att inte ha fattat poängen! Det här sättet att binda kunder till sig är något jag tänker ta upp om jag skulle podda någon gång", la hon till.

Sixten, Siri, Mini och Sigge tittade på Rut där hon stod och fäktade med reklambladet tills hon tappade delar av posthögen.
"Mamma, jag tror att vi har en klämmis i kylen och de är rätt så goda faktiskt. Det är Twist som har handlat lite", sa Sigge eftersom han tyckte att något behövde sägas här.
Rut öppnade kylskåpet och tittade in. Hon gick igenom hylla för hylla och hamnade till slut på huk för att se längst ner, längst bak i kylen. Där mot den bakersta väggen, dold bakom potatispåsen, hittade hon en hel kartong med klämmisar. Ett big pack, med andra ord ett helt tjugopack med klämmisar. Det var smaker som päron och blåbär, broccoli och ärtor, eller jordgubbar och äpplen. Det fanns till och med sötpotatis och katrinplommon, ris och kyckling. På någon stod det gröt och på ytterligare en fruktris.
"Det var som fasen", sa Rut. "Så klart! Det är därför vi får reklam. De känner till behoven här hemma. Och jag som trott att Twist gått och blivit liten i maten men i själva verket har han helt enkelt varit proppmätt".
"Twiiiiiiiist!!!", ropade hon sen. Hon hann knappt öppna köksfönstet innan hon gastade på honom.
"Dags för snickerboa!" lät det från Sixten.

Kapitel 5
Om silversjön, myggstift och flickan utan geist
samt woodoäpplet och alla förkortningar

Incidentledare Wanjelin väcktes ur sin djupa sömn. Inte
bara han förresten utan också hans fru. Klockan var 03:30
och telefonen var det som väckte dem. Incidentledar-
telefonen.

Den som nyss ringt förklarade läget i andra änden. Av
samtalets karaktär att döma lät det som om en dator inte
gick att få igång.

"Här fungerar ingenting", kunde Pernilla förstå utifrån det
som läckte ut i utrymmet mellan Tobbes öra och luren. Det
okristligt tidiga samtalet skvallrade om att det som strulade
inte hade gått sönder i Europa. Mest troligt var det en dator
i Kuala Lumpur som lagt av. Möjligen i Santiago eller
liknande ställe i tjottahejti, långt bortom all ära och
redlighet.

"Det är strömavbrott", svarade den sömndruckne
incidentledaren, hur han nu kunde veta det från det ena
tillståndet till det andra. Nyss sov han, nu var han vaken och
gjorde en blixtsnabb analys av läget. Pernilla hörde hur det
hummades och ummades ett tag. Tobbe lämnade sängen
och gick upp för att koppla upp sig.

"Ja, här fungerar då allt som det ska i alla fall", hörde
Pernilla honom säga.

"Fast det står en notering om Signal Mode. Kan det vara så
att din dator inte har kontakt med skärmen? Har du kollat
alla sladdar? Har du startat skärmen eller har den hamnat i
släckt läge?"

Det blev tyst ett tag och Pernilla måste ha somnat om.
Nästa gång hon vaknade var det av de två orden "jävla
pappskalle". Tobbe hamnade bredvid henne på kudden igen

och hon slängde en blick på klockan. 03:47. Två och en halv timme kvar att sova.

Även Pernilla hade till slut fått släppa taget om sommarledigheten och lagom till jobbstarten var det rena rama hösten ute. Så såg det ut i nära två veckor innan det mot slutet av månaden åter kom lite sommarvärme. Det var som om den sista pusten sedan tog slut på allt.
Helt ärligt kände Pernilla att hon var absolut proffs på att disponera lediga dagar, inget snack om det. Jobba var en sak, att vara ledig något helt annat. Det var älskvärt. En märklig upplevelse dessa första jobbdagar var att varje dag gick otroligt fort medan veckorna släpade sig fram. Efter några intensiva jobbdagar, hade de ändå bara kommit till onsdagen i veckan.

Personalen hade inlett terminen med två konferensdagar och därefter några uppstartsdagar i skolan. Väl tillbaka där sattes de att fundera över vilket som var deras mål för läsåret. Mitt mål, tänkte Pernilla. Det borde väl vara att ta dagen som den kommer, leva enkelt, skratta ofta, älska innerligt, njuta, göra världen bättre och ha realistiska förväntningar på sig själv. Men det var inte riktigt de målen som ledningen hade i åtanke. Det hela handlade mer om tydliga, utvärderingsbara och verksamhetsanpassade mål. Det var struktur och systematik som avsågs. Inget av det passade Pernillas semesterlata hjärna. Hon kunde verkligen inte tänka i sådana banor. Hon kunde verkligen inte tänka överhuvudtaget. Men det gick över. Varje gång efter loven förvånades hon över hur snabbt hon ändå kom in i jobbet igen. De två första jobbveckorna innehöll mycket introduktion och genomgångar vid sidan av alla uppstartsprocedurer som behövde göras. Så här dags hade de nu trampat sig igenom den allra första höstmånaden, och plötsligt hade sommaren bara blivit ett minne blott.

Det som satte guldkant på arbetet denna höst var att en av
Pernillas bästa kollegor från den tidigare arbetsplatsen, en
skola hon lämnat med sorg i hjärtat för fem år sedan, nu
äntligen skulle börja jobba hos Pernilla. De skulle alltså få
jobba ihop igen och dessutom på samma stadie. Båda på
högstadiet. Detta bidrog till att höststarten inte kändes fullt
så vulgär, utan mer som ett spännande inslag i vardagen.
Pernilla satt och blängde på sitt woodoäpple som hon riggat
sista semesterdagen. Det var ett äpple som hon ritat ett
sammanbitet ansikte på och stuckit tandpetare i, i syfte att
skrämma bort alla tvivelaktiga tankar. Hjälpte inte det, skulle
hon sätta i nålar och nivån efter det, var grillspett. Tobbe
hade oroligt undrat vad som egentligen pågick där hemma
och tyckte att det var hög tid för hans fru att komma iväg i
tjänst igen. Nu när första jobbmånaden passerat var
woodoäpplet redan skrynkligt. Hon hade aldrig behövt höja
nivå. Tandpetare räckte bra.

Med en snabb titt i kalendern efter frukosten såg hon att det
just denna dag var dags för ett uppföljningsmöte med en
desperat mamma som hon samtalat med ett par veckor
tidigare. Samtalet hade handlat om på vilket sätt läxorna
sköttes där hemma och mamman behövde hjälp med hur
hon kunde tänka, stötta och strukturera arbetet för sin
dotter. Flickan gick i årskurs åtta. Genom hela sjuan hade
det varit en kamp runt detta med läxor och mamman tyckte
inte alls att dottern tog ansvar. Dottern själv var helt lugn
och tillfreds med det sättet hon tyckte att hon tog ansvar
över sina läxor och annat. Pernilla och mamman skulle prata
en stund själva först och sedan kanske flickan skulle vara
med, men helt säkra var de inte på den punkten. Kanske en
stund i alla fall hade Pernilla föreslagit.
Mamman hade delgett Pernilla flera exempel på det som
inte fungerade, i hopp om att få gehör för sin frustration.
Ett exempel var när flickan nyligen varit sjuk, och mamman
hade frågat om hon skulle åka förbi skolan och hämta

material för läxarbete. Kring detta fick hon ett "nej, det behövs inte" som svar av flickan. Det här var något förvånande för mamman eftersom två mattelektioner missats under frånvaron och det skulle vara matteprov tre dagar senare. De hade som rutin att räkna matte en halvtimme hemma varje vecka, en rutin som det mest verkade som om mamman hade, men inte dottern. Flickan ansåg sig lätt kunna strunta i detta, vilket hon också hade gjort de två senaste veckorna. Därför låg hon i stort sett tre klocktimmar efter i matten inför provet. Ändå tyckte hon alltså inte att hon behövde ta hem och jobba något hemma.

Det hon också hade missat under sin tvådagarsfrånvaro var ett kemiförhör som hon inte pluggat till, eller rättare sagt skulle ha pluggat till men bestämt sig för att göra annat i stället. Det förhöret var tydligen något som var som bortblåst ur flickans medvetande nu. Dessutom stod det på informationen från skolan att ett arbete i historia skulle lämnas in plus en inlämning i spanskan om ett spansktalande land. Mamman försökte beskriva sin irritation över att hon så väl förstod att flickan smet men att hon inte kunde plugga åt henne. Flickan måste själv axla lite ansvar. Mamman var tvungen att acceptera flickans svar att inget behövde tas hem. Denna ganska uppgiftsfulla vecka var dessutom kortare eftersom måndagen var en ledig dag.

Flickan hade sagt att hon ville följa med sin kompis till landet mellan fredag och lördag. Mamman började då deala på hemmaplan genom att säga att det var okej men enbart om hon då ägnade söndagen åt skolarbete. Det accepterades och mamman hjälpte till med helgpackandet. Hon köpte henne nya gummistövlar och en hel kasse med godis, plockade fram sängkläder och påminde om allt som skulle med. Det var bäst så, annars hade nog bara en tandborste och mobilladdaren kommit med. Flickan kom hem lördag kväll. Glad, utvilad och nöjd och hade en hel del att berätta.

När de senare skulle kolla av läxarbetet inför nästa dag,
visade det sig att hon inte hade någon kemibok hemma.
Inga historieuppgifter heller och ingen spanska.

Söndagen kom och då började knorrandet om varför hon
inte fick träffa sina kompisar, det var ju söndag. Vadå? Ska
jag plugga hela dagen? Överenskommelsen var som
bortblåst. Vadå, hinner jag inte träffa mina kompisar?
Varför inte då? Ungefär så hade det låtit. Hela förmiddagen
passerade och i stället för att närma sig pluggandet satt hon
och tittade på film och skrollade runt på Instagram. När
hon äntligen, framåt eftermiddagen skulle sätta igång med
matten hade hon inget räknehäfte. Det var kvar i skolan
vilket löste sig så klart, hela världen var ju full av papper.
Hon gjorde några uppgifter med klart skiftat fokus.

På måndagen, då de egentligen var lediga men skolan ändå
stod öppen på grund av lärares konferenser, åkte de förbi
skolan och hämtade flickans kemibok. Något annat
behövdes inte påstod hon. Inte spanskan? undrade
mamman, men nej. Inte räknehäftet? Nej igen.
Nya uppgörelser gjordes som ett led i att själv lära sig
fördela tiden mellan "vill- och måstegrejer".
Överenskommelsens mål var att alltid göra det man måste.
När dagen blivit kväll, kollade mamman hur det hade gått
och i väntan på att maten skulle bli klar, bad hon flickan
påbörja spanskan eftersom hon inte gjort den under dagen.
Det kunde hon inte, för hon tyckte det var svårt. Mamman
föreslog henne att tänka ut vad hon ville skriva och göra det
på svenska i alla fall, för att sedan i nästa steg översätta
texten. Det gjorde hon på ett mycket oengagerat vis i tio
minuter. I stolpform.
Efter maten hade mamman kollat vilka sidor det var i kemin
och räknat ut att det var drygt fyrtio frågor att svara på.
Endast elva av dessa var gjorda. Några matteuträkningar
fanns inte över huvud taget. Flickan satt med kemin till

klockan tjugotvå men blev inte klar. Matten hann hon inte
ens påbörja. Och ingen mer spanska heller, all översättning
kvarstod.

På tisdagen, som var första skoldagen bestämde de att
flickan skulle gå direkt hem och plugga och mamman hade
kontaktat kemiläraren för att få någon slags vettig input på
kemiuppgiften och fick faktiskt självaste provet mejlat till
sig. Det skulle flickan titta på efter skolan och då även jobba
vidare med matten. Flickan som hellre ville vara med
kompisar ställde varför-fråga på varför-fråga tills mamman
till slut fick bli förbannad. Äntligen, tänkte Pernilla, som
lyssnat på mammans berättelser i all tids evighet vid det här
laget.
När mamman och flickan sågs hemma på tisdag
eftermiddag fortsatte diskussionerna: ”Men varför ska jag
plugga det här, jag kan ju allt, måste jag skriva svaren? Kan
vi inte göra det muntligt? Måste jag göra uträkningar? Du
vill ju bara att jag ska vara en plugghäst utan kompisar”.
Mamman hade kört några uppgifter muntligt med flickan
och sedan ringat in nio uppgifter som hon var tvungen att
göra innan hon skulle få vara en stund med kompisar. Tre
uppgifter var fel och samtliga saknade uträkningar fast
mamman sagt att hon ville ha det i häftet för att kunna se
hur flickan kommit fram till svaren. På toppen av detta
visade det sig att kemin var fellöst. Senare på kvällen fick
flickan titta på kemin igen. Nu var det så enkelt ordnat att
om papperet var rätt skrivet, skulle flickan kunna sätta alla
rätt på läxförhöret. Läxpapperet och förhöret var exakt
samma papper, svårare än så var det inte. Ändå valde flickan
att strunta i det och ansåg arbetet vara klart utan att det alls
var det. Kemiboken var förresten inte ens med hem. Om
spanskan fanns inget mer att säga. Inte heller om SO:n.
Mamman hade avslutat hela berättelsen med darrande röst
och en tung suck. Det var efter det samtalet som de bokade
det möte som skulle vara just idag.

”Pernilla! Kan du hälla upp ett glas rödbetsjuice åt mig är du
snäll?”, ropade Tobbe från en annan del av huset. Han hade
på grund av nattens aktiviteter inte särskilt bråttom till
jobbet och var fortfarande hemma.
”Jag blev lite sugen när jag kom att tänka på rödbetsshotsen
vi hade med till Österrike i somras”. Han klev precis ut från
badrummet, där sommarens aktiviteter tydligen hade landat
i huvudet på honom.

Som vanligt när de var i väg på resor fyllda av
seglingstävlingar var veckorna intensiva. Allt var schemalagt
och noga uträknat. Färjetider styrde, registreringstider och
de olika tävlingsdagar likaså och tältplatser samt hotell var
bokade. Så plötsligt var de hemma igen från allting och inte
sällan dagen precis innan jobbstart.
Först efter lång tid bubblade minnena upp och medan
Tobbe rakade sig denna morgon hade han kommit att tänka
på resan till Österrike. Innan de anlände hade de haft några
seglingsdagar i Tyskland, egentligen mest för att träna inför
EM. Dagarna var kalla och blåsiga, så till den grad att de
hackade tänder ombord och kurade ihop sig nära varandra i
tältet på nätterna. Efter seglingsdagarna där hade de rivit
och packat tält, därefter riggat av och surrat båten på trailern
samt plockat ihop alla sina tillhörigheter. Givetvis i regn och
rusk. Därpå hade resan vidare ner till Österrike och årets
EM äntligen startat.

”Jag kom att minnas köerna utanför Wien på grund av alla
vägarbeten. Precis som här hemma. Sommar är lika med
vägarbeten. Då hade vi suttit i bilen i timtal och ville bara
komma fram. Vi var rätt möra där”, sa Tobbe.
”Mmmm”, svarade Pernilla. ”Har du hamnat i såna tankar,
vad skönt mitt i vardagsmorgonen”.
”Så blir det ibland. Det var när jag kom att tänka på vilken
temperaturskillnad vi fick känna på. Från bistra tolv grader

med blåst i Kellenhusen i norra Tyskland till närmare trettio i Österrike".

"Ja, visst var det skillnad! Tur att det var den senare tempen som höll greppet hela veckan. Vi vande oss fort".

"Jag kommer ihåg de där toabesöken i Kellenhusen, som man bara ville få avklarade så fort som möjligt. Inne på toa var det lyhört och kallt, stundtals trångt och köigt eftersom det också var enda stället att byta om på. Det var endera du eller jag som stod och väntade utanför. Minns du när du kom ut efter mig och var skitnöjd?"

"Nä, det har jag glömt. Vad var jag nöjd över?", undrade Tobbe.

"Du sa att du hade rakat dig lika snabbt som snubben med rakapparat vilket jag förstod eftersom jag såg att det var en ganska stor orakad fläck på kinden. Fast jag ville inte störa glädjen med att påpeka det".

"Jaså det", Tobbe log. "Som jag ändå upptäckte sen".

"Ja, du sa: 'Fan, jag såg att jag missat på halsen här'... men i själva verket hade du missat lite all over. På kinden också. Du såg så himla kul ut, som en sån där prydnadsrakad tävlingshäst, men jag ville inte ta lyckan ifrån dig med anledning av ditt nysatta hastighetsrekord".

"Meh, och så lät du mig gå omkring och se fläng ut".

"Ja, tänk!", skrattade Pernilla. Tobbe skakade på huvudet.

"Det lustiga när vi är ute och reser är att vi alltid hamnar spot on på det vi faktiskt ska, det vi letat efter", sa Pernilla sedan.

"Som i Österrike. Från autostradors uttröttande brus, in på mindre landsvägar, några rondeller bort och så plötsligt är vi mitt i en liten pittoresk stadskärna. Neusiedl am See. Vi, eller snarare du, hittade även denna gång precis rätt avtagsväg för att komma till den långa Seestrasse. Oändligt lång men den ledde oss hela vägen ner till seglingsklubben. Själv hittar jag aldrig till någonting".

De pratade vidare och plockade bland minnena. Intrycket av Neusiedler See. En gigantisk sjö med silvergrått vatten, där badaktiviteter och segling fortfarande pågick till en bra bit in på eftermiddagen sedan de anlänt. Badområdet bestod av ett enormt stort gräsområde, inklusive bollsportsplaner, duschhus, några pooler och restauranger. Allt skulle under en dryg vecka delas lika mellan badgäster och Hobie-entusiaster. Det låg en blandning av förväntan, nyfikenhet, lek och avkoppling i luften.

Självaste sjön var stor som Siljan. En stäppsjö med stådjup vart man än hoppade i. Bottnen bestod av hårt packad lera och det var denna lera som färgade vattnet så där grått. Vid tillfällen då det gick höga vågor såg man botten i vågdalen, fast det hände aldrig under tiden Tobbe och Pernilla var där. Första intrycket var att vattnet såg smutsigt ut men efter några dagar där och särskilt efter att de kommit ut på vattnet bland alla båtar och dess färgstarka segel, kom det att se allt annat än smutsigt ut. Det var otroligt vackert, the silvergrey water, som neusiedlerborna själva omnämnde det.

Tobbe och Pernilla ställde av trailern och båten inne på seglingsområdet och kikade runt för att se vart de faktiskt hade hamnat. Klubbhuset var gigantiskt. Faktiskt så kolossal att det vid sidan av att innehålla både en kafeteria, många kontorsytor och flertalet toaletter samt duschutrymmen också bestod av en jättelik båthall. Det var full masthöjd där inne så en och annan båt kunde få plats med. Just i denna lokal hölls veckans alla fester. Invigningsfesten, middagen då fleeterna delades samt avslutningsfesten.

Tobbe och Pernilla hade anlänt en dag tidigare än alla andra då det fortfarande var fullt plock med att iordningställa alla utrymmen. Race office skulle byggas upp, kafeteria ställas i ordning, teveskärmar och anslagstavlor fyllas med information, gräsytor tömmas för att snart fyllas på med hundratals katamaraner. Folk sprang kors och tvärs medan Tobbe och Pernilla mest bara pustade ut efter resan.

"Härliga minnen", sa Pernilla, "men nu måste jag nog pinna
iväg till jobbet. Dagen är fullpackad med löften och arbete".
"Gör det. Själv tar jag nog igen några timmar av nattens
incidentledarjobb och gör en lugn start. Jag ska kolla lite på
bilderna från i somras innan jag drar iväg".
"Mysigt! Vi får prata mer sen, puss och ha en bra dag".
Medan Pernilla tog sig till jobbet funderade hon över hur
hon bäst skulle lägga upp dagens möte.

Tobbe startade upp datorn för att leta runt lite bland
resultat, deltagare och bilder. Efter sådana här evenemang
fanns det så många intryck. När allt slutligen var över
kändes det nästan som att ha blivit avkastad i farten ur en
berg- och dalbana. Plötsligt var allt bara slut och dagarna, till
och med veckorna efter, kryddades av minnesvärda
upplevelser. Nu när månaderna hade passerat, var det som
att kika in i en sån där viewmaster, en sån där apparat som
man stoppade ner runda skivor med bildmotiv i. Man kunde
trycka fram en bild i taget med hjälp av en liten spak på ena
sidan och upplevelserna blev mer färgstarka och mer 3D än
i verkligheten. Till slut var bilderna slut och hela storyn
uppspelad. Exakt så var känslan för Tobbe när han
återupplevde och återvände till alla intryck.

Efter ankomsten den första dagen hade de blivit en
hotellnatt i Neusiedl am See eftersom campingplatsen, cirka
en kilometer från seglingscentret, inte hade förberetts än.
Denna gång sökte de hotell utifrån en rekommendation de
fått av Pernillas arbetskollega och hennes man. Kollegan
hade varit på platsen mycket eftersom hon hade släkt och
vänner där. Pernilla och Tobbe körde utifrån den
beskrivning de fått till en närliggande ort vid namn
Breitenbrunn, närmare bestämt till gatan
Eisenstädterstrasse. Från seglingsområdet var det cirka tjugo
minuters bilfärd dit genom en osannolik omgivning.
Vinrankor och solrosfält längs vägarna så långt ögat nådde.

De hittade hotellet de sökte, Gasthof Wein, som var öppet
och tog emot dem. Efter denna heta dag som till största
delen bestått av stillasittande i bil och senare puttande av
trailer, fanns plötsligt en välförtjänt dusch i sikte. Med utsikt
över hela Neusiedler See åt de strax senare en god middag
på hotellets stora altan. Högst behövligt eftersom en
aprikosmunk och nötter varit enda födan så långt den
dagen.

Nästa dag var en lugn och fortsatt mycket varm dag. Det
var enbart svaga vindar hela dagen. Lite svårt att föreställa
sig att hundratals Hobiesar skulle ut på sjön inom några
dagar. I vilken vind då? Forecasten för kommande dagar såg
inte särskilt lysande ut. Efter ett besök på ortens vinothek
tog de sig ner till seglingscentret där de solade, kände på
vattnet och låg och läste på gräset i några timmar. Därefter
riggade de upp båten och så fort det var klart letade de upp
campingen för att ställa upp tältet. Än en gång på marken av
en äng fast denna gång inte en fårhage. Istället var det en
skateboardramp i ena änden och en simhall i den andra. De
skulle få tillgång till dusch och toalett där under deras
öppethållande. Övrig tid var det en vattenslang från väggen
som gällde och dagen därpå skulle fyra bajamajor ställas på
plats. Vajert! Ännu hade bara danskarna och ett par tyskar
kommit dit med sina tält och husbilar. Tobbe och Pernilla
varnades för att ta tältplatsen vid buskarna eftersom det där
skulle vara mycket mygg. Inom ett par timmar undrade både
Tobbe och Pernilla hur mycket mygg det kunde finnas i
buskarna om det hos dem, som *inte* hade några buskar,
fanns enorma mängder. Deras granne hade en elektrisk
myggdödare som det fräste så mycket om att man blev full i
skratt. Den tog i snitt trettiofyra myggor per minut. Detta
som en bjärt kontrast till det kalla, myggfria Tyskland. Och
som ytterligare jämförelse med Tyskland, skulle det denna
första Österrikiska tältnatt nog bara kunna bli ett enda
tältparty att lyssna till. Det hos danskarna. De var nämligen

mycket bra kompisar med fransmännen Bader, bröderna
som vann EM i Garda förra året. Och så blev det... de
käkade, festade och lekte runt i många timmar.

Det blev en lång natt. Tobbe och Pernilla vaknade gång på
gång av danskarnas fest. Till slut och äntligen hördes
alldeles vanligt sansat prat, och de blev jätteglada över att
natten var över och morgonen tagit vid. Men då var klockan
bara runt fyra på morgonen och det som lät, var
danskfranskpartyt som fortfarande inte var helt slut. Nästa
livstecken bestod av italienskt babbel, ett intensivt
hamrande och ett envetet pumpande. Tobbe och Pernilla
tittade ut. Sex nya tält hade kommit till platsen tidigt på
morgonen men än fanns det mycket plats kvar. Det skulle
komma många fler, det visste de.

Wien låg bara fem kilometer bort och skulle säkert vara
sevärt, därför bestämde de sig för att åka dit denna dag. De
hade fått tipset att besöka Schweden Platz och köpa biljetter
till HopOn HopOff-bussen. Så då gjorde de det. Det fanns
en röd linje och en blå linje. Tobbe och Pernilla som inte
visste vare sig vad de skulle se eller missa i och med de olika
valen, beslutade sig för en kombinationsbiljett. Med denna
biljett skulle de kunna ta sig genom hela staden. HopOn,
HopOff bara. Starten på deras trip gick centralt vid Donau
via det exklusiva Wien där hotell Sacher pekades ut och
information gavs om att en svit där kunde kosta sextusen
Euro. En bild på furusängen på hotell Smile poppade
plötsligt upp i Tobbes huvud. De passerade klassiska och
musiska Wien där kort sagt alla kompositörer värda att
nämnas vid namn sett sin vagga. De såg multikulturella
Wien, antika Wien, militära Wien, kungliga Wien, politiska
Wien och gamla Wien plus dess utkanter. En av utkanterna
var Schönbrunn. Habsburgarnas näste med sina drygt
fjortonhundra rum. Tobbe och Pernilla stannade kvar där i
någon timme för att se sig om. De drack varsin eis coffee

och gick runt i den enormt stora parken. Nästa stopp blev
en kall öl utanför spanska ridskolan. Bussen körde dem
också längst bort åt andra hållet, ända till den gamla
Donaufloden inklusive de judiska områdena. Det var en dag
med 29 grader stillastående luft och 35 grader i bussen. En
dag i sällskap med gubbar som Lenin, Stalin, Hitler, Freud,
Mozart, Schubert, Vivaldi, Strauss och väldigt mycket Franz
Joseph.

En och annan kvinna nämndes också i sammanhanget,
bland annat Maria Theresia som regerade i mitten av 1700-
talet. Under hennes tid avvisade religionsfriheten och såväl
protestanter som judar förföljdes. Hon lät övervaka den
allmänna sexualmoralen och satte kvinnor med lös moral i
kloster. Adeln och kyrkan tvingades betala skatt.
Dödsstraffet avskaffades men tortyren kvarstod. Hon
införde skolplikt för alla barn mellan sex och tolv år. Maria
Theresia var en entusiastisk beskyddare av musiken. Hon
älskade att uppföra konserter och operor på det nyuppförda
slottet Schönbrunn. Ett mynt som präglades på hennes tid,
en så kallade Maria-Theresiadaler, spreds i handeln långt
utanför rikets gränser. Den gällde som betalningsmedel en
bit in på 1950-talet i exempelvis Jemen.

Efter denna mastodontguidning, och ganska så svettblöta i
baken efter en dag på bussens plaststolar, åkte de tillbaka till
de centrala delarna för att plocka ut bilen ur
parkeringsgaraget. Med viss oro faktiskt. På de platser de
varit i både Tyskland och Österrike var det allt annat än
enkelt att använda kreditkort som betalningsmedel. Här
använde man kontanter. Handskrivna kvitton var heller inte
ovanligt, gärna med karbonpapper emellan. Till Tobbes och
Pernillas stora förvåning stod det klart att många knappt
pratade engelska, i alla fall inte särskilt många ord.
Standarden var lite 70-tal. På sina håll fanns det inte kranar
med blandare, utan det var varmvatten- respektive

kallvattenkran som gällde. Å andra sidan hade de allmänna bajamajorna tvål och vatten för handtvätt! Hederliga glödlampor var bra mycket vanligare än de lite mer energibesparande alternativen och de såg inte skymten av någon enda sopsortering. Däremot satsade de stort på märkliga supermaskiner som kokade ägg och fördelade flingor på yoghurten.

Men, hur gick det med bilen då? Det fanns ingen apparat som tog kreditkort så långt ögat nådde utan det var kontanter som gällde här. Efter lite panikslaget springande i garaget löste det sig eftersom de till slut hittade en kortautomat. Mätta efter ett mål på Hard Rock Café återvände de till en betydligt mer fullsatt seglingsklubb. Många fler hade anlänt nu, även till campingen. Frågan var; skulle fler människor betyda fler mygg eller delade samma mängd myggor upp sig på det större antalet människor? De hoppades på det senare.

Tobbe avbröts i sina tankar av att telefonen ringde. ”Hej, å vad bra att du inte kommit iväg än. Ser du om min kalender ligger någonstans där hemma?” Tobbe visste inte varför, men varje gång han hörde Pernilla säga ordet kalender, genomfors han av en obehaglig ilning. En anledning kan vara den att han tyckte att hon levde alldeles för mycket i sin kalender. Bokade, planerade, klottrade och kladdade. Det var färgmarkeringar och lösa lappar, hundöron och anteckningar. Inte ett enda område var enbart vitt och inte en enda dag var hon här och nu. Ändå tyckte Pernilla själv att hon blivit bättre beträffande bokningar men enda skillnaden var att hon hade satsat på en mindre kalender. Rena lurendrejeriet tyckte Tobbe. Det var bara att använda mindre bokstäver så fick allting plats ändå. Å andra sidan var hennes kalender den som förde dem samman med både Rut och Twist och allt som följde med det, inklusive kontakten med Mini, Mac och Pia-Carin. Så han älskade kanske hennes kalender. Det kan eventuellt även vara det som utlöste ilningen.

"Hej hopp, var vi där igen nu då?", svarade Tobbe. "Med den borttappade Filofaxen".

Pernilla skrattade. "Det är ingen Filofax, det är en kalender".

"Jag ser den", sa Tobbe plötsligt. Är det något särskilt du vill att jag ska kolla åt dig?"

"Mmmm, jag hade ett möte inbokat trodde jag, men ingen har kommit än så jag börjar misstänka att jag missat något". Tobbe bläddrade fram dagen. Veckouppslaget innehöll uppemot tjugo olika noteringar. Det stod att Tor skulle till Etnografiska och att Stadiums hundrakronorsrabatt bara gällde till torsdag. Pernilla påminde sig själv med en notering att ringa en Susanna på kommunen angående några tester och att samtal hade bokats med eleven RB angående studieplanering. Eleven SP skulle ha ett muntligt prov, elev NT jobba extra med engelska och ÅP skulle skrivas för eleven PD. I helgen stod det Rut på lördagen och klippa häcken på söndagen. Två möten var inbokade, en med lärare för KF och en med eleven PM och VH. Det var på onsdagen.

"Ja du, inte vet jag vad du undrar över", svarade Tobbe svävande.

"Står det initialerna LJ någonstans idag?"

"Nej, det gör de inte".

"Men kolla noga nu. Står det inte LJ och VH någonstans?" Tobbe kunde inte se det så han kikade snabbt in i nästa vecka som inte på något sett såg ljusare ut. Där fanns noteringar om en föreläsning om dyslexi, något som hette omvärldsdag med klass 8a och sammanställning av PK för TS. Pernilla skulle tydligen också komma ihåg att göra en priolista inför EHK med RR och Tor skulle till tandläkaren.

"Vi får inte glömma att Tor ska till tandläkaren nästa vecka", sa Tobbe.

"Men det vet jag väl. Det är dags för justering av
tandställningen igen. Hittar du inte LJ någonstans?"
"Jo det står LJ, ihop med nån VH ser jag på tisdagen."
"VH står för vårdnadshavare och va... var det inte förrän
nästa vecka. Okej, då fick jag lite tid över då. Vad gör du?"
"Jag sitter och gottar mig i Österrike. Kollar bilder och
tänker tillbaka. Nu hade jag kommit till natten då det
regnade och blixtrade så mycket".
"Ja, det var inte dåligt vilket åskoväder som drog förbi. Det
sades ju att åtta av tio dagar var soliga där nere, så det måste
väl ha varit dag nio då?" Pernilla skrattade lite lamt.
"Fast det var det inte. Jag tror att det var ganska tidigt i
veckan, kanske tredje natten eller så. Efter en sådan natt var
det extra skönt att ta en frulle på Donken".
Tobbe och Pernilla började äta frukost på McDonald´s dels
för att toaletterna var fräscha och dels för att frukosten
kostade hälften av frukostpriset på seglingsklubben. De fick
också fritt WiFi på Donken. Varje morgon packade de ihop
sina toalettgrejer och åkte dit. De gick upp ganska tidigt så
de kunde sitta där en god stund innan det var dags att passa
starttiden på seglingscentret.
"I och med åskovädret, uppkom berättelsen om vattnets
kretslopp. En förskräckelse i två akter som utspelades i
tältets sovavdelning. Den glömmer jag inte", sa Tobbe och
läste innantill på bildtexter som de lagt in.
"AKT I (Klockan var då 01:19) då vi kände att det började
droppa regnvatten från tältdukstaket. Det landade först på
benen och sedan på ryggen. Utanför föll ett praktregn, det
både blixtrade och dundrade".
"AKT II (fyrtiofem minuter senare: något måste göras), då
du sa de förlösande orden att det verkade som om tältet inte
klarade regnet".
"Och jag föreslog att vi skulle byta om från pyjamas till
regnställ?", skrattade Pernilla.

"Eller hur? Vi sov med en hink i sängen hela natten som
fångade upp dropparna från det värsta stället. Lite
humoristiskt så här efteråt".

"Och vägningen sen då", kom Pernilla på.
"Alltid samma känsla av tvivel och förhoppning samtidigt.
83 kilo plus 62 kilo trots att vi tagit av skorna och tömt
fickorna ... no comments".
"Det är minst fem kilo för mycket, eventuellt tio.
Registreringarna var alltid kul och ganska sociala aktiviteter
medan invägningen ofta var trist och högst privat".
"Nä, nu måste ja jobba. Ska du vara hemma länge till?",
undrade Pernilla.
"Jag åker nog om en timme, det räcker med att jag är på
jobbet till lunch. Du, jag tänkte på en sak. Det var en otrolig
massa förkortningar i ditt jobb förresten, men så är det
kanske på många jobb egentligen".
"Det är ett sätt att vara hemlig utan att egentligen vara det.
Egentligen ska alla elever vara kodade. Initialer är på tok för
taffligt att använda som sekretess", svarade Pernilla.

På bordet framför Tobbe låg det en keps med
förkortningen CM broderad ovanför skärmen. Det hela var
inte hemligt, snarare pinsamt. Change Release configuration,
långversionen av "Config" eller CM då. De skulle ha
enhetsmöte den tolfte på jobbet. En dragning om IT, och
Tobbe var en av dem som skulle hålla i dragningen. Med
keps på. Han som inte ens passade i keps. Sen skulle han
visst stå och känna sig obekväm i supportdisken. Nä, fy fan
för CM tänkte han. I det militära är CM lika med högsta
hönset, i alla fall inom det marina. På hans jobb var han
långt ifrån högsta hönset och de som stod högst var
verkligen som höns. De pickade runt och tog beslut som
verkade bäst enbart för stunden. Han tänkte nog ha kepsen
bak och fram där på dragningen. Nej, jag kanske skulle

skärpa mig nu sur-Tobbe, tänkte han. Tillbaka till seglingsminnena, det är mycket roligare.

De hade läst valda delar av seglingsföreskrifterna, tvättat av båten och fått den checkad inför seglingen. De satte fast startnummer och reklam på stäven. Det var vindstilla ända till halv fem på eftermiddagen. Ingen segling än. På kvällen besökte de en annan ort, Podersdorf am See där de åt middag. Även det en badort med en huvudgata, en pir och skön semesterstämning. Podersdorf är ett starkt katolskt område där man lever enligt principen att männen är de som arbetar utanför hemmet medan kvinnorna i huvudsak arbetar hemma. De har också restriktioner kring öppettider och nästan allt är stängt på söndagar. Lite som i Sverige fast på sextiotalet, utom på en punkt. Längst ut på Podersdorfs pir stod en vinvagn där man kunde prova olika viner. Så himla trevligt. Okej, det här var ett land utan moderna apparater och kreditkortssystem men de hade annat. Handen på hjärtat, om man tvingades välja mellan kreditkortsapparater och vinvagnar hemma, så var valet ganska enkelt. I alla fall sommartid.
De återkom till tältet sedan, mätta och nöjda, och faktiskt var det inte så mycket mygg denna kväll. Kanske beroende på att myggen blivit desorienterade sedan deras matstationer, det vill säga Tobbe och Pernilla, bytt utesittarplats från västra till östra sidan av tältet.

Skepparmötet hölls från scenen klockan nio nästa morgon, faktiskt till och med på engelska men Tobbe och Pernilla kom först mot slutet. De hade missat tiden helt. Den första tävlingsdagen på Neusiedler skulle starta och det var fyra olika klasser som startade på samma bana, 46 team totalt. Team med enbart damer, 7 till antalet. 19 team med spinnaker, 15 masters och enbart 5 grand masters. Det var till den senare som Tobbe och Pernilla tillhörde och de hade två tävlingsdagar framför sig. Trots minimal vind kördes de

ut på banan som låg så långt ut som en halv månlandning.
Det var dags för första racet på den lergråa sjön.
Starten gick, vilken överraskande nog visade sig vara deras.
De satt och väntade på sin gula klassflagga men hade inte
läst i de anslagna ändringarna att alla utom båtarna med
gennaker startade samtidigt. Hade de kommit i tid till
skepparmötet på morgonen skulle de med all säkerhet ha
snappat upp det. Nu bidrog missödet starkt till att de fick en
dålig start. De missade den helt, på exakt samma sätt som
på Garda förra året. Från fulladdade av fokus och strategiskt
tänkande, via känsla av förvirring, till total flopp på mindre
än en minut. Det tvingades inleda sitt första race med en rad
räddande manövrar. I två till tre meter per sekund blev varje
manöver kostsam. Banan kortades med ett helt varv och
gaten flyttades till startbåten som då blev mål, så... då
missade de målet också. Tobbe och Pernilla in big trouble.
Efter tre timmar med dåliga resultat, de låg näst sist,
bogserades alla båtar i land. Där hängde de runt i flera
timmar i avvaktan på vind och det gick inte att lämna
området. Skittrist för att vara ärlig. Så plötsligt gick
racetutan för att skicka ut dem igen, guppeligupp. De 46
teamen tog sig hela vägen till startbåten igen för att snart
återvända till hamnen eftersom racet blåstes av.

Kvällen sedan innehöll Opening ceremoni där alla de 174
teamen och 13 nationerna välkomnades genom
tävlingsledningens och arrangörernas tal från scenen.
De bjöds på fantastiskt fin och välkryddad mat av flera
sorter med massor av olika sallader till, plus fri bar. En
tävlande per land fick sin flagga för att representera sitt land
med från scenen, så där hamnade Pernilla mitt ibland alla
ungdomar. De andra nationerna hade oändligt många
deltagare och många ungdomar att välja bland som gärna
ville gå upp på scenen. Tobbe och Pernilla var de enda
svenskarna så långt. Visserligen hade Göteborgarna precis
anlänt, men de var på campingen och reste tält. Så, av två

svenskar blev det ett enkelt val att utse vem som skulle få gå upp på scenen och hålla i den svenska flaggan. Tobbe vägrade. Efter mat och spektakel, när de senare kom till tältplatsen såg de dels att det började bli proppfullt och dels att en tältpinne i deras tält hade gått av. Tältpinnen hade gjort ett hål i tältpinnekanalen på taket. Räddningen var inom räckhåll. Göteborgarna! Nu var de samlade och Sverige förstärkt på alla plan.
Det var jättekul att träffa göteborgarna igen. Sist var på Windy Bay månaden innan. Det kändes också kul att vara två team, allt annat blev ganska fjuttigt. Tobbe och Pernilla fick låna en presenning av dem för att få ett bättre regnskydd. Det regnade gärna på nätterna för att sedan på dagen bjuda på molnfri solstrålning och höga temperaturer.

Nästa morgon var det tjugofem grader redan klockan åtta på morgonen. Denna dag var det också vind så att det fläktade. De körde tre race i växlande vindförhållanden under den andra tävlingsdagen av grand master inför kvalet. Bitvis var det riktigt stabil dubbeltrapets men mestadels handlade det om att kräla runt och jobba med balansen. Ibland låg de bra till men... hamnade i vindhål... eller i vindvrid... eller i situation som krävde straffmanövrar... eller i skitvind... eller förseglade sig... eller gjorde manövrar för tidigt. Efter sex timmar i fullskalig hetta var det över.
Med tanke på Pernillas entusiasm över plus- och minuslistor så skulle det som kunnat karaktäriseras som "plus" efter dagen vara: Bra starter och slag plus att de lyckades fånga ett eget vindstråk i undanvinden och tog en båt precis innan mållinjen. Givetvis var det ett stort plus att alltid göra sitt bästa. Minuslistan skulle bli för lång så den hoppade de helt enkelt över. De kom på plats fem och därmed sist i grand master. Grymt besvikna och sura över att inte placera sig bättre efter nio års segling.
På de olika prisutdelningarna ropades alla namn upp i diverse klasser och grupper, och det sprutades skumpa från

scenen. Teamen på prispallen fotograferades medan Tobbe och Pernilla undrade hur i helskotta de burit sig åt, de som stod där. Efter några tävlingar nu i olika länder, visste de att det var ungefär samma personer som stod på eller i närheten av prispallen från gång till gång. De släppte emellertid den funderingen och tog med sig göteborgarna och åkte till Breitenbrunn där de åt en jättegod schnitzel och drack varsin öl. Mycket välbehövligt. Och mycket myggigt.

Tobbe satt med en bild på tältet framför sig. Det blåa tältet med den gröna presenningen. I bakgrunden anade man vassen och vattnet i närheten, den förmodade källan för alla myggsvärmar. Han minns att en liten, fast egentligen ganska stor, campingkonflikt uppstod. Pernilla hade varit smart nog att ta med myggstift hemifrån. Kvällen innan hade Tobbe tagit myggstiftet ur väskan, använt det och sedan råkat glömma att lägga tillbaka det. Enligt Pernilla gjorde han alltid så, att han tog något någonstans men la det aldrig där det skulle ligga utan i stället på ett helt random ställe. Hon påstod att Tobbe hade lagt myggstiftet i en påse som senare hamnade i båttrailern en kilometer från där det egentligen behövdes och skulle vara. Pernilla var skitsur. Tydligen hade hon ”hintat” tre gånger att myggstiftet var på drift och hon visste till och med var, men vägrade förhindra katastrofen från att inträffa. Det var väl ändå imbecillt? Hon var tydligen skitirriterad.
Men allvarligt talat. Det var inte enkelt att leva i kappsäck, tänkte Tobbe. Att få med sig allt nödvändigt för att kunna duscha *samt* ställa ifrån sig allt på ett smart sätt när det aldrig fanns tillräckligt med krokar. Att få med sig precis rätt grejer när man rörde sig mellan campingen, båten, olika duschar och kanske till och med hotell. Att komma ihåg att alltid ha vatten med och solskydd på. Det var heller inte lätt att veta var man lagt verktyg, tandborste, kallingar, laddare, glasögon, ficklampa, sovtröja... ja och myggmedel då... Kort sagt veta var man ställt sina skor och lagt sin hatt.

För Pernillas del var det dessutom kalassvårt att hitta rätt
och framför allt sätta fötterna rätt nattetid utan linser. Att ta
sig förbi tält i mörker utan linser bland alla snören som
löpte kors och tvärs över gräsmattan. Som att röra sig på
minerat område. Att bli kissnödig mitt i natten. En gång...
två gånger... många gånger... men vägra använda äckeltoan
alternativt ha jättelångt till en annan. Plus att kunna veta och
hålla reda på de klart varierande öppettiderna som duschar
och toaletter hade.
För Pernillas del handlade det också om att hon var urless
på att svara på alla frågor om var än det ena, än det andra
fanns. Hon kämpade hårt med att låta bli att svara på alla
frågor om var grejer hamnat, låg eller stoppats. Det märkte
han. Samtidigt försökte hon acceptera att grejer spred sig
överallt i bilen, väskor, påsar och tält. Han förstod henne
faktiskt nu men samtidigt kunde han inte göra något bättre.
Han kunde bara inte. Myggstiftet blev en utlösande faktor.

Det var dags för två dagars kvaltävlingar. Tjoho Pernilla,
visst var väl det tjoho i alla fall? Skit i myggorna nu. Tobbe
hade försökt gaska upp stämningen lite. 28 team var
förkvalificerade och lediga dessa dagar så det var många
tältfester natten innan.
38 team tävlade dessa dagar och ju bättre man placerade sig,
desto lättare var det att fånga en plats i guldfleeten. Ihop
med de förkvalificerade skulle platserna fyllas upp till 64
team i guldfleeten. Resten fick köra silverfleet.
Idag körde de stora omriggningstag: Spände ner vanten på
andra hålet och halshornet på hål fyra i stället för tre.
Trimmet fortsatte på vattnet sen: Rejält med nedhal och
storvagnen en decimeter från mitten i stället för helt i
mitten. Minimalt med fockvagn och inte fullskotat, framför
allt inte när båtfarten minskade. Det här var bara tänkbara
teorier men huvudsaken var att de själva trodde på dem.
Och att de levererade. Taggade like hell gick de ut i kvalet.
Men... ingen vind, inga race. Bogsering tillbaka till stranden.

Satt runt, avvaktade, kom på att de skulle äta men det var i sista stund för sen skulle de ut igen. Ända bort till starten, långt ute på sjön som vanligt. Racet blev avblåst i startproceduren, på tredje minuten, på grund av för lite vind. Därefter gick två race med mycket överväganden emellan, plus flera tjuvstarter. Tobbe och Pernilla lyckades plocka en tionde plats och en botten trettio. Banan flyttades till ny plats och ett sista race i mellanmjölksvind avverkades som lyckligtvis avslutades med halvvind. Där valde de fel väg och tappade några platser men knep ändå en trettonde plats. I det racet gjorde de den coolaste starten ever. De tog sig in mellan startbåten och fältet, gled sen på startlinjen framför alla i sju sekunder innan starten gick och kom sen snabbt iväg.

De lärde sig ett nytt sätt att köra undanvind på och lyckades med bra starter och rundade i övre tredjedelen flera gånger. Dessvärre var de inblandade i en liten sammanstötning vilken blev mer pinsam än skadlig och efter fem timmar på sjön, summerade de det som en toppendag.

Klockan hade blivit mycket, så de åt på seglingsklubben. En jättegod buffé. De gjorde kvällstoaletten på klubben så slapp de bajamajorna på tältplatsen. Efter bara några dagar hade dessa blivit jättesnubbiga och näst intill proppfulla.

Sjätte tältnatten. Det tog två timmar att somna kvällen innan eftersom den lyckosamma seglingen liksom var med i sängen. Regnet strilade på tälttaket under småtimmarna. De vaknade halv fem, sedan vid sju och då var det bara att gå upp för att möta en ny dag. De lämnade kvar den nya och nöjda kompisen Hybris i sin frossa i tältet men om de skulle segla in sig i guldfleeten skulle hen få följa med till bankomaten senare. Det kostade femtio Euro för att hyra guldfleetsegel och tvåhundra Euro skulle lämnas i deposition, därav bankomatbesöket.

De var ute på sjön klockan tio och det blev sex timmar segling totalt. Tjuvstarter och allmänna återkallelser fördröjde det hela. Tobbe och Pernilla plockade två skitplaceringar men så plötsligt kom de in som sjunde båt. Alltså av trettioåtta! De hade sett ut toppbåtarna och strategin var att hålla koll på deras vägval med mera. Det var exakt dessa de hade framför sig när de gick i mål. Det de inte visste var att tre av dem var diskade på grund av tjuvstart så vips hade Tobbe och Pernilla en fjärdeplats. Så obeskrivligt nöjda, en placering i världsklass. Det gjorde deras dag. Denna fjärde plats ihop med plats tio och tretton dagen innan, jämnade ut två lite sämre resultat.

Det hade varit mest svaga vindar så Pernilla mer eller mindre bodde på läsidan där hon tryckte ner skrovet i vattnet. Att balansera var till stor del Pernillas jobb. Summa summarum hade de gjort bra starter men fastnade ibland i skitvinden efter de andra och var samtidigt täckta vilket förhindrade dem från att göra slag. Vid ett slag körde de för nära en annan båt och fick köra en straffmanöver bara därför. Sådant sinkar både tid och fart men de tuggade platser och var snart tillbaka. Skitduktiga. Dessvärre var de andra alltid bättre. Totalplaceringen efter dessa två dagar och sju race blev plats tjugotvå.

På kvällen annonserades plats efter plats på det så kallade Catpartyt. Det var då man skilde agnarna från vetet och de var inte helt säkra på om de var med eller inte i guldgänget förrän deras namn ropades upp. Det var också prisutdelning för tre andra klasser som kört på en intilliggande bana under dagarna och flera av pristagarna kastades i vattnet i hamnen. Det blev en lång kväll och ännu en gång bjöds de alla på middag av samma fina kvalitet och med fri bar. En mysig kväll. En rolig kväll... en överraskande kväll! De fick sin plats i Open´s guldfleet att segla vidare med under de fyra nästkommande dagarna.

Nackskott på tyskarna. De på ena sidan, och gänget italienare på den andra, kom hem halv ett och babblade på

som om det vore ljusan dag. Särskilt tyskarna visade noll
hänsyn, inte en enda kväll hade de varit tysta. Så ytterst få
timmars djup sömn. Tobbe och Pernilla mötte en tidig
morgon eftersom de förutom att äta frukost, också behövde
passera en bankomat innan de kunde hämta ut sina
guldfleetsegel. Hela fleeten skulle som vanligt ha likadana.
Att hämta ut segel var lika spännande som att öppna lucka
24 på adventskalendern för ett barn... Vad skulle det vara
för färg? Pernilla tippade på röda, eftersom förra årets var
blågröna. Och mycket riktigt, i år var seglen röd- och
vitrandiga, vilket festligt nog matchade värdlandets flagga.
Det polkarandiga matchade också AP-flaggan, den som
skjuter upp starter av olika anledningar. I detta mästerskap
hade den hissats alltför många gånger på grund av för lite
vind.

De satte i latter i de nya seglen, riggade och trimmade,
klistrade fast tellisar, hissade segel, kollade över allt en
gång... två gånger. Denna dag hade Pernilla varit så taggad
att hon borstade tänderna tills de blödde och bh:n hade
hamnat på avigan, minns Tobbe. Alla glanade på alla i fråga
om riggning. Hur vantspänningen skulle vara, vilket hål i
halshornet som blev lagom, vinklar i segel och exakt hur
mycket man vågade ta på nedhalet innan seglet började
stängas. Men hur var det med vinden då? Jo, den avtog
ytterligare. Tävlingsledningen hissade AP-flaggan.
Uppskjuten start. Väntan. En väntan som förblev hela
dagen. All segling inställd. De åkte till affären och handlade
energibarer och frukt. Helvete vad trist.

Tobbe tittade på filmen de tog sista seglingsdagen. Som tur
var hade de riggat actionkameran så de fick lite bilder på alla
segel och det vackra gråa vattnet. Den dagen kom de inte ut
förrän vid tvåtiden på grund av brist på vind. Mitt i första
racet kom en hård och elak vind från ett moln som sakta
tornat upp sig och som gjorde att vinden också vred 180
grader. När hela fleeten var på väg mot kryssmärket och

rundade offset-märket inför undanvinden, var det plötsligt
kryss igen. Helt märkligt och alltsammans ledde till skitdålig
målgång för deras del. Det var efter det racet som Pernilla
hetsade Tobbe att sedan köra starterna ända uppe vid pin
end av startlinjen. Därmed fick de friare vind eftersom det
var färre båtar där. Efter start låg de kvar på den sidan ända
tills det var dags att ta ut layline mot lämärket. Därigenom
kom de nära märket och kunde slå direkt. Så gjorde
proffsen och det var då Tobbe och Pernilla låg top femton
genom så gott som hela racet. De plockade en tjugotredje
och en femtonde plats. Tre race hanns med varav det sista
kortades av med ett helt varv på grund av sopiga
vindförhållanden. Därmed var dagen slut och faktiskt hela
EM, med det var något de inte visste just då.

De åkte till campingen och fällde tältet och checkade sedan
in på ett litet hotell längre upp på Seestrasse.
Hotellet var fullt av knasiga detaljer. Uppstoppade djur på
väggarna, rosetter på ledstängerna, lustiga lampskärmar, 70-
talsstandard med humor. Ett litet Fawlty Towers där det
modernaste som fanns var en äggkokare som pep högtidligt
när respektive gäst fått sina ägg färdigkokade.
Hotellägarinna såg ut som en blandning mellan
tranbärsdricka och rågbröd, som hälsan själv.
Efter incheckningen återvände Tobbe och Pernilla till
campingplatsen för att äta på restaurangen ovanför
simhallen ihop med sina göteborgskompisar. Luften stod
still, himlen var vackert orangerosa, de alla var nöjda men
trötta. Redo inför sista seglingsdagen. Strax senare la sig
Tobbe och Pernilla på hotellkuddarna och fullkomligt bara
dog. Det var första gången på länge som de fick en helt lugn
natt utan prat och party. Det var ett genidrag att packa ihop
tältet och ta en hotellnatt som den sista natten inför
finalracet. Klockan två på natten i exakt samma sekund
vaknade de samtidigt och svettades järnet. I rummet fanns

ingen AC men väl en fläkt, och utan att skaka liv i den hade det varit svårt att somna om.

Nästa dag var det inte någon vind alls, totalt vindstilla och vrålhett. Finalrace blev värsta fiaskot. De satte focken ändå vid nio bara för att... som de skojade om... hinna före AP-flaggan. En del började i stället packa ihop så smått, besiktiga hyrseglen och plocka upp följebåtar på trailers. Klockan gick och det var väntan, väntan, väntan. Sista startsignal för race fick inte gå på vattnet efter 14:55. Skulle det bli vind eller inte? Fler och fler lämnade igen segel. Det hade varit lite kul med ett race till, då skulle en tredjedel av flottan få DNS, "Did not start". Klockan passerade 13. Det var stekande hett. Sakta, sakta smög sig lite vind ut på sjön och tävlingsledningen spejade febrilt efter vind från balkongen där de stod. De skickade kikaren mellan varandra och undrade; skulle det bära eller inte? Klockan 14:15 togs beslutet. EM var över. Två av de fyra EM-dagarna hade ställts in på grund av för lite vind, så även denna dag. Den allra sista dagens chans till segling.

Tobbe tittade på bilderna de tagit. Det låg segel överallt på marken. Full aktivitet hade startat på området. Latter plockades ur seglen och telltales togs bort. Segel skulle besiktigas och vikas ner i kartongen igen. Roder, mast och trampolin av. Snurra ihop vajrar, packa trailerlådan, styra upp båten på plats och lägga masten till rätta. Surra alltihop och så en dusch. Så plötsligt, när klockan var strax före 16 kom världens skönaste vind. Den var uppkäftig och stark. Rev i trädkronorna, välte saker och spred prylar omkring sig. Folk skrek och jublade.

Closing Ceremoni med prisutdelning, ytterligare en stor och härlig buffé inklusive fri bar plus avtackning av alla inblandade startade klockan 17. Det var det sista de var med på innan de påbörjade resan hemåt.

Etta på resultatlistan, med exakt lika många poäng som de danska VM-mästarna Daniel och Josephine, kom de franska bröderna Bader. De som också vann EM förra året i Garda. Fransmännen var som galna. Det var applåder och bordsdunkningar, visslingar, hissningar, champagnesprut och glada skratt. På tredje plats Tyskland. Ingo och Sabine. Sabine hade blivit Pernillas duschkompis och hon tyckte på allvar att det behövdes ett svenskt team i deras Supersail Tour. Något Pernilla nog inte tyckte. Superproffsens tour. Knappast. De blev tilltufsade nog som det var ändå.

De och göteborgarna lämnade segelcentret och Neusiedler See vid halv nio på kvällen. Då var det fortfarande 27 grader varmt och de hade 122 mil att köra upp genom Österrike och hela Tyskland. De stod kvar en stund vid anslagstavlan där WiFi fungerade som bäst för att lägga ut en sista bild till deras följare på hemmaplan. När de stod där ställde de sig frågan: När skulle nästa mästerskap äga rum? Svaret var 23:e till 27:e juli kommande år. Denna gång i Noordwijk i Holland. Definitivt något nytt att längta till.

Tobbe tittade på klockan och insåg att han nog behövde sätta fart på påkarna. Närmare bestämt rätt mycket fart. Jobbet kallade.

Kapitel 6
Om armen, skylten och springet i källaren
samt spänningen i det Joniska havet

Pia-Carin hade för ovanlighetens skull Mini på hemmaplan och trevligt nog också med Sigge som sällskap. De höll på med något pyssel i Minis lägenhet nere i källaren. Exakt vad visste hon inte men hon var säker på att de två trivdes himla bra ihop. Det var söndag och Pia-Carin satt med Tobbes och Pernillas rapporter från Grekland framför sig. De hade varit där och seglat en regatta för ett antal veckor sedan. För några år sedan kom Pernilla och Rut på den genomsmarta idén att de skulle ha månadsvisa så kallade kafferep hemma hos Pia-Carin. Då skulle de skvallra om händelser i trakten. Detta skvallrande kunde sedan utgöra underlag för Pia-Carins bokskrivande. Grejen var ju att skildra folket och livet i Laduvik, eller snarare hålla liv i alltsammans. Så, Pia-Carin hade nu senast fått ett underlag från Greklandsresan så det var bara att förbereda sig.

Som man bäddar får man ligga, tänkte hon samtidigt som hon tittade ut genom fönstret och konstaterade att hösten verkligen hade tagit ett stadigt grepp om dem. Senare på dagen skulle de få besök där hemma. Det var något så otippat som ett besök av Maja som stod på agendan. Maja hade ringt till Pia-Carin och delgivit henne en minst sagt kryptisk idé om en vårfest till Ulvars ära men sa att hon tyckte det skulle bli betydligt enklare att förklara om de fick komma över. Med "de" avsåg hon förutom sig själv också Bengt. Även det helt otippat. Under kvällen skulle det hela säkert få sin förklaring. Bengt och Maja skulle komma på kvällsfika och Mac skulle givetvis vara på plats han också.

När det gällde Minis aktiviteter i källaren denna dag, skulle det inte förvåna henne om dessa var av den digniteten att det skulle passa att skriva något om det i den senaste boken. Mini och Sigge hade nämligen sprungit fram och tillbaka mellan gården och lägenheten, de båda fastigheterna på var sida om vägen. Ett, tu, tre var de iväg till gården och strax senare tillbaka hos Mini. Så hade det sett ut under några dagar men springandet hade minskat i takt med antalet dagar och kanske var det så att det nu nästan avstannat helt. Örnen, vad den nu bestod av, hade landat. Alldeles strax skulle Pia-Carin göra ett litet studiebesök där nere i källaren men först skulle hon läsa om en efterlysning.
SÖKES: Deltagare till ett socialt bokälskar-experiment!
Vad behöver du göra? Köp din favoritbok och skicka den till en främling.

Den som hade skrivit meddelandet hade lämnat ett namn på den som ville ha en bok. Pia-Carin läste vidare:
Du kommer bara att skicka en bok till en person. Antalet böcker du själv får ta emot beror på hur många som deltar i experimentet. Böckerna som dyker upp i din brevlåda är andra människors älskade favoritböcker.

Men Gud så trevligt, tänkte Pia-Carin och började fundera över vilken som var hennes favoritbok. "Steglitsan" av Donna Tartt låg i toppen någonstans men hon såg i och med experimentet ändå en chans att sätta sprätt på sina egna böcker. Hon gick genast och hämtade sin första bok i serien om Laduvik, den som hette "Sett och Hört". Den skulle hon skicka iväg till personen som stod på listan, en kvinna vid namn Sussi-Mia Eriksson. Å vad Pia-Carin hoppades att den skulle falla i smaken för i så fall fanns det ju fler böcker att posta iväg, one by one.
Hon stoppade boken i en jiffypåse och gick in på kontoret för att leta efter ett frimärke. Där över bordet lyste lampan och Macs glasögon låg framme. Det verkade som om han

nyss lämnat platsen. På bordet låg också något som fick Pia-Carin att dra efter andan. Tomtens arm! Och inte bara den, utan även skylten. Var det Mac som stulit den någonstans mellan kråkattackerna den där kvällen, och i så fall varför då? Fast på något vis kände hon inte igen vare sig arm eller skylt. Hon kunde väl erkänna att hon inte ägnat den där tomten särskilt mycket uppmärksamhet, men nog skulle hon väl känna igen honom så pass ändå? Å andra sidan ställde det ju krav på ett selektivt detaljseende att kunna känna igen en arm som inte satt där den skulle. Som så att säga var plockad ur sitt sammanhang. Jo, hon var säker. Det var en ny tomtearm och en ny skylt.

"Jag har gjort en ny", hörde hon bakom sig.

Pia-Carin drog efter andan och snurrade runt som om hon blivit påkommen med att läsa hemliga dokument.

"Den andra försvann så spårlöst att den nog aldrig lär komma tillrätta", sa Mac som dykt upp i dörröppningen.

"Jaså, har du gjort en ny?", svarade Pia-Carin. Det var bussigt. Verkligen bussigt", sa hon på utandningen av all luft hon nyss dragit in.

"Jamen va' fan, det var väl ändå mitt fel att tomten blev amputerad och nästan skjuten. Någonting behöver jag göra för att komma vidare, mitt dåliga beteende till trots".

"Men Mac. Så farligt var det väl ändå inte? Fint tänkt i alla fall och utmärkt snickrat. Nu har tomten snart en skylt, en stilig en utan lapp på lapp med gamla budskap. En skylt som fått börja om från början. Undrar jag vad första lappen kommer att bli? Har du någon plan?"

"Verkligen inte, det får Rut själv komma på. Jag sätter bara fast skylten i tomtens hand och armen på självaste tomten, sen är allt återställt. Ja, utom Ulvar då förstås".

Pia-Carin kramade om sin Mac och bad honom leta fram ett frimärke.

"Hur ska du få tag i tomten då? Om det ska vara en överraskning alltså, då behöver du väl sno honom utan att någon märker det?"

"Det löser sig", svarade Mac och satte på sig glasögonen.
Han hade lite sandpappersjobb kvar att göra.

När Pia-Carin var klar med sitt bokpaket, stannade hon upp
en stund och reflekterade över idén med detta bokprojekt.
Den var smått genialisk. Hon kände sig hur nyfiken som
helst över tanken på vilken bok hon själv skulle få plocka
upp ur brevlådan. Sen fixade hon sig en kopp kaffe och
satte sig tillrätta med läsningen om Pernillas och Tobbes
äventyr i Grekland.

Pernilla hade skrivit att hon inte kunde precisera vad det var
för något alldeles särskilt med det där stället i Grekland.
Denna yttepyttiga plats på jorden som bara hade det. Ljuset,
dofterna, färgerna, människorna, tempot, stämningen... ja
allt.
Redan på seglarnas första träff i pagodan, gavs information
om regattan som skulle gå av stapeln senare i veckan. Varje
träff de hade sedan var upplagd kring träning inför
långdistansracet. Det handlade om vad som krävdes av var
och en av dem, det gavs information kring upplägg, tider
och platser, betalning, säkerhet samt hur de skulle teama
upp sig och så vidare. Det krävdes erfarna seglare eftersom
det kunde blåsa hårt ute på havet. Alla skulle visa att de
kunde räta upp båten på egen hand om de skulle kapsejsa.
Ingen kunde förvänta sig stöd och hjälp annat än i nödfall.
På träningarna hade det gått bra. Folk började ta kontakt
med dem och intresserat fråga om de seglat mycket hemma
och kommenterade att de tyckte att Tobbe och Pernilla var
så snabba, nästan alltid först i mål. Pernilla skrev att det hela
nästan kändes lite genant. På självaste regattadagen hette
det: "If you don´t know where and when, just follow boat
99, they know what they´re doing". 99 var Tobbes och
Pernillas nummer på seglet.

Vädret var lite instabilt så pass sent på säsongen men de hade ändå haft en sagolik tur denna vecka. Innan hade det varit rena rama åsk- och regnveckan med kraschad vind till följd av det. Det hade också varit riktigt kallt. Den här veckan hade de alltså tidernas tur. Sol och mellan tjugofem och trettio grader varje dag utom en. Då var det mulet och vindstilla hela dagen så de lånade varsin cykel och tog en tur. De cyklade långt ut på vischan, förbi getgårdar och olivlundar. De kom så högt upp som 370 meter över havet varifrån de bjöds på en sagolik utsikt över hela bukten. Därefter följde en hisnande nedförsbacke som de rullade på hela vägen ner till civilisationen igen.

Nästan all övrig tid av veckan hade de ägnat åt tävlingar och då mest tränat på slag och manövrar på bana. En eftermiddag hade de sådana perfekta vindförhållanden att instruktörerna ropade "champagne" till varandra. Det uttrycket talade för sig själv. Glassig, perfekt lyxsegling i jämna, stabila vindar.

Pia-Carin tog en paus och förundrades över den passion Tobbes och Pernilla kände för seglingen. De lägger många timmar på seglingsaktiviteter under en säsong, mellan hundra och hundrafemtio. Aldrig någonsin hade hon känt samma passion för något. Tänk vad kul det hade varit att dela någonting sådant med sin man. Hon hade sitt skrivande och Mac hade väl alltid haft tekniken och motorerna att njutarbeta med men att ha någonting tillsammans så här. Nej, aldrig.

Tobbe och Pernilla styrde upp och planerade all semester runt seglingen. Redan i januari började de måla upp med stora penseldrag vart i Europa de skulle styra kosan. Var tävlingarna låg och hur de skulle lägga upp träningen för säsongen. Det är klart, med två båtar att hålla takten med var det kanske ett måste att planera ordentligt. Säsongen startade i april med träningstimmar och den första av alla klubbtävlingar som kördes därefter. Resan till Windy Bay

gav flera givande träningspass i juni inför de större
tävlingarna utomlands i juli. Nästa år hade de visst en plan
på att ta med båda sina katamaraner och köra en tävling i
Schweiz med den ena båten och sedan bila över till Holland
för att tävla med den andra. Men nytt i år var alltså att
återvända till Grekland så här på hösten för att vara med i
regattan där. Verkligen superkul, det tyckte de alla. Twist
och Rut, Mini, alla ungdomar, Pia-Carin och Mac. De
hejade och hejade hela säsongen, och den var lång. Sista
tävlingen var i november och ibland hann de med ett
Luciarace med. Fantastiskt.

Pia-Carin gick till köket och klämde lite på köttfärsen som
låg för upptining. Än var det en stor fryst klump i mitten så
hon hann läsa och skriva lite till.

Pernilla hade skrivit att de satte hastighetsrekord i bukten en
eftermiddag, med över 20 knops fart. Det fanns en
speedstick uppsatt på området där instruktörerna noterade
hastighetsrekorden för varje månad så nu var det Tobbes
och Pernillas namn som skrevs upp.
Själva racedagen närmade sig och båtar tilldelades varje
team. Totalt tretton katamaraner av olika sorter skulle ut
och på tre av dem skulle det finnas instruktörer. Dessa hade
kört regattan flera gånger tidigare och visste garanterat var
man kunde plocka de bästa vindstråken. Pernilla skrev att de
därför hade känt sig lite omkörda redan innan start.
De fick en sista genomgång av hela upplägget som
egentligen inbegrep de närmaste två dygnen. Tidsschemat,
de tre starterna, budgeten och säkerheten. Även var de
skulle baxa upp båtarna på stranden i hamnen som de skulle
angöra efter racet. Information om var de kunde duscha, var
de skulle samlas och senare äta. De fick märka påsar för sina
kläder så att de hade något att byta om till när de var
framme i hamnen efter racet. Ingen hade särskilt stor lust att
gå på middag i våtdräkt och seglarskor. Det var mycket som

skulle arrangeras och instruktörerna gjorde det bra, helt
taggade på evenemanget som sådant.
De som varit med tidigare år berättade om stämningen på
platsen, prisutdelningen och det de kallade för "årets fest"
som följde. De skulle få åka buss tillbaka till Windy Bay på
kvällen för att sova och dagen därpå skulle samma buss ta
dem i retur till båtarna. Planen var att köra ett avslutande
race sedan hela vägen till bukten i Windy Bay. På
eftermiddagen någon gång, lite beroende på hur
vindförhållandena såg ut, skulle de gå i mål på hemmaplan
efter det tredje racet.

Pia-Carin avbröt sitt skrivande och gick för att hämta en
kanelbulle ur brödburken. Hon började bli lite småsugen
och än fanns det kaffe kvar. Middagen närmade sig men
ytterligare en liten stund kunde hon unna sig att sitta med
det hon hade att läsa. Hon slog sig ner igen men stängde ner
datorlocket och bestämde sig för att ägna tiden åt att läsa
igenom vad Pernilla skrivit.

*Starten till race ett gick i Windy Bay bukten strax efter 12 och vi tog
täten direkt. Vi lämnade bukten och tog oss österut ut mot havet.
Inledningsvis var det fina vindar men sedan dog det och det tog en
evighet att närma sig mål med endast två knops fart. Efter nära nog
två timmar kom vi i mål som första Hobie 16, men tre av de större
katamaranerna hade kommit in före oss. Vi var supernöjda! De stora
kölbåtarna som redan seglat sin separata del av regattan skulle
komma från de norra delarna av skärgården. Ionian regatta hade
pågått i tre dagar redan och just den här sekvensen av regattan gick ut
på att segla tillsammans med dem runt ön Arkoudi. Lite som ett
grekiskt Lidingö Runt. Vi låg med katamaranerna vid vår första
målgång som snart skulle bli startlinje. Där väntade vi på start i
närmare en timme för att kunna möta de stora segelbåtarna på rätt
plats. Det hela var ganska pirrigt, dels för att vi inte visste när vi
skulle få vår start. Startbåten hade kontakt med någon på en av de
stora båtarna och de avgjorde när tiden skulle vara inne. Det var*

*också spänt eftersom vinden byggde alltmer och det fanns alltid en oro
att vinden skulle bli alltför hård och aggressiv ute på havet och att
vågorna skulle bygga sig höga. Ytterligare en anledning till att vara
spänd var reaktioner sprungna ur de helt vanliga
kappseglingsnerverna. Vad var taktiskt bäst i starten? Att komma
med fart, ligga still på linjen, att köra en babords- eller styrbordsstart
med flera funderingar. Hur nära ön skulle vi våga gå? Var skulle vi
ligga i förhållande till alla yachter utan att deras stora segel skulle
släcka oss? Skulle allting hålla och tänk om en av oss åkte överbord...*

Pia-Carin kände att hon fick lite handsvett medan hon läste.
Hon sträckte handen ner mot Yahoo som nästan trasslat in
sig bland stolsbenen där hon hittat en bit bulle på golvet.
"De är ju inte kloka de där två", sa hon till Yahoo som
svarade med att vifta på svansen och titta upp på sin matte.
"Kom så sätter vi oss i soffan och läser". Yahoo var
snabbast på plats och Pia-Carin satte sig bredvid hunden.
Hon strök och klappade på sin lilla hund samtidigt som hon
läste vidare om seglingen på Medelhavet. En ganska
fullfjädrad seneftermiddag tyckte hon, om det inte var för
det där med middagsmaten då.

*När vi äntligen började se de stora yachterna långt, långt borta i
bukten varifrån de kom, fick vi startsignal. Medan vi väntade hade
vinden vridit och vi skulle få en undanvindsstart. Vi låg och väntade
på att klockan skulle räkna ner från fem minuter, fyra minuter... det
blåste ganska vasst och vi hade en lång undanvindssträcka att köra
fram till ön. Just undanvinden var den som tippat oss överbord förut,
också den som orsakat både stukade fingrar, slagna revben och
avbruten segling... en minut kvar och dags att rikta upp oss mot
startlinjen. Jag räknade ner; trettio, tjugo, femton, tolv, tio, åtta... vi
närmade oss med bra fart men fick inte sticka över stäven och riskera
tjuvstart... tre, två, ett... och så tjöt visselpipan för start.*

*Även i denna start tog vi ledningen ända tills de större katamaranerna
fick fart på sina gennakrar. Då valde vi andra vägar för att få fri*

vind. Genom att leta vindstråk, gippa oss in i dem och samtidigt hålla oss undan de andra körde vi på. Efter någon timme närmade vi oss ön i tid innan de stora yachterna hade kommit fram. Vi hade lyckats få dem bakom oss vilket vi var grymt nöjda med eftersom vi då kunde behålla fri vind. I det läget hade vi i princip alla båtar bakom oss utom tre större katamaraner och vi fullkomligt flög fram på undanvinden. På baksidan av ön var det byigt och svårseglat, på sydsidan kryss och rejäla vågor och på sista repan en raketsnabb halvvind i höga vågor mot mål. Där lyckades vi köra förbi de tre större katamaranerna. Av de 150 stora yachterna syntes ingen, utom tre. Två av dessa körde vi också förbi på sista halvvinden. Vi var helt amazing!

Plötsligt dog vinden helt och målgången var i lugnaste laget. Medan de närmaste kattorna försökte skära på traditionellt vis på undanvinden, ställde vi oss upp på båten långt fram och slörseglade. Med den tekniken, som vi för övrigt lärde oss av våra konkurrenter i Österrike, klarade vi oss över mållinjen före dem, som första Hobie 16 igen. Vi hade kämpat bra i alla möjliga vindförhållanden och bitvis i höga vågor under närmare sex timmar denna dag.

De som inte klarade sig överhuvudtaget var de stora yachterna som faktiskt inte kommit längre än där vi sist såg dem. De hade fastnat totalt i ett bleke och närmade sig inte ens ön för rundning. Flera av dem struntade till slut i tävlingen och styrde direkt mot hamnen i stället.

I den lilla byn Sivota fylldes hamnen med de stora kölbåtarna. Vi katamaranseglare baxade upp alla tretton båtar på stranden, en efter en på rad. Vi fick vår uppmärkta klädpåse, tog en snabbdusch, bytte om och letade upp en plats i en bar bland de andra seglarna. Efter dagens ägg och halvsmälta Snickers ombord, följde en Corona med lime. Just den ölen var den godaste på länge. Svalkande, mättande och välförtjänt. Sivota var ett ännu mindre ställe än Windy Bay men med en stor hamn, proppfull av gigantiska segelbåtar som allesammans låg med aktern mot strandpromenaden. Totalt var vi från Windy Bay närmare sextio personer, det vill säga alla seglare plus folk från startbåtarna och övriga resenärer från Windy Bay som anslutit Sivota med buss under eftermiddagen. Vi gick utefter strandpromenaden på väg till taverna "Spirioula" och fick små glimtar av folk och deras aktiviteter i båtarnas respektive sittbrunnar. Det var fest i varenda en. Fyra långbord var uppdukade för oss på tavernan och vi åt en brakmiddag tillsammans. Först bröd med oregano och olja, tsatsiki, Saganaki, grekisk sallad och spenatbollar och därefter huvudrätt. Mat, mat, mat. Vi betedde oss som utsvultna.

Efter en lång sittning på tavernan, trampade hela ligan bort mot den stora scenen centralt i hamnen och till prisutdelningen och musiken där. Det var bara ett enda stort party med massor av folk överallt, framför scenen och runt omkring utefter strandpromenaden plus alla fester i båtarna i hamnen. Det var trångt och livat, en otrolig stämning. Plötsligt började det glunkas om att vi vunnit katamaranseglingen. Den ena efter den andra kom och gav oss hintar och rekommenderade oss att gå närmare scenen så att vi hade nära upp. Och visst, så var det. Vi blev uppropade på scenen: "…coming through in first place, the magnificient Windy Bay sailors that we have this week we've got Tobbe and Pernilla in the Hobie 16". Fantastiskt! Vilken kväll.

En bussresa senare, en stökig natt på kudden, en frukost och så en bussresa tillbaka till Sivota så var vi på stranden igen. Några av instruktörerna hade sovit kvar på katamaranerna och de hade redan påbörjat riggningen. När alla båtar var färdiga hade vi en kort racebriefing och sedan bogserades vi ut ur Sivotas hamn. Starten gick strax efter 12 och vi tog ledningen även här och fick en fantastisk segling ute på havet. Känslan av att stå i dubbeltrapets med skroven smattrande mot vattnet och bara ha horisonten framför sig. Den känslan är faktiskt helt oslagbar.
Även detta race slutade med superkass vind och alltsammans mynnade ut i något som liknade ett lotteri. Vem skulle få vindstråken? Det försprånget vi skaffat på havet var borta i ett ögonblick när vi fastnade i bleket och till slut låg alla katamaraner utom en utspridda i bukten. Totalt stilla. Två timmars race avslutades med målgång i Windy Bay´s bukt och därmed var vi hemma. Inte bara i hemmahamn utan

*också hemma på prispallen. Vi fick vårt förstapris för regattan
samma kväll. Varsin liten träbåt, hemmasnickrade i grekiskt manér
och fantastiskt fina. Wanjelins rockar!"*

"Hallå, inte för att jag vill störa dig eller på nåt sätt väcka dig
ur dvalans fröjdefulla njutning, men det är mat nu", hördes
det från köket.
"Å jösses, vad är klockan?"
"Hon är sex och om jag inte missminner mig skulle vi få
gäster runt sju. Var det inte så?"
"Vad har du lagat?"
"Jag antog att du ville göra något av köttfärsen som låg i
köket, så den vågade jag inte röra. Jag letade fram en burk
Gulaschsoppa i skåpet. Majs och crême fraiche till det,
mumsigt värre om jag får säga det själv".
"Alldeles perfekt, tack vad bra att du fixade. Jag måste ha
somnat va?"
"Skulle tro det. Du och Yahoo hade hamnat i en minst sagt
ryggradslös ställning, men det såg rätt så mysigt ut faktiskt".

Pia-Carin och Mac åt sin middag och funderade samtidigt
över vad det var Maja och Bengt kunde tänkas ha för ett
ärende? Det hade så klart inte med båtar att göra, och säkert
inte med maskiner. Jo, för Bengts del kanske men varför
skulle då Maja vara med?
"Kunde det ha med mina böcker att göra tro?" De kanske
inte tyckte att deras personligheter blivit återgivna på rätt
sätt, eller att händelserna inte stämde? Fast å andra sidan
tror jag att de inte ens har läst dem. I alla fall inte Bengt, det
är jag säker på".
"Jaja, vi får snart veta", sa Mac.
"Dags att sätta igång kaffemaskinen. Jag har fixat lite gott
fikabröd i alla fall", sa Pia-Carin och började duka av. Mac
satte igång kaffet. I samma ögonblick plingade det på
dörren.

Kapitel 7
Om mikrofonköp, putsiver och fibonaccital
samt geten som inte kunde stå på benen

Klockan var strax efter elva på tisdag förmiddag och Rut röjde av och ställde i ordning bord och stolar efter paltmiddagen kvällen före. De hade beslutat att ha palzerian öppen en kväll i veckan, åtminstone inledningsvis, sen fick de se. Populariteten och efterfrågan fick avgöra. Enligt vad som nu bestämts var måndagar den dag som fick bli paltdag, perfekt på många vis eftersom både Maja och Siri fanns tillgängliga den dagen. Ytterligare en anledning till val av dag var att de då hann köpa in allt som behövdes under helgen. Alla mitt-i-veckan-projekt var mer pressande än givande, så några fler sådana behövde de inte styra runt. Det var också så att de ägnat djuren och gården maximalt med tid på helgerna, vilket erbjöd dem en något lugnare måndag. Ja, om inget oförutsett hände vill säga. Slutligen handlade det om läxhjälpen som också höll till i lokalen. Den var förlagd till tisdagar och att snabbt sadla om till restaurang på ett par timmar hade blivit på tok för stökigt. Läxhjälpen höll ju på till långt in på eftermiddagen. Rut hade med åren blivit lite som katten. Hon tänkte långsamt och saker krävde sin tid.

"Idag behöver man inte alls gå ut", hörde hon från Waheed som kommit lite tidigare till läxhjälpen denna dag. Han och Tariq hade studiedag och var lediga från skolan, men ingen av killarna var sådana som tog ledigt. De såg i stället chansen att kunna plugga ännu mer denna dag. Nu satt Waheed i soffan med sin telefon och pysslade lite.
"Idag har jag fångat tre Drowzee, en Jynx, en Krabby och ytterligare fyra stycken, bara genom att sitta i soffan här".

"Det kan du gott unna dig Waheed, att vila och ha det lite mysigt. Snart kommer Tariq och då ska ni få något att äta innan ni börjar plugga".
"Tack Rut, du är snäll. Vet du, jag har 58 bollar också så jag kommer att kunna fånga många fler Pokémon. Men kan jag hjälpa dig på nåt sätt?"
"Nej, jag har inga Pokémon alls faktiskt", skojade Rut och Waheed skrattade till.
"Jag menade för att hjälpa dig med disken eller så".
"Jag förstod det, men nej tack snälla. Jag plockar klart här och bär in allt i huset och sen steker jag upp lite palt som blivit kvar från igår. Det blir väl bra va?"
"Mums!", svarade Waheed.

Att husera Macs beundransvärda antikviteter kändes mest bara skoj om man bortser från händelsen med Blunderbussen. Och att sälja gårdens produkter hade de ju gjort länge, fast inte i en sådan fin lokal som nu iordningställts för ändamålet. Palzerian, som grädde på moset, var hur givande som helst. Det var också ett sätt att ta tillvara på kunderna och fantastiskt att få rå om sin gamla mamma en dag och kväll varje vecka. Läxhjälpen däremot kändes mer som en behjärtansvärd insats som var mer tvingande nödvändig än någonting annat. Alla ungar får inte stöd hemifrån, de kanske inte ens har några vuxna hemma, vilket gör läxläsandet ojämlikt. Alltså, de som verkligen skulle behöva träna mer, befästa och repetera har inte den möjligheten. Ur ett barnrättsperspektiv får det inte vara så att rätten till utbildning bara kan tillgodoses beroende på vilka vårdnadshavare eller andra företrädare eleven har. I tidigare samtal med Pernilla hade hon börjat förstå hur saker och ting fungerade.

Samtidigt reflekterade Rut över hur ambitiösa och vetgiriga båda dessa afghanska killar var. Hon hade hört av Pernilla att man pratade om att ursprungssvenska skolungdomar lätt

skulle kunna bli både omåkta och ifrånkörda av de
nyanlända. De älskade skolan och sög i sig allt som
uttorkade svampar. Rut behövde inte fundera längre än till
sina egna barn eller barn i allmänhet; de som hade språket
gratis, det mesta serverat och allt inom räckhåll men ändå
inte riktigt högg tag i skolsituationen. Det har liksom blivit
en grej, att klaga på skolan. Fast å andra sidan, allt är relativt.
Det är inte särskilt rättvist att generalisera.

Att bara ”få” helt gratis funkar nog inte. Man kanske tror att
den känslan är lätt och skön men känslan blir starkare om
man presterat något först. Eller så behöver man träna på att
misslyckas. Ett misslyckande är också något att välkomna.
Även det har faktiskt krävt ett visst anslag, ett försök eller
en idé värd att uppskatta.
Rut hade läst att hjärnans njutningscentra inte finns på ett
ställe utan flera och genom att tänka positiva tankar fostras
hjärnan i att enklare hitta det positiva nästa gång, och nästa,
och nästa. Det handlar då inte om att *låtsas* att någonting är
trevligt, njutningsbart eller positivt, utan emotionen måste
finnas med. Det behöver man träna på. Med andra ord; att
satsa helhjärtat och misslyckas om vartannat. Vare sig det
gäller skolarbete eller andra prestationer.

Rut plockade ihop en bricka full med porslin och matvaror,
sa hej svejs till Waheed och bar med sig det hela ut ur
palzerian. På gårdsplanen stötte hon ihop med Sigge. Han
hade kort skoldag på tisdagar och en lärare var sjuk så han
var hemma extra tidigt.
”Hej, ska jag bära nåt?”, sa han.
”Hej, nej jag har ett sånt bra grepp här så jag vågar inte
släppa ifrån mig det, men gulligt tänkt”.
”Du vill bara verka viktigt”, retades Sigge, väl medveten om
att det var det sista Rut pysslade med. Hon var verkligen
inte sån som tyckte att ha mycket att göra eller att alltid vara
på tå, ansågs särskilt hedervärt. Ordning och reda i all ära

och att lära sig mycket var väl bra men mer för att det gav
tillfredsställelse och rättigheter. Inte för att verka bättre än
andra eller för att höja sig över andra.
Rut led med alla dem som bara tillät sig njuta om de ansåg
sig förtjäna det. Hon tänkte att om man lärde sig att glida
fram lite trivsammare i livet, skulle man få mer saker gjorda
och bra saker gjorda. Var det någon som visste hur man
satte guldkant på tillvaron och ändå fick mer gjort, så var
det Rut. Hon kunde verkligen se och uppskatta små saker i
tillvaron och för henne fanns det inget motsatssamband
mellan att njuta och arbeta. Det var faktiskt okej att njuta
även om disken inte blivit gjord och alla moment på jobbet
inte hunnits med. Fast att "vänta och se", var inte Ruts grej.
Hon tyckte att man behövde ha någon form av plan ändå.
"Ja så är det! Jag känner mig sjukt viktig just nu", svarade
hon med glimten i ögat och så pustade hon lite extra när
hon kånkade brickan uppför trappan på vägen in.
"Jag har en idé som jag skulle vilja kolla med dig", sa Sigge.
Väl medveten om vad hans mamma gick igång på. Man
behöver planera för att lyckas, inte bara lita på slumpen, sa
hon ofta.
"En plan? En idé? Det här låter spännande Sigge. Berätta!"

"Kan Laduvik investera i en mikrofon för cirka tusen
kronor?" Sigge gick rakt på sak.
"Jag och Mini tänkte starta en podderia", fortsatte han.
Rut började skratta. "En podderia, är det vad ni haft i
tankarna? Vad innebär det då?"
"Ja, vi tänkte starta en pod för att komplettera din blogg, ja
eller alltså det faktum att det aldrig blev nån blogg".
"Okej, det här gjorde inte det hela klokare. Jag vet väl vad
en pod är, det var podderia jag undrade över och min blogg
behöver du väl inte prata om stup i kvarten?"
"Stup i kvarten? Det gör jag väl inte. Förresten är det väl
himla kul att du fortfarande pratar om det som inte blev
något i termer av *min*. Det som aldrig blev ditt, blev ändå till

innehåll i Pia-Carins böcker och nu har vi ju en facebooksida också. Det du kallar din blogg har blivit något annat bra hur som helst och det är väl inte dåligt?"

"Och nu en podderia. Men jag har fortfarande inte fått något svar på vad en podderia innebär", sa Rut.

Rut och Sigge hade hamnat i köket. Där satt Twist, iklädd ett förkläde och ett ytterst fokuserat ansiktsuttryck, i färd med att skrubba på något vid köksbordet.

"Vad gör du?", undrade Sigge.

"Håller på att göra ren den här", svarade Twist med en sammanbiten stämma. Sigge såg då att det var huvudet på en golfklubba som fick sig en rengöring.

"Men det är inte det enda jag har gjort rent idag. *Någon* hade lånat storebrors kritvita canvasskor och klivit i blåbär", sa han och tittade menande på Sigge.

"Ja va' fan. Jag skulle ju greja till nåt bland bina och så klev jag runt i skogen".

"I blåbär", rättade Twist. "Med ovansidan av skorna märkligt nog. Sånt händer bara lillebror... och faktiskt också storebror förr om åren. Så jag sa förlåt till framtiden och använde Vanish Oxi Action. Insåg att ett liv stod på spel. Ditt liv Sigge. Eftersom det inte riktigt räckte, skvätte jag på outblandad ättika. Det gjorde susen. Verkligen susen".

"Fett!", svarade Sigge. "Verkligen schysst. Varför Vanish? Det är väl rätt miljöfarligt va?"

"Mmmm". Twist polerade så hårt att han hade blivit blank i ansiktet. Det kändes inte som om han hade lust att vara miljövänlig just för tillfället.

"Vad är det för klubba du polerar då?"

"Den här", sa Twist och höll upp den.

"Det är en riktigt bra klubba. Bara man träffar, går bollen skitlångt. Den har titanskaft och sånt tillverkas inte längre".

"Har du spelat golf? Det hade jag ingen aning om. Var du bra?" Han hörde en harkling från Rut som hade börjar plocka av det som fanns på brickan. Hon fick in det som

skulle i kylskåpet i nästan samma ögonblick som det som
skulle i skafferiet hamnade där och något åkte ner i en låda
och något annat i ett skåp. Sigge funderade över hur man
blev sån, att allt bara hamnade rätt på flera olika håll, på
ingen tid men exakt samtidigt. Det där plockandet hade tagit
honom tio minuter. I taget alltså. Per grej.

"Bra och bra, nej det skulle jag inte säga", svarade Twist.
"Men en gång var jag med i en ganska stor tävling. Vi körde
i par och jag parades ihop i tävlingen med en snubbe med
två i handikapp. Det kom vi tvåa på!"
"Å herregud vad nöjd han med två i handikapp måste ha
varit", skämtade Sigge.
"Kanske inte, men vi fick i alla fall varsin sån här", sa Twist
och halade upp ett andrapris. Ett fenomenalt oputsat sorts
andrapris.
"Hade det inte varit för mig, hade min medspelare inte haft
en sån ovanligt storartad dag", skrattade Twist och polerade
vidare. Rut tog till orda.
"Mini och Sigge ska starta en podderia och behöver köpa en
mikrofon. De vill att gården ska investera i mikrofonen och
som det låter, ett par saker till. Kostnad; tvåtusen kronor".
"Ja, det är väl bara att göra det", svarade Twist.
"Vill grabbarna ha en mikrofon ska de få det. Man vet inte
vilken lycka en mikrofon kan skänka senare i livet", sa han
sen och gnodde på klubbskaftet tills det blänkte.
"Berätta, vad gör man med en mikrofon på en lantgård".
"Jag känner att den här gården står för så många bra saker.
Här skvallras och bråkas det, vi minglar och investerar,
njuter och arbetar. Alla får plats och alla har sysslor, våra
olikheter kompletterar, vi förstärker varandra och trivs ihop.
Gemenskap och enskildhet, vardag och fest. Det är en
guldgruva, ett kungadöme och värt så mycket för så många.
Hela trakten blomstrar på grund av Laduviks gård".
"Absolut", sa Rut. "Men please kan du inte berätta. Vad har
det här med en podderia att göra?"

”Podderia?” Twist tittade upp ur putsivern.

Plötsligt rev någon tag i handtaget till ytterdörren och Siri
stack in huvudet.
”Hej, jag ville bara säga att jag är här. Jag och Mini är i
läxhjälpen nu och vi har fem ungdomar på plats”.
”Toppen, tack. Vad bra ni är!”, ropade Rut tillbaka.

”Jag och Mini vill berätta om gården i en pod”, fortsatte
Sigge. Men bara lite i början av varje avsnitt. Vi vill lyfta
gården, göra reklam för den innan vi går vidare i våra
avsnitt. I övrigt tänkte vi prata om andra ämnen som vi
tycker är angelägna, engagerande och roliga. Segrar från
förr, tips om händelser, något man vill berätta eller sprida.
Sådant man gillar. Varvat med musik. Lite som ett
sommarprat. Och vi vill ha gästpoddare! Kanske såna som
kommit tvåa i golftävlingar och andra”.
”Hmmm”, lät det från Twist igen.
”Trevligt”, sa Rut.
”Folk kommer hit och ser gården och våra djur. De besöker
julmarknaden, handlar våra produkter och kommer till
palzerian. Men de vet inte vilka vi är, som personer. Ibland
tänker jag att vi själva inte känner varandra heller riktigt.
Vad vet ni om Pia-Carin egentligen, och om Bengt? Visste
ni förresten att Mini är proffs på fibonaccital?
”Vad är det?”, frågade Twist och Rut i mun på varandra.
”Ja ni ser, det visste ni alltså inte”, sa Sigge som knappt
kunde hålla sig för skratt och inte Rut heller.
”Fibonaccital är tal som ingår i en heltalsföljd som kallas
just för fibonaccis talföljd. I den specifika ordningen är varje
tal, summan av de två föregående”.
”Alltså med början vid noll undrade Rut”, och startade
någon slags högräkning.
”Noll, ett, ett, två, tre, fem, åtta”.
”Tretton, tjugoett, trettiofyra, femtiofem”, fortsatte Sigge
och kommenterade samtidigt vilken fenomenal

arbetsminnesträning det var. Rut och Sigge tittade till på Twist som nu hade lämnat golfklubban och gått över till sitt andrapris. Han var djupt inne i sitt gnidande. Trasan och händerna var gråbruna av putssmeten från priset. Det blev tyst en stund och sen sa Sigge:
”Ni kan också göra varsitt poddavsnitt om ni vill”, minst ett. Alltså alla som vill, får”.

”Då skulle jag prata om uttrycket främlingsfientlig demonstration”, sa Rut utan särskilt lång betänketid. ”Allvarligt, hur låter det egentligen i friska öron? Så omodernt och underligt, som om man sovit i en kartong de senaste femtio åren och plötsligt vaknat. Liksom lite retard. Ja ja, de kunde väl få demonstrera då, det är ju ändå en demokratisk rättighet. Men har vi verkligen nån plats för dem? Alltså de främlingsfientliga? Varför kan de inte anpassa sig? Lära sig det språk som gäller? Ta seden där de är? Göra något nyttigt? Göra rätt för sig? Sluta ta våra skattepengar, elda upp flyktingboenden och stjäla polisresurser? Kan de inte bara lära sig hur det fungerar i Sverige och sluta besvära fredligt folk”.
”Mamma! Andas! Du har rätt men kanske podderian ska vara lite glättigare. Mer underhållande, inte så politisk”.
”Fan, de kan väl hoppa in i nån bajamaja och beklaga sig där”, muttrade Rut vidare.
”Då blir det billigare, trevligare och snabbt överstökat. Sen kunde de tvätta händerna med sånt där skum och lova att bli bättre människor”.
”En mikrofon får det bli”, sa Twist som nu var klar med sitt putsande och började spegla sig i andrapriset. Han log med hela munnen och granskade sin spegelbild för att se om det hade fastnat någon skit mellan tänderna.
”Främlingsfientliga demonstrationer”, sa han. ”Det är som gamla köttrester mellan molarerna”. Han krafsade bort något från tandköttskanten som liknade dragon men som

troligtvis var en bit spenat. Han drog av det på putstrasan och reste sig sedan upp.

Twist ställde undan priset och klubban, två detaljer i hemmet som Rut inte ens visste existensen av förrän idag. Så rätt de hade, Mini och Sigge, i sina avsikter med podden. Det här med en podcast var nog ett trevligt sätt att ge varandra nya bilder och uppslag.

”Vad behövs då och hur gör man? frågade Rut Sigge.
”Du kan i princip använda dig av en telefon för att spela in en pod, men ett inspelningsprogram på datorn är bättre och en extern mikrofon som du kopplar in till din dator. Det är den som kostar lite. Sen håller man till i ett ombonat rum. Kala rum försämrar ljudkvalitén. Vi tänkte ha podderian hemma hos Mini, där är det bra ljudatmosfär och minimala risker att någon stör. Sen använder man hörlurar och pratar nära mikrofonen. Det behöver vara ett klart och tydligt ljud eftersom poddlyssnare med stor sannolikhet lyssnar med hörlurar.
”Och mikrofonen då, kan man ha vilken som helst? undrade Twist som kommit tillbaka in i köket.
”Alltså, det ställer ganska höga krav på ljudkvalitén. En sån där mikrofon som kan ta upp ljud både från fram- och baksidan är bra. Då kan två personer sitta och prata mitt emot varandra, eller fler personer om man sitter rimligt nära varandra. Det behövs ingen proffsmikrofon, men med en bra en, för mellan tusen och femtonhundra kronor kommer man långt”.
”Är det nån som vill ha kaffe?”, frågade Twist.
”Gärna det”, svarade Sigge och Rut i mun på varandra.

Sigge berättade vidare om att det också behövdes någon form av redigeringsprogram och att det finns bra gratisprogram. Sådana som passar till alla operativsystem och som enkelt kan spela in och redigera ljudfiler. Man kanske vill ha ett litet intro eller en trudelutt som inleder podcasten. Rut och Twist turades om att ställa frågor och Sigge berättade om hur man klipper ihop programmen, alltså varje podcastavsnitt. Att man använder sig av ett ljudediteringsprogram och med hjälp av det placerar in musik samt det inspelade avsnittet och lägger dit intromusiken. Man kan lägga upp som en färdig mall, vilken kan återanvändas för varje nytt podcastavsnitt.

I det här läget hade de tappat Rut. Hon avskydde verkligen allt vad teknik heter och det blev bara värre med åren. Mitt i Sigges redogörelse kom hon att minnas det smärtsamma ögonblicket från alldeles nyligen när hon fick i uppdrag att tvätta bilen. I maskin alltså. Medan hon satt i tvättkön hade hon pratat lugnande med sig själv. *Det är lugnt, du kan inte göra fel.*
Alla andra med bilar framför henne sprejade medel, vek in backspeglar och förberedde tvätten. Själv satt hon bara där och försökte lugna sig. *Det kommer att gå bra, alla andra kan det här, det går inte att göra fel. Knappt.*

När det sedan blev hennes tur, körde hon för långt fram i tvättmaskinen och kom över på fel sida av rullarna på golvet i tvätthallen. I det läget var det svårt att backa lagom, och om man var *för* försiktig kom man inte över rullarna. Alltså tillbaka på rätt sida. Var man för aggressiv kom man över rullarna på tok för bra. Liksom för fort. Och det var flera bilar i kön bakom som bara växte. Rut svettades så det rann. Även nu när hon tänkte tillbaka på alltihop blev huden fuktig. En kille från macken kom ut och Rut kände viss lättnad. Hon kände sig liksom lite sorgset lycklig och samtidigt fylld av skam.
"Åh hej! Ja det här blev ju inte så bra", sa hon generat.
"Det är lugnt", svarade han. Samtidigt fick hon information av honom i förbifarten och i lite putslustiga ordalag att mycket hade han sett men just det här hade han aldrig varit med om. Det *tog priset* som han uttryckte det.

”Kan du inte hjälpa mig?”, bad hon. ”Vi kan väl bara byta plats va? Eller?”

”Nej, det går inte. Vi får inte lov att göra så. Det är mot reglerna”, svarade killen.

Rut var nu så svettig att det knappt gick att greppa om ratten. Allt kändes halt. Hon torkade av händerna på byxorna.

”Fast det här är väl också lite mot reglerna, kan man inte säga så? Alltså jag har ju hamnat på fel sida av rullarna, det måste väl anses vara förbjudet?”, undrade Rut. Killen skakade på huvudet och Rut fortsatte.

”Så pass förbjudet att någon behöver ta över hela situationen?” ropade hon genom framrutan men mackkillen hade snabbt kommit utom hörhåll. Han gick från bil till bil i tvättkön och pratade med dem alla. Tvättkön bakom henne dirigerades om. Aldrig mer, tänkte Rut. Inte en gång till att hon rör den där förbannade bilen. ”Ååådin” som Twist kallade den, med långt å.

”Sen kopplar du in allt på ett ljudfilshotell som hanterar och levererar uppspelningen av dina poddar”, hörde hon Sigge säga. Twist hade nu blivit så intresserad att han nästan lutade sig över Sigge för att få ut så mycket som möjligt av alla detaljer.

”Varje gång någon lyssnar på exempelvis avsnitt ett, belastas servern som ska leverera ljudfilen till lyssnaren. Tänk dig nu att det är tio stycken som vill lyssna på just avsnitt ett samtidigt. Det betyder att servern får tio förfrågningar och ska leverera ljudfilen tio gånger samtidigt. Och du har kanske flera avsnitt, kanske tjugo eller trettio uppspelningar som ska ske samtidigt periodvis. Det fixar inte ditt vanliga webbhotell eftersom det inte är byggt för den typen av trafik”.

”Så ett ljudfilshotell skalar upp och ner kapaciteten utifrån behovet, är det så? undrade Twist.

"Ja, och det finns unlimited paket vilket gör det möjligt att ladda upp obegränsat med ljudfiler men också videopodcasts varje månad till fast pris. Videofilerna kan ofta bli väldigt stora så med fast pris blir det enkelt att hålla koll på kostnaderna".
"Men vår Facebook, kan man använda den på nåt sätt?"
"Alltså, du behöver egentligen inte ha en hemsida för att publicera en podcast. Men en färdig podcast plattform med mediaspelare behövs så jo, någon form av podcast hemsida behövs. Det funkar däremot inte med Facebook här.
"Men det kan väl vara bra att registrera och kanske även publicera sin podcast på flera ställen", sa Rut plötsligt. Lyssnare har olika vanor och olika preferenser. Då kan vi ha Facebook till det".
"Absolut, men det stället där kanske flest letar efter podcasts är i Itunes, så vi behöver definitivt finnas med där. Fast Itunes registrerar bara podcasts och hämtar in flödet, man kan inte ladda upp filen där".
"Puh, vilken genomgång. Det låter skitkul. En podderia ska det va!", sa Twist.
"Eller hur? Till en kostnad av cirka tvåtusen spänn får vi en mikrofon, jingelmusik, ett ljudfilshotell plus lite uppstartsjobb. Sen har vi en podcast. Det är grymt!", sa Sigge men dämpade sig snabbt när han hörde Rut.

"Vad är det som händer?", ropade hon först, sedan ännu högre: "Vad är det, vem är det som kommer?"
Sigge och Twist satt kvar vid köksbordet medan Rut stod och tittade ut genom fönstret.
"Vad?", undrade Sigge.
"Det ser ut som Bengt, men vad är det han har med sig?"
Sigge flög upp för att se vad Rut tittade på.
"Det *är* Bengt", bekräftade han.
"Med en get. Mamma ser du inte att det är en get".
"Jo, så klart jag gör, men vad är det som är fel? De stannar ju hela tiden och geten lägger sig ner. Ser du inte?"

Nu hade Twist anslutit sig till fönsterplatsen och såg vad
Rut och Sigge tittade på. Ekipaget kom allt närmare och
mycket riktigt var det Bengt och en get som var på väg mot
dem. En get som tycktes tuppa av stup i kvarten. Vad var
nu detta? Mycket hade Bengt bidragit med genom åren. Han
hade snattat katter och stulit tomtar. Begravt hästar, fixat
granar och skjutit bockar. Han hade till och med lotsat in en
hel busslast med gäster till gårdsbutiken. Och nu hade han
tydligen kommit med ett nytt bidrag till bryderier.

En get som inte kunde stå på benen, fel... en get som *kunde*
stå på benen men inte särskilt länge. Det hade Bengt med
sig idag. Just precis idag.

Kapitel 8
Om de två spindlarna och den utbrända föräldern
samt den trånga toan och krokodilen

Ett hjälplöst glidande, panikslagna klor i madrasskyddet, en mjuk duns. Katten föll ur sängen. Stackars kisse. Han hoppade upp i sängen och la sig tillrätta igen sedan han slickat sin gyllengula päls några extra varv. Mest för att trösta sig själv och sätta lite plåster på det pinsamma fallet. Klockan var 04:33 och Pernilla kände att det var hög tid att göra ett besök på toaletten.

Det tokiga med att vakna vid en sån här mellantid, då det ännu inte var morgon men heller inte tidig natt, var att det knappt gick att somna om. Den här morgonen var en sådan morgon. Idag hade hon kommit till den dagen då mötet med mamman och flickan i årskurs åtta skulle hållas. Givetvis började hon fundera över det och då var det plötsligt omöjligt att somna om.
De hade tvingats skjuta på mötet några gånger av olika anledningar men idag var dagen för träffen. Det de skulle prata om var på vilket sätt läxor sköttes och mamman behövde hjälp med hur hon kunde strukturera arbetet för sin dotter. Mamman tyckte inte att dottern tog ansvar medan dottern själv tyckte det gick hur bra som helst. Betyg och resultat styrkte till stor del mammans uppfattning och flickan behövde kanske få sig ett uppvaknande.

Så här års kämpade och stretade alla på. Det märktes på stämningen där hemma, det hade blivit lite mer pressat, lättirriterat och diskussionerna allt fler. Särskilt runt skolan och sådant som behövde planeras upp, där man behövde vara överens. Ibland när Pernilla tog upp något mer eller mindre allvarligt med Tor kunde samtal ta vägar som blev

helt obegripligt komplicerade. Det kunde givetvis vara så att
Pernilla hade en oförmåga att säga saker i rätt ordning. Eller
så var det Tor som inte lyssnade tillräckligt.
Pernilla tänkte formen av ett träd i sina beskrivningar av
deras samtal. Hennes strävan var att hitta uppåt, utåt mot ett
resultat av någon sort, men Tor hittade i stället stickspår,
lika oändliga som antalet förgreningar på trädet. En
tvåminuters avcheckning kunde bli en och en halv timme
lång.
När Tor tog upp något hade samtalet mer formen av en
ballong. En gasbildning där samtalen bara snurrade runt,
runt, runt. Med syfte att reda ut saker, ställde hon frågor
men frågorna blev snäsigt bemötta. Det var väl ändå ett
tecken på att något var disharmoniskt och pressat? Var
samtalet startade, vilka detaljer som var just detaljer, om det
alls fanns ett huvudspår och var alltsammans skulle sluta var
ofta en gåta. Och många gåtor förblev outredda.

Det hade redan blivit november. På ett obemärkt sätt bara
skedde det och lika smygande tvingades de inse att myset
skjutits allt längre bort. Vardagen hade helt tagit greppet
över tillvaron och det mesta av aktiviteterna utfördes i
kompakt mörker. De allra flesta jobbade och kämpade, satt
på långa möten och ansträngde sig hårt. Jäktade och
kånkade, hämtade och lämnade, planerade och stressade.
Det var mörkt, mörkt, mörkt och så somnade man i soffan
när dagen var slut.
Pernilla låg och tänkte på hur fort helgerna passerade. I
fredags var alla som utslagna och katten värst. Tobbe hade
skrattat rått när Pernilla sa att hon ville gå och lägga sig
redan vid åtta på kvällen. Han fattade inte. Pernilla kunde
ibland sjunka till nivån att hon kände avundsjuka. Inte på
Tobbe alltså men på katten. Få se nu, vad fick han
egentligen gjort på en dag? Han gick ut genom dörren och
in genom kattluckan, vilade tre fjärdedelar av dagen, jamade
fem gånger på eftermiddagen, sträckte på sig, åt och

tvättade av sig, fast bara ena sidan av ansiktet. Klart han blev helt slut. Han orkade nätt och jämnt spinna, tänkte Pernilla bittert innan hon somnade i en hög framför fredagsteven inför en tolvtimmar lång dvala. Det enda störande momentet i dvalan, var en inkommande begäran från Tor om att swisha trettio spänn. I tonårsförälderns värld finns bara en mycket kort skapelseberättelse: Först upptäckte barnet naveln. Sedan swish.

Men nu var det en ny dag, en annan dag och helgen hade sannerligen passerat. Inte för att hon kände sig särskilt utvilad utan snarare tvärt om, i full gas. Klockan stod på 04:42 denna tidiga måndag morgon, och vid det här laget var hon pigg minsann. I tanken, och i sina planer. Hon hade redan börjat bygga dagen. Börjat gå igenom detaljer och påminna sig om allt hon inte fick glömma.
Att gotta sig mer i livet var något hon behövde öva på, tänkte hon. Tänk om man kunde glädja sig lika mycket åt jobbet som av lediga dagar. Mysa runt sju dagar i veckan i stället för två. För hennes egen del var det så mycket som hände runt Tor nu att det ibland var jobbet som blev vilan. Det var egentligen en orimlig ekvation, att vara lärare på högstadiet och ha en hårt puberterande filifjonk på hemmaplan. Faktiskt inget att rekommendera. Det var supermycket att göra på jobbet men det kom att bli platsen för vila ändå i perioder. Hon om någon behövde lära sig njuta av alla moment i en arbetsprocess, att hitta ljuspunkter i arbetsdagen. Trösten var att det alltid fanns de som hade det värre.

Å jo, här badas det i champagneproblem, så är det. Tänk om man kunde fokusera på det som faktiskt finns i stället för på det som saknas och lyckas frigöra sig från gnäll och negativa tankar. Inte rada upp dagen med måste-göra-saker utan lära sig göra saker med större närvaro. I stället för att göra det bara för att få det avklarat. Pernilla behöver

fundera över vad för något på jobbet som hon verkligen
gillar att göra och som hon gör väldigt bra. Försöka hitta de
tillfällen där det knappt känts att hon utfört ett arbete, så där
som när hon är i sitt esse. Hur kan fler sysslor utföras med
glatt engagemang? Tankarna grumlade sig lite och rörde sig
mellan katten, mötet med flickan och mamman, allt som
skulle göras och mörkret...

Plötsligt stod de framför en jättekåk på Lidingö. Det var
hon och Tobbe, eller så var hon helt själv. Det varierade.
Kåken var tre våningar hög och hade hur många rum som
helst. Längst ner fanns ett rum med en separat ingång och
där bodde någon. Det visade sig att det egentligen inte var
en bostad utan mer som ett slags lager. En man fanns
tillgänglig där tjugofyra sju för att tillhandahålla dem krukor
av alla sorter. På två ställen runt huset stod det vakter, och
innan Pernilla fattade vilka de var... de svarade nämligen inte
på tilltal. Som små tomtar stod de där på sina poster. Det
kändes inte det minsta tryggt. Pernilla och Tobbe hade
flyttat. Bytt kommun, hamnat på nya koordinater.
Flera problem fanns, eller egentligen hur många som helst.
Ett var att Pernilla inte alls ville bo där. Verkligen inte, hon
ville bara hem. Ett annat var att trots att de inte hade flyttat
in än, var det fullt möblerat. Tunga, mörka trämöbler och
massor av stolar, bord... vartenda rum var möblerat. Hur
skulle deras egna möbler få plats?
Det tredje problemet var att när man skulle ta sig till och
från huset, som låg på en höjd, behövde man gå på branta
berg vilket inte var en lätt sak. Vakterna som stod utställda
gjorde ingen ansats i världen för att försöka hjälpa till. Det
kanske var därför huset var möblerat och klart. Man skulle
aldrig kunna få upp sina egna möbler från flyttbilen till
huset och än mindre få de svintunga trämöblerna därifrån.
Pernilla behövde gå på toaletten, eller "låna" toaletten, för
så kändes det trots att hon var i sitt eget hem. Det fanns fyra
dörrar i rad. Bakom den första fanns allt som behövdes på

en toalett, utom just själva toalettstolen. Nästa dörr saknade handtag men det fanns en liten knopp att dra i. Dörren gick inte att öppna. Bakom den tredje var det en slags separettoalett, någon konstig sorts torrtoa som hon inte vågade använda. Bakom den sista dörren såg allt ut ungefär som vanligt bara det att massor av skräpkorgar var inställda. Så många att det blev trångt. Det var också fullt med flaskor med olika rengöringsmedel på golvet och det totala utrymmet var minimalt. Det gick knappt att få ner rumpan på toalettstolen. Hon fick sätta sig i en alldeles förvriden ställning.

Hon väcktes av att radion började spela i sovrummet. Ett djupt, dovt och långdraget jag-är-trött-på-att-ni-sover-jamande hördes från nedervåningen. En gång, två gånger och så tre, fyra... sju gånger. En paus och så en åttonde gång. Så var det alltid. Ibland jamade han en nionde gång också men då med inslag av ett gurglande eller ett darrande pip. Han höll sällan hela vägen.
Lidingövillan var en dröm. En mardröm. Hon var hemma i sitt alldeles vanliga hem och alltsammans var lyckligtvis inte på riktigt. Lika nöjd som lättad, strösslade hon ett gäng pussar över Tobbe innan morgonrutinerna tog över. Huset vaknade och duscharna gick varma, några trötta kommentarer skickades runt i luftrummet och så småningom satt de tillsammans vid frukostbordet. Med det menades att de visserligen var samlade men med helt olika design på frukostmaten. Pernilla åt sitt fröbröd. Beslutsam i sin övertygelse om att vanligt mjöl i möjligaste mån skulle undvikas. Tor hade sin gymkropp att tänka på och gjorde det med full kraft, så specialfrukost gällde där. En dubbel portion havregrynsgröt med äppelmos och ett fat med äggröra till det. Tobbe däremot, han åt en helt vanlig macka. Med ost och skinka, inga konstigheter alls.

Tobbe och Pernilla gick alltid hemifrån tillsammans på morgonen. De turades om att leda Pernillas cykel och hade sällskap nästan hela vägen, i en tjugo minuter lång promenad innan Tobbe tog tåget in till stan och Pernilla cyklade sista biten. Nu hade det börjat bli halt ute så cykeln fick inte alltid följa med. Promenaden närmade sig och de stod i hallen. Pernilla pustade ut lite. Varje morgon som fungerade utan diskussioner om middagstider eller skilda värderingar beträffande planer för eftermiddagen och kvällen, fick anses vara en gåva. Nu var de på väg till jobbet. Tobbe hade tagit på sig ny skjorta och hängt en kavaj över den. Kreationen toppades av det senaste inköpet. En finjacka.

”Fint!”, sa Pernilla. ”Händer det något särskilt idag?”

”Japp, det är idag jag ska hålla i min presentation”.

Tobbe skulle ha en dragning på jobbet som en del i en större presentation av verksamheten. Och det var inte första gången han skulle hålla i ett configuration-någonting-spännande-möte på jobbet. Pernilla skojade med honom samtidigt som de trängdes där i hallen.

”Hej, jag heter Tobias”, sa hon. Hon förställde rösten innan hon fortsatte:

”Hej Tobias”, svarar alla i kör.

”Som sagt, Tobias heter jag och idag ska jag berätta om config... nej, förresten idag ska jag berätta om krokodilen. Krokodilen är ett djur som är jättejättegammalt. Den har pansarlikt skinn som är väldigt eftertraktat...”

”Varför ska jag berätta det?”, undrade Tobbe. De hade nu lämnat huset bakom sig.

”För att det är kul! Kollegorna på jobbet låtsas att de är seriösa och vill veta allt om configuration-någonting men så överraskar du! De önskar inget hellre, jag lovar.”

Det blev tyst länge, kanske tio minuter och de gick i takt utefter vägen.

"Det blir ingen presentation idag", sa Tobbe som bröt tystnaden.
"Va? Blir det inte?"
Vad konstigt tänkte Pernilla, hur hade han fått reda på det sedan de lämnat huset. Och utan att hon hade märkt något? Ingen telefon hade ringt och några mejl kunde väl knappast kollas av via datorväskan som han bar. Hade han något informationschip inopererat som hon inte kände till?

"Nej, de ska spela in presentationen. Ingen bild, bara ljudupptagning. Det är bättre för då kan man klippa bort det som inte blir bra".
"Aha, klippa och klistra. Det håller man på med i alla verksamheter. Hela livet. Från förskola och ända upp på direktörsnivå". Samtidigt fattade Pernilla ingenting. Varför hade Tobbe då risslat upp sig så, om det bara var ljudupptagning?
"Men du har ju klätt upp dig?"
"Fast vi ska ha möte först med några av höjdarna".
"Men då kan du ju verkligen dra det där om krokodilen?"
"Vadå för krokodil?"
"Den jag pratade om förut!"
"Mmmm fast jag fattade inte det. Och varför skulle jag göra det?"
"Äh, jag skojar ju bara med dig. Lycka till nu med allt idag". De skildes åt och Tobbe styrde stegen ner mot tåget som skulle ta honom vidare in till stan. Pernilla var helt säker, verkligen supersäker på att han njöt av tystnaden den sista biten och ensamheten som äntligen infunnit sig.

På toaletten utanför Pernillas och de andra speciallärarnas rum hade en spindel funnits sedan skolstart. Den bodde i ett litet tunt nät i ena hörnet och störde ingen. Specarna hade bestämt att inte ta bort den, utan att hellre vårda den ömt så länge städarna inte hittade den, och just det verkade dröja.

För någon vecka sedan hörde Pernilla en av hennes kollegor
utbrista:
"Åh, så trevligt... de har blivit två!"
När Pernilla var där senare, konstaterade hon samma sak.
De hade blivit två. En spindel, i trevligt sällskap av sitt eget
skinn. Att två inte var just två på det sättet som hennes kära
kollega menade, var ingenting hon avslöjade för den glada
biologen. En mamma och ett barn, eller ett förälskat
spindelpar, som kollegan kanske hoppades på, var inget
annat än en spindel och dess skinn. Det vore synd att döda
glädjen. Nu denna morgon när Pernilla gick dit, fanns hur
som helst ingenting kvar. Städarna hade varit där med
kvasten. Det skulle bli ett svårt besked att lämna till
kollegan, tänkte hon.

Vilka olika jobb de hade, Tobbe och hon. På Pernillas jobb
fanns möjlighet till busiga tankar och glada skratt mellan
varven. På Tobbes jobb verkade alla vara tyngda av
seriositet och viktighet.
Pernilla kom in till sitt arbetsbord. Ett arbetsbord som för
övrigt var hur belamrat som helst med böcker, elevarbeten,
arbetsupplägg och arbetshäften. Ibland hände det att någon
gullig kollega lagt dit lite presenter. Det kunde vara
uppmuntran i form av block, pennor och magneter. Eller
ätbara saker för att säkerställa energinivån. Skumtomtar,
choklad eller semlor. De var så gulliga och omtänksamma
och såg när Pernillas veck i pannan hade blivit mer som
slingrande raviner än bara lätta rynkor. Idag låg där ett par
flugor på ett papper. Dessa hade Pernilla preppat innan
helgen för att mata spindeln med. Hon slängde nu bort
flugorna och började förbereda dagen.

Förhållandevis ofta gällde att den planering som gjordes,
sällan följdes. Så även denna dag. Hon hade planerat en
genomgång av argumenterande text, plockat fram ett
mattespel och läst på om världsreligionerna.

När förmiddagen hade gått hade hon tillsammans med eleverna i stället diskuterat balansmetoden och sexuella trakasserier. Matat en elev med ADHD-medicin och en annan med astmaspray samt blandat buljongpulver till en tredje. Hon hade ihop med en elev letat citat ur en bok och formulerat en tanke som kommit ur citatet. På lunchen hade hon dämpat clownångest och sorterat papper. Hon hade stärkt en förälder och trasslat in sig i rastvaktsvästen, alltså fullkomligt, eftersom hon alltid hade ofattbart bråttom från den ena breddgraden till den andra. Och då var det bara förmiddag.

På eftermiddagen fick hon dagens belöning. En elev kom till henne med fast övertygelse om att ett problem aldrig, never ever skulle kunna gå att lösa. Eleven hade tagit läraren till hjälp men inte fattat uppgiften ändå. Behöver det förresten sägas att det handlade om matte? Eleven hade hamnat i uppgivenhetsläge. Hon mest bara skrattade och menade att hon absolut inte fattade någonting, det skulle aldrig gå. Femtio minuter senare var lektionen slut och eleven nöjd. Det hade gått hur bra som helst. Med färgpennor, papper, lego och kapsyler. Och med många exempel, bara hon och Pernilla. Reaktionen blev belöningen. Att Pernilla fick rätt. Att allt går att lösa.

Under dagen hade Pernilla också förundrats minst en gång. Det mest humoristiska denna dag var eleven med långa, täta, vackra ögonfransar som lämnade lektionen för att gå ut och snyta sig. Hon kom snart tillbaka. Någonting hade hänt. En tjej hade gått ut och en helt annan kommit tillbaka. Inte en enda frans fanns kvar. Om hon snutit bort dem eller bara tagit beslutet att de skulle av, visste inte Pernilla men att jobba med ungdomar, det var smått fantastiskt. Sådant händer bara i skolan, tänkte hon. Klockan hade blivit tre på eftermiddagen och det var dags för besöket med mamman och flickan i årskurs åtta. Mamman hade berättat med rikliga exempel hur tufft de hade det på hemmaplan och hon hade

blivit alltmer desperat, till och med börjat ge upp. Idag
skulle de bjuda in flickan i det hela för att se hur de
tillsammans kunde strukturera upp arbetet.

Pernilla hade plockat fram sina anteckningar sedan tidigare
samtal där hon och mamman pratat om följande:
1) Flickan var inte på minsta sätt mogen att ta ansvar för
skolarbete annat än på en otroligt basal nivå.
2) Hon har inget självständigt driv, inte ens till att läsa
tydliga instruktioner. Hon behöver tydlig styrning och aktivt
deltagande från föräldrarna.
3) Hemma kunde de testa lockande överenskommelser,
exempelvis: Du får göra det du önskar om du sedan lovar
att… men enligt mamman funkade det inte. Flickan måste
först göra jobbet, och sen få det trevliga efteråt.
4) Testa kompisfritt måndag, tisdag och onsdag då det är
flest läxor. Måndag till onsdag var det uppenbart svårt att
kombinera skola och kompisar, plus träning.
5) Att se helheter var svårt för flickan. Hon behövde hjälp
att få hem och överblicka materialet för att de skulle kunna
göra en vettig tidsberäkning. Det klarade hon inte själv.
Därför behöver de gå igenom skolans veckoinformation
angående läxor på torsdagen för att hinna få hem böcker på
fredagen och göra en vettig planering på lördagen. På
lördagen sedan skulle de ta fram böckerna och beräkna
tidsåtgången.

Kring allt detta hade det nu blivit dags att ha en uppföljning
och mamman var i antågande. Pernilla kände mycket väl till
mammans beskrivningar av hur läxor lätt blev källan till
misstänksamhet och konflikter. Det Pernilla också visste,
var att familjen inte var ensamma om problemen, långt
därifrån. Många fightades på hemmaplan kring läxor. I
ärlighetens namn vore det modigt och radikalt med en skola
som vågade köra läxfritt. Hon hade läst en del om detta och
gillade det verkligen.

Det finns extremt lite forskning om läxors effekt och av det lilla som finns, visas ingen entydig bild på vad som verkar bäst. Leder läxor till bättre lärande och kan de förbättra skolresultaten? Hela läxidén bygger på läraretik och skolpedagogik som är fast förankrad sedan urminnes tider och kräver helt nytt forskningsunderlag för att våga avvika ifrån. Det finns forskning som visar på att läxor tycks påskynda inlärningen men framför allt för äldre elever och för de som redan är högpresterande. Samma forskning pekar också på att läxor knappt har någon effekt. Av närmare etthundrafyrtio olika faktorer som påverkar elevernas lärande, hamnar läxor på plats åttioåtta. Med andra ord, har vi av tradition ett system som mest troligt ställer till det i redan sönderstressade familjerelationer och som saknar underlag kring vilka fördelar det ger. Elever som sköter läxorna bra och självständigt, med god behållning och tänkta vinster, är kanske de som minst behöver läxor?

Hemuppgifter leder till stor arbetsbelastning inte minst genom att dagarna blir långa för eleverna. Många elever har i och med tidspåslaget som läxor ger, längre arbetsdagar än vad som lagstadgats för vuxna. Alltså först sju till åtta timmar i skolan och så ett par timmars läxarbete utöver det. Flera gånger per vecka, vecka efter vecka. I och med det har läxor blivit en arbetsmiljöfråga, vid sidan av att vara en hälsofråga. Det man kanske inte tänker på, är att hemuppgifter också blivit en jämställdhetsfråga. Alla barn har inte vuxna hemma som kan hjälpa dem vilket betyder att om alla ska ges samma chans, bör hemläxor delas ut ytterst sparsamt. Särskilt om det inte erbjuds läxtid i skolan där gott stöd från pedagoger ger eleverna möjligheter att utföra läxor. Det är viktigt att plugga, det är superviktigt att läsa, att nöta in kunskap och att repetera. Det är läxornas kvalitet och innehåll som är viktiga. Leder läxor till konflikter är de ofta för svåra och ju mer ostrukturerade de är, desto lägre positiva effekter syns.

Bra läxor är de som hänger ihop med undervisningen, som förklarats ordentligt och följs upp i skolan efteråt. Läxor som säkerställer att alla elever har möjlighet att lyckas, är bra. Alltså som är individanpassade och som inte kräver vuxens hjälp där hemma. Eleverna behöver också god framförhållning och gott om tid till sina läxor samt stöd med en studieplan med tydlig prioriteringsordning.

Det knackade på dörren och utanför stod mamman. Planen var att hon och Pernilla skulle ses en stund först och flickan, som fortfarande hade en lektion kvar på schemat, skulle ansluta senare. Pernilla och mamman gick igenom anteckningarna sedan senaste samtalet och mamman berättade att de numera hade kompisfritt måndag till onsdag för att få det lugnare. Eftersom hennes dotter gärna ville trycka in så mycket kompisumgänge som möjligt, såg de ingen annan lösning. För flickan fungerade det annars så, att enda gången hon inte kunde vara med kompisar, var när kompisarna var upptagna. Själv kunde hon inte göra sig upptagen, exempelvis för att sköta sina läxor. Så lösningen kompisfritt måndag till onsdag resulterade i färre konflikter men dessvärre nya sorters problem. Mamman förklarade. Det som då händer är inte per automatik att hon sitter med näsan i några böcker, nej i stället blir det ännu mer tid med iPaden.

De läxor och uppgifter hon hade att jobba med exempelvis inför prov, sköts tidsmässigt på framtiden som om uppgifterna var en bred plog och flickan var den som satt vid spakarna. Fast som sagt, ändå lite mindre bråk hemma. I och för sig påstod hon ofta att hon inte hade några läxor, alternativt att hon redan gjort dem men det var sällan sant. Hon hade läxor varje dag om hon delade upp dem i stället för att lägga allt arbete sista kvällen. En sådan kväll innehöll ändå inget annat än högljudda suckar och klagande protester eftersom allt blev för arbetsamt. Exempel på det var ett

grammatikprov i svenska ordklasser som hon skulle plugga
till, där hon skjutit allt pluggande till sista dagen och då inte
hade något material hemma. Hon visste knappt vad hon
hade prov i. Det blev en fight utan dess like där hon i sista
stund fick fråga runt bland klasskamrater och där mamman
fick undervisa, förhöra och förbereda allt-i-ett. Nio
ordklasser på en kväll, det görs inte i en handvändning.
"Men hade ni inte gjort någon slags läxplanering
tillsammans då?" undrade Pernilla.
"Jodå", svarade mamman. "Lugn, ska du få höra".
"I torsdags eller fredags skulle min dotter göra en
läxplanering. Tidigare hade vi regeln att hon skulle göra den
och sedan visa upp den innan hon fick vara med kompisar.
Eftersom det ifrågasattes, bad jag henne bara göra
planeringen, utan att kräva genomgång med mig. Idag är det
måndag och jag har inte sett den än trots att jag påmint ett
par gånger".
"Hoppla, där behöver du kanske styra upp mer och inte
lämna utrymme för överenskommelser. Särskilt inte såna du
redan innan vet inte kommer att hålla. Förresten, vad skulle
planeras?"
"Ja, vid sidan av ett fysikprov till tisdagen så var det ett
matteprov till torsdagen och en engelskaläxa som inte
lämnats in. Den var tre veckor försenad nu".
"Tre veckor?" undrade Pernilla. "Av vilken anledning då
om jag törs fråga?"
"Fråga kan du alltid, och jag tror det enkla svaret blir att det
bara inte gjorts".

Mamman berättade också om ett krångel som utspelat sig i
matten. Bara för att ge exempel på hur något enkelt på ett
märkligt vis bara blev svårt. Det hela hade sin uppstart
redan två veckor tidigare. Flickan behövde lösblad på
matten eftersom hennes räknehäfte var borta. Hon fick ett
nytt häfte i stället. Nästkommande torsdag behövde hon
lösblad igen. På frågan om var räknehäftet var, påstod

flickan att en kompis rivit sönder det. Hon ombads hämta
det ändå och det vägrade hon först men tvingades göra det
till slut. Mycket riktigt så var det sönderrivet men det som
framgick sedan de bläddrat i häftet var att hon bara hunnit
med tolv uppgifter på en hel vecka. Tolv uppgifter på tre
lektioner, plus att det borde ha arbetats en halvtimme
hemma också. Det var inte så effektivt tyckte läraren. Ett
prov stod för dörren och hon hade inte räknat så långt som
hon borde. Hon hade därför inte kommit igenom alla
moment i boken vilka var nödvändiga inför provet.
När mamman efter ett samtal från läraren tog upp den
diskussionen menade flickan att ingen annan heller hade
kommit så långt, vilket mamman i sammanhanget ansåg var
oväsentlig information. Hon jämförde sig givetvis med
andra nickedockor som gärna också arbetade halvmediokert
på lektionerna. Mamman hade försökt förklara för dottern
att hon hade sin plan att följa, sina sidor att räkna och sitt
prov att göra. Flickan hävdade att hon kunde allt i alla fall.

Nåväl, eftersom måndag till onsdag nu ägnats åt iPaden i
stället för åt läxor, hade mamman bett flickan att titta
igenom matten på lördagen, för att reda ut vilka luckor hon
hade. Eventuella luckor kunde hon arbeta med mer
intensivt på tisdagen och onsdagen veckan därpå. Måndagen
behövdes till fysikläxan. Hon vägrade ta lördagen till
skolarbete, eftersom hon skulle vara med kompisar. Efter
mycket dealande och diskuterande kom de överens om att
göra söndagen kompisfri och så fick hon vara med
kompisar hela lördagen men vara hemma till middagen. På
söndagen skulle två blad med matteuppgifter räknas samt
läxplaneringen göras plus en bakläxa i engelska.
”Aj då”, sa Pernilla. ”Där lät det som om du än en gång åkte
dit på en överenskommelse som du redan innan visste inte
skulle hålla. Eller har jag fel?”
”Klart det blev så. När hon väl var på hemmaplan, satte hon
sig och tittade på film efter film på iPaden. Först när jag

bokade in en tid, tog hon tag i matten. Då var det eftermiddag, hon hade inte gjort någonting skolrelaterat alls dittills. För att göra det trevligare och lättare beslutade jag att vi ska köra mattepapperet med procent muntligt. Det gick bra med undantag för några uppgifter. Sen tog vi en paus".

"Bra! Klokt av dig, trots att jag förstår att du kokade av frustration, att ändå göra det hela lite trevligare och lägga in pauser".

"Ja men det måste jag, annars finns ingen koncentration kvar. Det är inte ofta någon förstår vilket jobb man har som förälder till ostyriga barn. Dessutom är det så att jag vill ge henne chansen till lite eget ansvar mitt i allt det styrda".

"Hur gick det sen då? Fortsatte ni?"

"Mmmm, när det var dags för mattepapperet med bråkräkning, visade det sig att hon hade stora svårigheter både med kunskaperna och med uthålligheten".

"Var du överraskad över det?"

"Nej, faktiskt inte. Hur som helst, mitt i pluggandet ringde en kompis till min dotter och ville komma över. Då föll jag dit igen och sa att det var okej men först skulle mattepapperet vara klart. Redan efter fem minuter stod kompisen där och då hade jag två val. Endera skicka iväg kompisen eller bryta pluggandet. Eftersom jag visste att det inte skulle bli någon bra matteräkning med en kompis som väntade, avbröt jag pluggandet".

"Till min förvåning" fortsatte mamman, "märkte jag att tjejerna förberedde sig för att sticka ut vilket jag ställde mig frågande till, dock utan att starta en diskussion eller ställa till en scen. Det enda jag var noga med var att hon skulle hålla sig i närheten och vara tillbaka klockan sex. Då skulle vi äta och fortsätta med matten. Klockan var nu kvart i fem och även om jag tyckte att det verkade felplanerat så, hellre än att tjafsa, unnade jag henne pausen. Hon försökte förhandla tiden ytterligare lite grann, till att komma hem halv sju men

på den punkten var jag benhård. Hon skulle ju egentligen inte alls vara med kompisar denna dag och absolut inte utanför hemmet, ändå var det som det var nu".
"Oj, vad du får tänka om hela tiden. Tror du att hon använder sig av det?", undrade Pernilla.

"Så klart. Kvart i sex ringde hon med informationen att hon var i sporthallen och frågade om hon kunde komma hem senare. Jag sa givetvis nej och det blev arga diskussioner. Det slutade med att hon var hemma närmare sju, för det var den enda bussen som gick. Än en gång hade jag förlorat i en överenskommelse vilket jag kände mig skogstokig över. När hon i det läget kallar mig strikt och petnoga med tider och anklagar mig för att bara vilja sabba för henne, då bet jag nästan flisor ur tänderna".

Mamman fortsatte sin berättelse som en enda lång monolog bestående av sorg, ilska, förhoppningar och brutna löften. Nya överenskommelser gjordes, grundade på något slags sunt förnuft som i själva verket för länge sedan helt tappat styrfart. Det mesta var bara tomma slag i luften. Det handlade mest bara om rent och skärt lurendrejeri, alltså vem som bäst kunde lura vem. Mamman tog en kort paus och Pernilla kunde inget annat göra än att flika in lite beröm och pepp för att alls göra något.

"Resten av kvällen var det trista diskussioner där flickan inte förstod kopplingen till varför hon måste plugga på söndagen. Hon bortsåg totalt från att det var en tidigare överenskommelse. Hon såg heller inte att det var en konsekvens av att hon suttit med iPaden mycket i stället för att plugga, och att det var överenskommelsen eftersom hon hade fått vara borta från fredag till lördag på kompisens land. Att det också var en konsekvens av att hon valt att strunta i läxplaneringen och tidigare engelskaläxa, och så vidare, och så vidare".

Det blev tyst ett tag och Pernilla såg att mamman fick
rödkantade ögon som började fyllas med tårar. Hon
snyftade till.

"Vid det här laget var jag så arg, sur och besviken att jag inte
längre tänkte köra muntlig matte med henne. Jag sa att hon
fick jobba med papperet själv, göra så mycket hon alls
klarade och ta stöd i boken för det hon inte grejade. Själv
tänkte jag titta på teve. Hon pekade på det hon kunde och
jag begärde att hon skulle skriva ned svaren, vilket hon inte
gjorde. Då skyllde hon på att hon inte kunde något varpå jag
hänvisade till boken. Då sa hon i stället att hon kunde och
jag begärde igen att hon skulle skriva svaren. Då sa hon att
hon inte kunde och så höll det på. Alltsammans urartade i
att hon beskyllde mig för att vara den som fick ta ansvar om
hon nu inte skulle fixa provet. Ytterligare alternativ fanns,
vilka gick ut på att det borde vara lärarens fel eftersom han
inte hade lärt henne rätt. Hon hävdade bestämt att
matteläraren sagt att "tre upphöjt till två" var detsamma
som "tre gånger två". Alltså, vad fanns att säga? Inte en
enda uppgift gjordes under resten av kvällen. I stället satte
hon sig och kluddade i läxpapperet innan hon flyttade sig
för att titta på teve. Matten var nedlagd och engelskan skulle
hon försöka göra muntligt med läraren sa hon. Då var det
bara fysiken som återstod".

Det här var en mamma som uppenbarligen gjorde vad hon
kunde, som pendlade mellan att göra överenskommelser
och att sätta ner foten. Pernilla kände starkt för hennes
tvivel kring vad som var rätt och vad som var fel. Ord som
elak, mesig, tvingande, lättlurad, kontrollerande, klen, stark,
misstänksam och uttröttad mamma svepte runt som
planeter kring solen i huvudet hos Pernilla. Då och då
stannade allting upp av fraser som: "alla andra får ju" eller:
"du vill bara förstöra".

Oftast är det tonåringar som krånglar med läxor, och många gånger sammanfaller det med att de också vänder sig mot skolan. Det som tidigare varit kul och intressant blir plötsligt sjukt trist och meningslöst. Samtidigt som det är som mest viktigt att ha goda vuxenrelationer, vill de frigöra sig från vuxna. Ständiga konflikter sliter på balansen här. Pernilla hade läst en bok om beteendeproblem i skolan, skriven av Bo Hejlskov Elvén. Där hade hon fastnat för en del som också behövde komplettera debatten.

Är barnet våldsamt/provocerande med flit eller gör hon/han sitt bästa för att inte misslyckas? Hur strukturerad var situationen/uppgiften? Hur bidrar man till att minska risken för att det ska hända igen? Barn upp till 11 år lär sig genom att lyckas. De kan misslyckas gång på gång utan att tycka det är ett problem. Det är först efter 15 års ålder barn lär sig genom att misslyckas. Barn som fortfarande misslyckas mycket i 9:an måste fortsatt ha mycket beröm för att lära sig. Barn kan enbart lära sig av att misslyckas genom att först lyckas jättemycket!! Det ger ingenting att tillrättavisa barn under 15 år. Konsekvenser, tillrättavisningar, bestraffning måste undvikas. Barnet känner sig bara orättvist behandlat och "vuxen/barn alliansen" får sig en törn och ökar i längden det beteendet man straffar för. Det finns en risk att barnet bedömer värdet av handlingen större än det priset som hon/han får betala, och kommer då utföra handlingen igen. Den som straffar får en känsla av kompetens och rättvisa men har egentligen bara förlorat alliansen, relationen, förtroendet.

När man arbetar i skola förstår man verkligen hur olika val, prioriteringar och ställningstaganden ställer till det i hemmen och med familjerelationerna. Pernilla känner till högstadieskolor som jobbar hårt med lanseringen av sig själva i något slags valfrihetens tecken. En skola till exempel, har tre inriktningar. Idrotts- eller musikinriktning samt kommunikation. Vad det i praktiken innebär är ingenting annat än att två extra lektionstimmar läggs ut av detta per vecka. Det är kö till alla inriktningar och tre val *måste* göras när man söker. Även om du varken kan sjunga eller spela

fotboll måste du alltså ändå välja det. Och göra inträdesprov
till alla, det ingår i ansökan, eftersom det kan bli så att du
inte får ditt förstahandsval. Till musikinriktningen
exempelvis, ska du själv välja låt och spela på valfritt
instrument. Kan du inte spela, kan du använda rösten som
instrument. Du ska själv hitta noter och ta med dig till
inträdesprovet, även noter till den som ackompanjerar dig.
Så ser det ut nuförtiden och ungarna är som vrak både inför
ansökan och i väntan på resultatet. De är också ohälsosamt
oroliga inför vilket resultat bästa kompisen skulle få. Skulle
de behöva skiljas nu och vilka skulle bli de nya
klasskompisarna? Kunde man ångra sig och vilka strategier
och nödlösningar behöver tänkas igenom?

”Fysik alltså. Det är inte ens ett ämne som jag behärskar”, sa
mamman plötsligt.
”Den läxan skulle göras på måndag eftermiddag. Då som
först skulle min dotter börja läsa på inför tisdagens
fysikprov. På skolans informationssida fanns alla provfrågor
upplagda så underlaget för att plugga var väl serverat och
presenterat. Detta kände inte min dotter till, antagligen för
att hon inte lyssnat på lektionen, alternativt inte varit inne
på provschemat och sökt efter informationen, vad vet jag?
Hon hade struntat i att göra sin läxplanering, trots
påminnelser, och därmed aldrig haft behovet att göra kollen
på informationssidan. Den här gången lät jag henne
verkligen sköta sitt pluggande själv. Det föll direkt”.
”Bra tänkt och väl värt fler försök men du behöver ta det i
små steg. Ju större problem, desto mindre kliv brukar jag
tjata om”, sa Pernilla och mamman fortsatte:
”På måndag eftermiddag lämnade jag hemmet tjugo över
fem, dittills hade hon inte börjar plugga fysik. Hon satt
precis som i helgen och höll på med annat, kladdade och
kluddade med något på ett papper. Sedan var det träning på
kvällen och jag la mig inte i. I går sa hon själv att NO-
provet hade gått bra och det får vi väl se senare. På skolans

informationssida stod en notering om tio minuters sen
ankomst just till provlektionen vilket jag bara
kommenterade som otroligt dålig tajming. Som vanligt var
även det någon annans fel. Alltså, hör du hur jag låter? Jag
framställer min egen dotter som elak, men så är det
verkligen inte. Men nåt är väldigt fel i alla fall".

"Klart jag fattar, men matten då? Var det inte matteprov
igår för åttorna?" undrade Pernilla.
"Jo, det var det. Och det hade som sagt gått åt skogen med
pluggandet i helgen. Jag sa till henne att hon borde
värdesätta att få bra på provet eftersom man i
mattebedömningen säkert tittar rätt mycket på proven vid
betygssättning. Hon verkade lyssna och förstå vad jag
menade. Första chansen för henne var att jobba en
klocktimme i skolan på läxhjälpen där. Hemma sen, när jag
frågade om hon tyckte att hon hade läget under kontroll,
om hon tyckte att något behövde repeteras, blev svaret nej.
Hon kunde allt. Bra, sa jag. Då vill jag bara checka av de
viktigaste grunderna efter middagen. Min dotters inställning
var schysst och tillmötesgående, mer oroande dock att hon
tyckte att läget var under kontroll. Hon saknade totalt
strategier för att räkna ut någonting alls, utom hur mycket
exempelvis tolv procent var av fyrahundra. Att räkna med
ränta, förändring i procent, bråkräkning, potensräkning.
Ingenting satt. Så om hon hade skrivit ett prov med dessa
grunder kanske hon hade fått fem, sex poäng totalt. Hela
paketet saknades, ja alltså med att använda lämpliga
strategier och modeller samt att följa räkneregler. Lika illa
var det med förståelsen även på det mest basala planet. Hon
mer *gissade* sig fram till de olika svaren".

"Men hon skrev väl provet?"
"Jo, det gjorde hon. Vi enades om att sitta en timme även
på tisdagen för att se vad som landat. Detta var något hon
ställde upp på men lät mig förstå att det egentligen var

136

ganska onödigt. Jag bad henne nu att hålla hårt om den
överenskommelsen, att hon inte skulle ändra sig under
dagens gång. Att inte tycka att det var viktigare att vara med
kompisar eller så. På eftermiddagen när jag kom hem satt
hon, i stället för att repetera matte vilket bara var en utopisk
önskan från min sida, och tittade på film. Den skulle vara
klar efter tjugo minuter. Jag sa nej till det och hänvisade till
överenskommelsen. Min dotter menade då att hon inte alls
lovat mig att sitta med matten. Men den här gången gick jag
hem med segern. Vi satte oss tillsammans och repeterade
och repeterade. Till slut satt allt lite bättre. Och nu är vi
här", tillade mamman och de hörde steg utanför dörren.

Det knackade och Pernilla öppnade till flickan. Nu var alla
på plats. De hälsade på varandra och Pernilla frågade flickan
om hon visste varför de träffades där. Hon bad henne att
berätta lite om skolan. Hur hon trivdes, om hon tyckte att
det gick bra och om hon önskade att något skulle fungera
lite bättre.
Flickan gav på inget sätt något intryck av att vara trumpen,
omedgörlig eller trotsig. Inte heller egoistisk eller
oförstående. Hon ville satsa på att få bättre betyg och hon
tyckte att det mesta fungerade bra i skolan. Hon fick ganska
bra på proven och tyckte sig ha god stöttning hemifrån. Vad
var nu detta, undrade Pernilla där hon satt. Handlade
alltihop enbart om en maktkamp? Kanske det skulle vara idé
av mamman att helt släppa stödet och bara finnas till hjälp
om, eller när hon blev ombedd?
Pernilla hade föreslagit det för mamman men hon var inte
så pigg på att testa idén. Hon hade redan sett tydliga
tendenser på att om något gick åt pipan, skulle det skyllas på
läraren eller något annat utanför flickan själv så det skulle
bara bli en dyrköpt erfarenhet.
Under de tjugo minuter de satt tillsammans alla tre, vände
sig Pernilla enbart till flickan i ett försök att fånga in hennes
tankegångar.

”Tycker du att det är viktigt att göra läxorna och plugga till
proven? frågade hon.
”Ja”, fick hon till svar.
”Tycker du att du behöver planera skolarbetet, jag menar du
kanske vill hinna med kompisar och träning med?
”Ja”.
”När pluggar du helst? Med vem? Och var?”
”Jag vill bestämma själv, jag kan lägga upp det på ett sätt
som blir bra för stunden. Jag vill vara med kompisar när det
passar också, inte ha allt planerat i förväg”.
”Okej, funkar det då?”
”Ja”.
”Alltså för fler än dig själv?”
”Ja för mina kompisar också.”
”Okej vad bra, men jag tänkte mer på dem du bor ihop med
och som du i första hand behöver och kanske måste ta hjälp
av?” försökte Pernilla.
”Fast jag kan klara mitt pluggande själv sa jag ju”, sa flickan
men då tog mamman till orda.
”Om du klarar av det”, sa hon. Flickan tittade surt på sin
mamma.
”Det är ju sällan saker blir som planerat. Nya grejer dyker
hela tiden upp och du skjuter på allt”.
”På allt? Vad menar du? Jag gjorde ju svenskan skitbra, vad
du ljuger!”
”Skitbra? Tycker du att det är skitbra att lära sig nio
ordklasser kvällen innan provet?”
”Men jag fixade det ju!”
”Du fixade det för att jag påminde och för att jag råkade
kunna alla ordklasser och kunde ha snabb genomgång med
dig, precis som med matten, fysiken, SO:n och allt var det
var. I sista stund och halvdant pluggat.”
”Sluta ljug”, fräste flickan och Pernilla tog över.

”Skulle du kunna tänka dig att göra en riktigt bra läxplan
med mamma eller pappa så att ni alla tre blir nöjda för att

du sen ska kunna få större frihet och vara med kompisar? Om jag ska tro din mamma, så diskuterar ni ganska mycket hemma nu. Sådant tar väl också tid?"

"Jamen vi gör en läxplan", svarade flickan.

Jo jag vet, men jag sa en *bra* läxplan. En som man kan ha som hjälp. Inte en planering som man gör bara för att göra och som man sen inte använder. Man behöver hålla koll i sin planering annars är det ingen idé att göra den. Liksom strunta i den och ändå göra det man vill".

Ska du och jag göra den i stället? Så slipper ni det hemma?"

"Nej vi gör den hemma".

"Kommer ni vidare med det då tror du? Att ni gör en grovplanering i helgen, håller koll på tidsåtgången och planerar varje moment löpande?"

"Ja", svarade flickan men blängde bara som hastigast på Pernilla innan hon återigen fixerade blicken där hon haft den de senaste tio minuterna. Nere i golvet.

"Bra, då säger vi det och så ses vi om ett par veckor igen och kollar hur allting har gått. Jag tror på dig, du verkar smart och vill ha bra betyg. De betyg du har vill du väl också behålla så du kan hänga med dina kompisar till gymnasiet sen på ett bra sätt?"

"Aa, får jag gå nu?"

"Ja", avslutade Pernilla. "Tack för att du tog dig tid, det ger mig känslan av att du verkligen vill samarbeta och lyckas".

"Vi ses hemma sen", sa mamman.

Det blev tyst ett tag och de hörde att dörren till byggnaden stängdes bakom flickan. Pernilla tittade på mamman och såg att det hängde tunga tårar i nederdelen av hennes ögon. Ytspänningen hade ännu inte släppt men det var bara en blinkning bort.

"Ja det var faktiskt ett kvitto på att hon ändå vill något. Det har jag inte sett skymten av på nästan ett helt år", sa hon.

”Ja, jag blev också förvånad men skulle inte planeringen
funka bättre framöver så hänvisa din dotter tillbaka till mig,
lova det”.

Pernilla gav mamman i uppdrag att styra upp tågordningen
kring läxor ännu tydligare. Inte tuffare och eller särskilt
mastigt, utan bara tydligare. Med bra struktur. Den måste
vara visuell. Något att peka på och påminna sig om, det
måste skapas tydliga rutiner för detta. Exempelvis såsom
redan gjorts med att besöka skolans informationssida inför
läxplanering på torsdagen. Men de måste göra det
tillsammans: Behöver något tas hem i morgon? Och på
söndagen: Hur ser nästa vecka ut? Och efter middagen: Vad
händer imorgon? Pernilla föreslog dem också att stänga av
nätverket hemma så att det skulle bli svårare att titta på film
på läxdagarna. Ha iPad-begränsningar. Fortsätta med
kompisstopp måndag till onsdag. Skriva upp regler på ett
stort papper och göra allt tydligt och avcheckningsbart.
Hitta på belöningar och se till att det finns konsekvenser
som styr direkt mot det som misskötts. Absolut ingen
bestraffning helt random utan det ska vara klart vilken
konsekvens som styr mot vilket beteende. Och så vidare.
Var tydlig med att informera om att papperet inte är ett
underlag för diskussion eller synpunkter. Det som står där
är redan beslutat. Efterlys ett samarbete på annat plan än
just runt regler. Ta vuxens plats och säg: ”jag har bestämt”.
I annat fall, ge ansvar och gilla hennes idéer men fråga med
genuint intresse hur hon har tänkt att idén ska fungera.

”Ge henne gärna en repertoar av bra fraser för att bryta
gamla trista respektlösa mönster. Exempelvis: jag har
prov/läxa till… jag tänkte börja plugga… eller: jag behöver
hjälp med... när kan du hjälpa mig? Alternativt: eftersom jag
inte vet vad jag ska plugga till, tar jag reda på det av... eller:
nu verkar det vara så mycket, så jag behöver hjälp med en

bra plan. Eller ännu hellre: nu har jag skjutit på allt och
ligger dåligt till. Hur ska jag göra?"
"Ja, det kanske skulle vara något?", sa mamman.
"Hitta gärna på bra fraser till dig själv! Det behövs säkert",
sa Pernilla.
"Det är fler än din dotter som behöver överleva vardagen
märker jag. Det måste också accepteras".

"En helt annan diskussion vore att ge din dotter helt fria
tyglar fram till exempelvis jullovet. Ge henne möjlighet att
för egen maskin planera, plugga och sträva mot de goda
resultat hon själv vill. Hon ska veta att hon har er föräldrar,
oss lärare, information om veckoplaneringar, mejl samt
prov- och läxscheman till sin hjälp. Ge henne detta
förtroende men säg att hon i utbyte inte får lov att skylla på
något eller någon annan. Vare sig på lärarna, böckerna, er
föräldrar eller någon annan. Det är hennes ansvar att ta reda
på vad som gäller eftersom hon, som hon själv så ofta
åberopar, faktiskt är fjorton år. Snart femton. Fram till
jullovet alltså, vad tror du?"
"Det skulle jag inte våga men det känns lockande. Lika
lockande som att få tips om hur man får sitt spädbarn att
sova en hel natt. Exakt så energikrävande är det här, som
nattvak som aldrig tar slut. Jag känner mig helt slut i min
roll. Jag vill bara att det ska bli ordning".

"Jag och även ni föräldrar håller kontakt med lärarna för att
försäkra er om att det går åt rätt håll. Jag kan prata med
henne om att hon ligger ganska lågt betygsmässigt i
förhållande till övriga åttor, så slipper ni ta diskussionen om
hur 'alla andra gör'. Höra lite med henne vad vi kan göra för
att få bättre fart på sånt som måste göras, arbetsuppgifter
och annat. För övrigt undrar jag om ni har funderat kring en
eventuell utredning? Just det faktum att din dotter verkar
vilja men inte lyckas, allt stöd hon ändå får och att hon
ligger lågt betygsmässigt. De stora svårigheter till

koncentration och oförmåga att planera och att förstå
konsekvenserna av sina beslut. Du har nämnt tidigare att du
har undrat, men har ni funderat ytterligare över det?"
"Jo, vi har faktiskt tänkt i de banorna. Men vad hjälper det?"
"Det vet man inte förrän utredningen är klar och vad den
visar. Man måste väga in både styrkor och svårigheter. En
stor fördel kan vara att din dotter ser på sig själv med nya
ögon. Hon får förklaringar till varför hon fungerar som hon
gör, ökar sin medvetenhet och börjar träna upp vettiga
strategier att använda sig av. Sedan får ju ni som föräldrar
en ökad förståelse för svårigheterna och problemen. Ofta
tror man att det skulle bli som en stämpel men då måste jag
citera Mia Skäringer. Hon använder kartan som metafor och
då blir diagnosen helt plötsligt både spännande och vacker.

*När jag inte hittar vägen måste jag titta närmare. Zooma in
småvägar. Det är en vacker komplicerad bild. Föränderlig. Plötsligt
rinner det vatten mellan två vägar. Plötsligt dyker en sjö upp. Ett berg.
Man vet inte allt, bara att där vilar en hemlighet och att man måste ta
sig fram. Vidare. Förbi och igenom.*

"Så klart, så kan man se det, det förklarar en del. Men vad
tycker du att vi ska prioritera nu då?", undrade mamman.
"Jag tänker att det är viktigt oavsett diagnos eller inte, att du
sätter upp gränser för dig själv. Tala om vad du är beredd
att acceptera. När du sätter upp en gräns för andra talar du
samtidigt om att du är värdefull, Och det är du. Du som har
överblick över situationen är viktig och måste må bra för att
ta rätt beslut".
Med de orden rundade de av samtalet och Pernilla gav
mamman en kram. Hon kände så väl igen situationerna som
de suttit och pratat om och förstod vikten av att få bolla lite
tankar så där. Pernilla hade själv önskat en bra kontakt med
specialläraren på Tors skola för kunna diskutera sina
tankegångar med, men svårigheten låg i att det var hon själv.
Att vara speciallärare till sitt eget barn var ingenting att

rekommendera men hon hoppades nu att några av de tipsen
hon gett andra skulle fungera bättre hos dem än hos henne
själv. Pernilla log åt det hela.
Innan mamman gick stack hon en lapp i handen på Pernilla
som om hon hade läst hennes tankar.
"Jag tyckte det här var så bra skrivet", sa hon. Sedan hängde
hon upp sin väska på axeln och lämnade rummet.

Pernilla suckade tungt. I den här röran av viljor, envishet,
oförmågor och uthållighet finns det så mycket stress. Ingen
stress är större än upplevelsen av att inte ha kontroll över
situationer i vardagen. Detta oavsett om det handlar om
pengar, arbete eller familj. Att ha en tonåring med ständiga
diskussioner, mycket att hantera och räkna ut, hålla koll på
och ansvara över tär på uthålligheten. Stress och utmattning
har ökat kraftigt de senaste åren och främst är det kvinnor
som drabbas av utbrändhet. Välutbildade och
högpresterande kvinnor som alla upplevt att de på grund av
press från olika håll fått stora problem med minnet och
koncentrationen. De tycker till och med att de har stora
problem med att klara arbetet.

I skolans miljö finns rikligt med situationer som alstrar
stress, vilket påverkar både personal och elever. Exempelvis
själva schemastrukturen med korta arbetspass och många
tider att passa samt femtontalet ämnen som alla anses lika
viktiga. De ständiga instruktionerna om vad som är mest
väsentligt och bäst att få med sig inför läxor, prov,
bedömning och framtiden. Förändringar i upplägg, nya
moment och områden som vart och ett kan upplevas svåra
att hantera. Många salar, olika salar, en variation av
människor och åtskilliga relationer att sköta. Till detta kan
adderas barns och ungdomars ständiga funderingar kring
om de duger, är coola nog, tillräckligt snygga och dessutom
har rätt kläder. Om man är skärpt och duktig men inte *för*
mycket plugghäst. Funderingar över strategier för att slippa

bli offentligt utskrattad eller kanske oroa sig över att vara den som andra slutar se upp till. Om man vågar gå på toa utan att någon öppnar dörren och om man vågar räcka upp handen utan att göra bort sig. Funderingar kring vilken grupp man hamnar i och vilken plats man får i matsalen. Spekulationer kring hur de balla kan lyckas. De som både är coola och uppskattade och som lever lite mer riskfyllt och spännande. Om man vågar vara kaxig och ta plats för att vara med de balla typerna. Om man är välkommen hos dem eller om man måste göra något normbrytande för att få hänga på... om det i så fall finns risker för sämre betyg som en reaktion från besvikna lärare, för att man börjar tillhöra "fel" grupp. Vardagens stora funderingar kretsar kring frågorna: Gör jag rätt och är jag omtyckt. Plus alla tankar kring när saker och ting abrupt ändras. När allt som för tillfället är, görs och finns, plötsligt svänger och blir till något annat. När kontrollen förloras helt.

Som personal i skolmiljö lever man i en kokande hormon- och kortisolgryta. Man måste lära sig att ta emot andras upplevelser i någon slags civiliserad hastighet och helst utan att själv klä på sig det bekymrade ansiktsuttrycket. Att inte tillåta sig att drunkna i andras stress utan helst bara kunna härbärgera den. Visa att man inte blir belastad av upplevelser men ändå kan ta del av dem med stort fokus och allvar. För att klara av allt det, gäller det att inte vara utmattad själv. Då krävs ett familjeliv och en fritid som är väl fungerande och balanserad. Annars orkar man inte möta skolans stress.

Pernilla vecklade upp lappen så fort dörren gått igen bakom mamman. Hon läste vad det stod.
"Så länge jag lever – först av allt är jag din förälder – sedan din vän. Jag kommer att förfölja dig, lära dig en massa, driva dig till vanvett, vara din värsta mardröm och jaga dig som en blodhund när det behövs. VARFÖR? Därför att jag älskar dig. När du förstår, vet jag att du

blivit ansvarsfull vuxen. Du kommer aldrig hitta någon som älskar dig, tar sig an dig, och bekymrar sig mer för dig, än vad jag gör. Om du inte hatar mig mer än en gång i livet, gör jag inte mitt arbete tillräckligt bra."

Kapitel 9
Om teleskopvaser, överförtjusta mammor
samt sigge-och-mini-med-gaster

Sigge stod längst ner på garageuppfarten utanför Minis
lägenhet i källaren hos Frödins. Mac hade inrett större delen
av bostadens källare till en separat lägenhet där Mini bodde
sedan många år tillbaka. Inifrån lägenheten hörde Sigge
musik som spelades på hög volym. Han knackade extra hårt
på dörren och eftersom det inte hände något till en början,
bultade han på ytterligare en gång. Det tog inte lång stund
förrän dörren svängde upp och det med sådan kraft att
Sigge knappt hann backa undan. Ljudet som nyss lät som
burkig vismusik, forsade nu ut och ändrade helt karaktär.
Sigge identifierade låten. Det var *Kolla Kolla* med
Nationalteatern, som spelades på alldeles för hög volym.
"Hej! Kom in, jag har precis dammsugit klart, vänta så ska
jag sänka musiken", sa Mini.

Sigge hade faktiskt aldrig varit hemma hos Mini. Inte av
någon särskild anledning egentligen, utan snarare för att de
jämt hade fullt upp, endera var och en på sitt håll eller
tillsammans på gården. Det var runt Rut och Twist man höll
sig, det var där det alltid fanns att göra, både roliga grejer
och måsten. Sigge ställde av sig skorna i hallen och såg sig
omkring. Det var mysigt hemma hos Mini, han bodde
verkligen superfint. Hemtrevligt och välskött så klart, något
annat var inte att förvänta sig. På väggarna satt några tavlor,
sådana där IKEA-tavlor som är lättsmälta och dekorativa på
samma gång. Det fanns en beige hörnsoffa och framför
den, ett rökfärgat glasbord. Köksbordet var av furu och
stolarna likaså. På varje stol låg en röd- och grönrandig
dyna. En väl insutten snurrfåtölj av skinn stod i ett hörn och
framför den en fotpall. Både köksgruppen och snurrfåtöljen

var nog ett arv hemifrån tänkte Sigge. Han svepte vidare med blicken över väggarna och stannade upp vid en något mindre ram som det satt något i. Det såg ut som en kvist, tänkte han men hann inte fundera längre innan Mini tog till orda.

”Det där är Hans-Barbro II”.

”Jaha... Hans-Barbro? Och vem är det då?”, undrade Sigge som gick lite närmare för att titta. Det såg verkligen, verkligen bara ut som en pinne där innanför glaset.

”Eller rättare sagt, om det där är Hans-Barbro II, var har vi då Hans-Barbro I?”, sa Sigge för att skoja lite.

”Där”, svarade Mini och svängde runt hundraåttio grader åt andra hållet. Sigge gjorde detsamma och mycket riktigt satt en kopia på tavlan han nyss tittat på, även på den väggen. En tavla med ytterligare en inramad pinne.

”Men”, var allt han fick ur sig innan Mini förklarade.

”Det här var mina husdjur när jag var en ung grabb, eller kanske när jag var runt tjugo. Du ser väl att det är vandrande pinnar. Ytterst fascinerande varelser. Det finns tvåtusen femhundra arter och de flesta har faktiskt vingar, fast en del har bara väldigt små vingar. Andra har ganska stora, färgstarka vingar, men som bara syns när de är utfällda”.

”Namnet Hans-Barbro då, var kommer det sig av?”

”Jo, många arter består nästan enbart av honor, som förökar sig genom partenogenes, alltså jungfrufödsel. Så namnet var mest på skoj, liksom både kille och tjej”.

”Och så två gånger då”, sa Sigge och skrattade till.

”Japp, jag tyckte det blev bäst så. Men det finns också hanar som lockar till sig honan när hon sänder ut speciella doftämnen, så kallade feromoner”.

”Coolt”, sköt Sigge in och så fortsatte Mini att berätta.

”Du ser ju att de liknar torra trädkvistar. Det är deras kamouflage men sen har de dessutom frambenen utsträckta framför huvudet för att förstärka intrycket”.

”Fascinerande var ordet”.

”Och så svajar de lätt, alltså när de fortfarande lever. Om vinden blåser på dem. Till viss del kan de vara för att reglera temperaturen och ändra färgton. Liksom bli mörkare eller ljusare”.

”Hur länge lever de då?”

”Jag vet inte riktigt men jag vet i alla fall att världens längsta vandrande pinne blev nästan 57 centimeter”.

”Wow!”, hördes det från Sigge.

”Den hittades på Borneo. Det roliga är att de är växtätare, ser ut som pinnar och äter blad och buskar.

”Med vilken mun då kan man ju undra”, sköt Sigge in medan Mini gjorde en liten paus.

”Hans-Barbro I tog jag över från en klasskompis som hade tröttnat på den, hur man nu kan göra det? Och Hans-Barbro II sedan, skaffade jag långt senare. Jag hade den från den var en bebispinne. Ungarna ser ut som små kopior av föräldrarna. Visste du förresten att äggen kan ligga så länge som tre år innan de kläcks?”

”Nej”, svarade Sigge. ”Det visste jag verkligen inte. Eller jag har väl inte precis funderat över det”.

”Men du, från det ena till det andra”, avbröt Mini.

”Jag har läst på lite om det där med upphovsrätt och poddradio. Det finns mycket att ta reda på men vi har det vi behöver just nu. Vi kan köra idag men klippa ihop allt en annan dag. Typ trixar tills vi är nöjda”.

”Bra att du kollat. Just regler kring upphovsrätt kan skilja sig åt mellan olika länder. De regler vi gick efter i Kanada kan vi inte använda oss av här. Ja, shit vad kul det här ska bli”, sa Sigge.

”Äntligen är vi på gång. Vad har du kommit fram till då?”

Mini berättade att av upphovsrättsliga skäl kan inte musik sändas hur som helst som poddradio. Exempelvis måste musiken klippas bort eller förkortas i en del program innan de kan erbjudas i nedladdningsbar form. Eller så kan man

köpa musiken, alltså betala för att få rättigheter. En licens
för cirka hundratusen uppspelningar ligger på ungefär 400
kronor, berättade han sedan. Detta tyckte de båda var
överkomligt.
"Själva podcasten behöver få en snygg inramning", sa Mini
sen. Han hade letat bland andra poddar och fått lite idéer.
"Vi behöver ha en musikjingel av något slag. En musiksnutt
i början och en i slutet. Kanske en signaturmelodi som
återkommer varje gång ".
"Svincoolt!", sa Sigge. "Helt rätt".
"Och eftersom vi inte kan skapa en egen introlåt finns det
flera ställen där vi kan hitta gratis musik att använda, som är
fri att knycka", fortsatte han sedan.
"Gärna ihop med en berättarröst, en voice over, som
presenterar kort vad podcasten ska handla om. Jag har gjort
en till mitt ämne. Vill du höra?"
"Okej", sa Mini som började bli otålig. Han ville bara
komma igång nu.
"Alltså jag tänker så här att du först kör den presentationen
som du läste upp för mig sist. Jag liksom utgår därifrån", sa
Sigge och plockade upp en text ur bakfickan på jeansen.
Han började läsa högt för Mini.

"Hej allihop, Sigge heter jag och precis som Mini just
berättade pluggar jag andra året på gymnasiet. Förutom att
plugga, jobbar jag på Laduviks gård som drivs av min
mamma och hennes man. På gården har vi djur av olika
sorter, allt från bin till tjurar. Vi har en massa goda
gårdsprodukter, en restaurang, ett äppelmusteri, ett litet
museum och en läxstuga. En gång om året ställer vi också
iordning stans trevligaste julmarknad. Och så har vi en
enarmad tomte med. Men gott folk, det var inte det jag
skulle prata om nu, utan någonting helt annat. Men först lite
musik. Låt mig få presentera Robbie Williams med låten *Let
me entertain you*".

”Bra låtval”, var det första Mini sa. ”Och bra inramning”.
Mini är inte den som öser onödiga adjektiv eller superlativ
över grejerna. Endera är det bra eller så är det dåligt. Dessa
båda omdömen får man vara beredd att höra från honom,
sällan några större utsvävningar. Inga särskilda krusiduller
eller omsvep.
”Men vad säger du, ska vi köra igång då? Vi har ju fått en
budget, vad väntar vi på?”, sa Mini.
Mikrofonen var inköpt och upphängd, det hade Mini ordnat
med. Han hade förberett rummet med några extra mattor
och ett par draperier som skulle dämpa ljudet en aning.
”Det tycker jag”, svarade Sigge.
”Det hela är inte så krångligt. Vi kan testa lite olika
inställningar när vi spelar in och höra vad vi gillar bäst. Göra
några snabba ljudprov och om det inte funkar med
mikrofonen upphängd kan vi prova att ställa
mikrofonstativet på ett mjukt underlag. Vi får testa oss fram
helt enkelt”.

Vilket de också gjorde. De spelade in och lyssnade, spelade
in igen och jämförde. De lyssnade i hörlurar och utan för att
sedan besluta sig för vilken av inspelningarna som lät renast.
De pratade också om poddens layout. En omslagsbild
behövdes. Något som hjälper lyssnaren att uppmärksamma,
men också att skilja ut deras pod från andras. Omslaget
behövde se bra ut så ju fler pixlar desto bättre.
”Jag tror max är tretusen gånger tretusen”, sa Sigge
”Vi får kolla det. Och jag tycker att det ska vara en bild på
Laduviks gård”.
”Ja, varför inte? Det finns massor av bilder tagna, så det är
bara att tanka ner”, sa Mini.
”Och därefter måste podcasten bli godkänd för
publicering”, sa han och berättade om allt han tagit reda på
bara runt det. Tur att de lagt ner Farming Simulator tänkte
Sigge, sån tid som allt det här nu skulle ta. Mini berättade att
det var gratis och enkelt att lägga till sin pod. Då skickar

man ett färdiginspelat podcastavsnitt som iTunes och de
övriga plattformarna kan provlyssna på. De vill så klart
kontrollera att podden uppfyller deras krav på kvalité, innan
de godkänner den för publicering. Visserligen kan det ta lite
tid innan den godkänns och syns men den proceduren
behöver man bara följa en gång.

”Vi gör en inspelning och så fixar vi med musiken och allt
övrigt sen. Jag kan ju ändå presentera musiken så som jag
hade tänkt även om vi inte spelar den. Och så klipper vi
ihop det hela sen”.
Sigge tog fram nästa text som han förberett och ställde sig
framför mikrofonen.
”Det kommer att bli skitbra”, sa Mini. ”Vi börjar så. Nu kör
vi, tycker du inte?”
Det tyckte Sigge, som började känna av lite fjärilar i magen.
Han var ändå den som uttalat flera gånger att han kunde det
här med podcasts men nu skulle han ju skrida till verket på
riktigt, och det kändes. Sigge ställde sig framför mikrofonen
och harklade sig. Han tog en klunk vatten som Mini klokt
nog hade ställt fram på bordet. Därefter gjorde han tecken
åt Mini som startade inspelningen och Sigge började
presentera sitt ämne.

”Svenska världsmästare sedan 2001 bär namn som Alf
Pettersson, Karin Wiklund, Carl-Johan Ryner, Jonas
Gustafsson, Sandra Weaver och Filip Svensson. De har alla
tävlat i en sport där allt utom ett slag anses som ett
misslyckande. Aktiviteten har varit ett klassiskt svenskt
sommarnöje sedan 1931 och det enda man behöver är en
bana och en utslagsplats. Jaja, och så en klubba och en boll
då”.
Sigge tittade upp från texten och blinkade till Mini,
uppenbart stolt över sin inledning. Han tyckte själv att det
blev riktigt bra och Mini gjorde tummen upp. Men så gjorde
han tummen ner också vilket förbryllade Sigge en aning.

Ändå var det dags att läsa ett stycke till, för en tyst pod var inte vad de hade i åtanke att producera. Han fortsatte sin presentation och sneglade vidare på Mini.

"Varje hål inleds vid utslagsplatsen på banan där små fördjupningar finns som bollen kan placeras i inför utslaget. Spelaren kan fritt välja mellan olika hål utifrån tycke, smak och val av taktik. Hålen är 6-18 meter långa och har ofta olika typer av hinder samt ett målområde i slutet där bollen ska hamna. Asbest, cement, filtmatta eller konstgräs är det underlag som bollen rullar på och runt varje hål finns oftast en sarg. Den är till för att minska risken för att bollen hamnar utanför banområdet. Man är inte tillåten att byta boll mellan slagen. Det sammanlagda antalet slag antecknas i ett protokoll och den som klarat rundan på minst antal slag vinner. Ni har säkert redan räknat ut att det är golf jag pratar om här. Miniatyrgolf, minigolf, bangolf, äventyrsgolf. Kärt barn med många namn och innan vi går vidare i avsnittet har det blivit dags för musik igen Tack för att ni lyssnar".

Medan låten spelades frågade Sigge om inte Mini tyckte att det gick bra eftersom han hade gjort tummen ner.
"Visst, det är bra på alla sätt men du får inte prata fortare", svarade Mini.
"Vi vill inte ha ett första avsnitt som är slut på nolltid, och dessutom blir det mer personligt och intressant när man pratar långsammare".
"Så klart, bra att du säger till. Snabbt tempo ger bara en känsla av nervositet och spänt läge. Nu ska jag varva ner och du kan väl fortsätta göra tummen ner om jag speedar upp tempot?"
Det lovade Mini.

Plötsligt rasslade det till i dörren och Pia-Carin stod där. Det första hon tittade på var det som inte fanns där, nämligen lampan över köksbordet. Den var borttagen och i stället hängde en annan sorts sladd från lampkroken i taket. Av hennes ansiktsuttryck att döma och genom att följa hennes ögonrörelsers granskade av sladden uppifrån och ner, var det inte svårt att förstå vad hon undrade över. Hon öppnade mun för att säga något men avbröts av Minis halvspringande, hasande, smygande steg mot henne. Han försökte putta ut henne samma väg som hon kommit. Samtidigt som han gestikulerade ivrigt åt henne, tecknade han ett hyschande finger framför munnen. När hon inte omedelbart förstod vad som menades, började han i stället göra jag-skär-halsen-av-dig-tecknet, något som från Sigges horisont inte såg särskilt politiskt korrekt ut. Å andra sidan hörde han att låten han spelade höll på att fejda ut så det fanns nog inget mer effektivt att göra just då.

"Och det här var Martin Jensen med *All I wanna do*, en låt som väcker många minnen från min tid i Kanada", fortsatte Sigge. Han försökte vinna tillbaka sitt fokus och stirrade som en besatt rakt in i mikrofonen. I bakgrunden såg han skymten av hur Mini fullkomligt tryckte ut sin mamma genom dörren som därefter stängdes. Han fick tummen upp av Mini igen och fortsatte.

"Det var i Kanada som jag blev fullkomligt uppslukad av bangolf. Det höll nästan på att gå ut över skolan, så mycket gillade jag det. Vi var ett gäng som spelade hur mycket som helst. Fyra stycken inklusive mig och vi var som uppslukade av att hitta träningstillfällen som passade alla. Jag kan väl säga som så att det här är ingen tjejmagnetsport, så där som hockey eller innebandy. I gengäld kan man fokusera totalt på bollen och veta att det inte finns något som stör i publiken".

Sigge slängde snabbt på en låt igen som han tonade in och tonade ut bara för att få ett avbrott. Han behövde ta en klunk vatten. När han sköljt strupen, lutade han sig fram mot mikrofonen igen.

"Det är en kombination av tur, skicklighet, noggrannhet
och engagemang som ligger bakom protokollkolumner med
låga siffror. Också att analysera andras strategier och felslag
samt psykningar av motståndare. Det senare görs
framgångsrikt genom att räkna slagen högt och kommentera
motståndarens otur i spelet. 'Här är en sån där bana där du
brukar få problem' eller typ 'synd… det var lite för hårt'.
Andra psykningar kan vara 'vad tokigt att det blev så snett'
eller 'om du skjutit aningen lite hårdare hade du nått fram',
'snart blir det en kringla'… och så vidare. Jag har förresten
några tips på bra golfbanor här i Stockholmsområdet. De
har jag listat på podden så det är bara att gå in och kolla där.
Jag har kommenterat varje ställe beträffande möjlighet att
äta eller ta en fika där. Sånt är viktigt tänker jag. Att man
kan ta en paus och lägga upp strategier eller bara snacka om
spelet efteråt. Det var allt från mig, hoppas ni tyckte att vi
hade en trevlig stund tillsammans. Jag avslutar med låten *My
House* med Flo Rida. En fullständig lista av vilka låtar jag
spelat kan du också se i anslutning till mitt poddavsnitt. Vi
kanske hörs igen. Tja!"

Sigge pustade ut och vek ihop papperet som han läst ifrån.
Nöjd, road och därtill väldigt glad för att de kommit igång.
Mini mötte honom i en high ten.
"Fan grabben, det märks att du gjort det här förr. Helt
stadig på rösten och bra musikval, alltså som passar både dig
och som öppning på första avsnittet. Nu är det min tur."
"Va? Ska du också köra? Fett! Vad har du förberett då?"
"Äh, jag ska köra en pod om gnäll. Så slipper Rut. Hon
pratar jämt om folk som gnäller, har du inte hört det? Fast
nu har jag kommit på henne att gnälla rejält och det tänkte
jag berätta om". Mini tog fram en text ur skrivbordslådan
och ställde sig vid mikrofonen.
"Alltså är det din tur att ratta tekniken nu Sigge. Är du
beredd? Men först en presentation va?". Mini tittade till på
Sigge och så började han.

"Mitt namn är Mini. Eller egentligen Mac Mini, son till supermekanikern Mac och författaren P-C. I vår familj finns också en hund som heter Yahoo. Med den presentationen förstår man att vår familj är den moderna tekniken personifierad. Haha, men så är det absolut inte, det där var bara på skoj, i stället är det precis tvärt om. Vi är helt retard, fast det är det ingen hemma som fattar. Jo kanske mamma då medan pappa är mekaniker och absolut noll digital. Allt jag kan av modern teknik har jag lärt mig i vuxen ålder med hjälp av Sigge och hans plastpappa". Mini flyttande blicken från papperet till Sigge för en kort sekund.

"Jag, precis som Sigge, jobbar på Laduviks gård och det har jag gjort i några år nu. Det började med att jag skulle hjälpa till att bygga ett gethägn men arbetsuppgifterna tog aldrig slut och jag trivdes så gott att jag blev kvar. Getterna är mitt särskilda intresse och nu tänkte jag berätta om två saker. Dels om den dagen då Rut gnällde och dels vad anledningen var till gnället. Men först lite musik", sa Mini och satte igång låten *Kiss* med Prince & The Revolution.

"Vad har du nu på gång?", undrade Sigge medan musiken skvalade.

"Ja det skulle du gärna vilja veta va?", svarade Mini.

"Det är hela grejen med en bra pod, att man vill höra mer". Låten spelade på och Mini förberedde nästa prat i mikrofonen. Han läste texten tyst för sig själv gång på gång, och så fort han kände sig redo började han prata. Han växlade prat med musik och berättade allt med sådan humor att det var rent underhållande. Han skötte allt otroligt proffsigt tyckte Sigge.

När de var klara med inspelningen av hela Minis avsnitt, gjorde de i ordning kaffe och några mackor och lutade sig tillbaka en stund. De pratade om vad de åstadkommit och dunkade varandra i ryggen både fysiskt och känslomässigt. Det tyckte det var så otroligt kul att ha kommit igång och de såg fram emot att få bjuda in fler berättare framöver. Senare satte de sig med redigeringen. De plockade fram musik och satte ihop hela flödet i en ordning som kändes bra. Till slut var de nöjda. Sigge ringde hem till Rut.

”Hej mamma, det är Sigge här. Vi tror att vi har fått med allt nu för podden så om du vill se layouten, kan jag guida dig rätt. Sitter du vid datorn?”
”Tjoho, vad kul. Jag slänger mig på den nu... öppnar luckan, väntar på uppkoppling... så där. Men hur kommer jag in på själva podden?”
”Skriv bara texten *laduvikspodden/ sigge-och-mini-med-gaster-laduvik-podcast* i sökfältet på Safari eller Chrome och så kommer sidan upp”, svarade Sigge.
”Okej”, sa Rut och knappade på en stund. Samtidigt som Sigge hörde hennes knäppande på tangenterna, lät det som om hon ljudade varje bokstav tyst för sig själv.
”Men va’ fan”, sa hon plötsligt och så hörde han hur hon fick börja om.
”Laduvik-podcast... var det med bindestreck emellan sa du?”
”Ja och när man kommit in på själva startsidan möts man av en välkomsttext”.
”Stämmer”, sa Rut och läste högt:
”Den här podden har vi startat, mest på skoj egentligen. Och vi... det är Sigge och Mini det. Vi fick en idé som vi ville testa, och medan vi testade kom vi också på nyttan med idén. Inte ett dugg bakvänt faktiskt utan bara Rut-planerat. Laduvikspodden kommer nog att väcka en del nyfikenhet över sådant man inte tänkt på tidigare. Som lyssnare kanske man lär sig något nytt och vi hoppas att det kan bli en hel del kul grejer. Samtidigt kommer vi att marknadsföra platsen där vi båda jobbar, alltså Laduviks gård, som det mest levande i hela Laduvik. Tänk er tiotalet höns, dubbelt så många getter, hundratals bin och några kor och tjurar på det. Nej, det är verkligen inte fel att kalla gården för det

mest levande i Laduvik. Vi kommer att bjuda in gäster som berättar om spännande och angelägna ämnen och pratet kommer att varvas med musik som poddaren själv valt och kanske dessutom tycker passar för innehållet. Om du vill bidra, är det bara att chatta med oss här på podden. Vi ordnar ett utrymme för dig och så hänger vi här tillsammans helt enkelt. Känn er varmt välkomna!"

"Men oh så trevligt!", sa Rut. Hon var eld och lågor.
"När får jag prata? Har ni pratat? Sigge... Mini, har ni det?
"Ja, Jag var först ut bara för att testa. Vi väntar på publicering och godkännande nu men snart kan du se att de två första avsnitten blivit utlagda".
Rut såg att det fanns början på en lista med alla avsnitt som snart skulle fyllas och som man sedan skulle kunna välja bland, utifrån intresse och smak. Just idag var listan oerhört kort, typ noll, men ganska omgående skulle Sigge och Mini få ut varsitt första avsnitt. Länken till ljudfilen hade inte kommit på plats än men texten hade de redan skrivit. Rut läste högt igen i sin ände av samtalet:

"Oktober 2017. Avsnitt 1: Sigge och bollkonsten".
"Snyggt!", kommenterade Rut innan hon läste vidare.
"I det första avsnittet ska vi lyssna till en av upphovsmännen till själva podden. Han heter Sigge och pluggar just nu andra året på gymnasiet. När han gick på högstadiet i en skola i Kanada, var han en av poddarna där. Det var ett roligt fritidsintresse tyckte han. Så pass roligt och intressant att han blev sugen på att fortsätta podcasta även här hemma. Eftersom det här med laduvikspodden var hans idé, får han vara första poddern ut. Med poddintresset som bas och verktyg, kommer han här att berätta för oss om sitt andra stora fritidsintresse. Varsågod Sigge, bring it on! Nu vill vi inte vänta längre".

"Men det här är ju lysande helt enkelt", sa Rut.

Sigge tecknade åt Mini att Rut var nöjd. Han vek bort
telefonen från munnen och mimade till Mini att hon helt
enkelt var ö-v-e-r-f-ö-r-t-j-u-s-t.
”Vilka duktiga grabbar ni är, men har ni tänkt på att det här
kommer att uppsluka er så att ni både glömmer jobb och
plugg?”
”Nej då, det är ingen fara. Det får bli i stället för Farming
Simulator. Det har vi tröttnat på totalt”.
”Stackars Twist”, sa Rut men då skrattade de åt alltihop.
Farming Simulator var ju egentligen någonting som spelat ut
sin roll för länge sen vid det här laget.
De avslutade samtalet och Rut riktade in muspekaren på
avsnitt ett, men behövde först gå ut till bina för att titta till
att allt var som det skulle där. Så här års kunde man
egentligen bara låta dem vara men med tanke på att det var
första året som Rut invintrat dem, ville hon hålla lite koll.

De hade startat upp två bisamhällen med den baktanken att
kunna slå ihop dem inför vintern om så behövdes.
Tidigare i höstas hade hon och Mini gått igenom alla ramar i
bikuporna för att slunga ut den sista honungen ur dem.
Undantaget var de ramar som innehöll både honung och
yngel. Dessa hade de låtit vara kvar. Alltför mycket honung
var inte bra för bina på hösten eftersom den innehåller
ämnen som är osmältbara för dem. Då kan risken öka för
utsot under vintermånaderna, alltså typ diarré som ligger
kvar. Något sådant ville de inte ha i sitt invintrade
bisamhälle.
Rut hade läst sig till att sockerlösning var mycket bättre än
honung för bina att livnära sig på under vintern.
Sockerlösning var innehållsmässigt mycket renare och
resulterade i klart mindre exkrementmängder i biets tarm.
Biet lagrar sitt bajs ända till i mars, så ju mindre skrot i
tarmen, desto bättre.

Mini hade försett samhället med nya tomma ramar, byggda
med mellanväggar, för att kunna fylla på med vinterfoder.
Sockerlaget hade de blandat av tolv kilo torrsubstans, alltså
vanligt strösocker, och åtta liter vatten i en hink. Hinken
ställde de ovanpå ramarna i den översta lådan och sköt
täckplasten lite åt sidan så bina kunde komma upp. Rut
hade läst att det fanns risk för att bin kunde drunkna i
hinken så de hade försett den med en slags flottör av
lecakulor. Alltsammans fick ett tätt tak så att inga objudna
bin eller getingar skulle kunna ta sig in utifrån. Två gånger
behövde sockerlösning ges. Den första drog bina ned i
kupan på ett dygn och den andra tog uppemot en vecka.
När bina tagit andra givan tog Rut bort hela
foderanordningen.
Innan hela matningsproceduren startade hade de kollat hur
många ramar det fanns med bin och yngel. De hade tur, det
fanns tio. Om det hade funnits färre än sju, hade det blivit
lite av ett riskprojekt att invintra bina. Då hade man behövt
slå ihop två samhällen eftersom det behövs en viss bimassa
för att de ska kunna hålla värmen på vintern. De behövde
också kontrollera om det fanns någon äggläggande
drottning. Utan drottning hade det funnits ytterligare ett
skäl att slå ihop samhället med ett annat.

Det hela var otroligt kul och intressant men de hade haft en
hel del pyssel på gården i deras strävan att göra allt rätt.
Twists förhållande till bina var inte det bästa men på hösten
var bina så pass sega att det blev en bra stund för honom att
kunna närma sig eländet. Han kunde äntligen sätta lite
husseprägel på dem, som han uttryckte saken. Rut peppade
honom i det utan att avslöja det faktum att bin sket alldeles
fullkomligt i vem som var husse eller inte. Dessutom var det
så att *om* de alls kände frustration över för lite hussekontakt,
så skulle det bara gynna honungskvalitén. Den finaste
honungen kommer nämligen från arga bin. Nåväl, så

småningom hade de ändå kommit så långt i sina kontroller
att bikuporna ansågs invintringsdugliga.

Rut hade varrobehandlat bisamhället i samband med
vinterfodringen också. Varroakvalster är honungsbinas
parasiter. De lägger ägg i kupan och deras larver fäster sig
sedan på bilarver för att överleva på larvernas
kroppsvätskor. Bina som sedan utvecklas blir missbildade
eller svaga vuxna, oförmögna att samla nektar.
Varrobehandlingen gjorde Rut effektivt med hjälp av
plastremsor som hon satte ner i bikupan i samband med att
hon tagit bort foderanordningen. Idag skulle hon ta bort
dessa remsor. Utetemperaturen hade sjunkit för länge sedan
och bina hade dragit sig undan, de hade krupit ner i kupan.
Efter dagens koll skulle hon sedan lämna bina ifred tills det
blev vår.

Twist kom hem efter en tur till stan för olika möten på
jobbet där. De tog bara ett par mackor och kaffe till
middagsmat medan de checkade av dagens händelser. Rut
berättade om samtalet med Sigge, om hans och Minis arbete
med podden medan Twist ondgjorde sig över mejlboxar
som bara trasslade. Ibland blev det så. Två parallellsamtal i
stället för ett gemensamt. Var och en var så inne i vad som
skulle sägas. Rut tänkte att hon skulle kunna giftbehandla
Twist när han kom hem och bara gnällde. Varför inte lämna
den butterbullen kvar i stan och återvända hem med lite ny,
fräsch energi i stället?
”Kanske skulle funka med varrogift även där”, sa Rut som
tänkte högt. Hon pekade snabbt på sopkorgen för att Twist
inte skulle ana hennes djävulska tankar. I soporna låg
remsorna som hon nyss slängt.
”Du kan använda dem i dina infekterade mejlboxar. Låda
som låda, bara att påbörja behandlingen”.

De satte sig sedan tillsammans och lyssnade på Sigges och Minis poddavsnitt. Rut läste först texten till Sigges avsnitt igen men denna gång högt för Twist. De lyssnade på hela Sigges avsnitt och därefter tog de Minis som även den började med en kort introduktion.

"Lyssna på Mini här", sa Rut som fortsatte högläsningen.
"I det andra avsnittet av laduvikspodden ska vi lyssna på Mini som är anställd på Laduviks gård. Hans största intresse är djuren och framför allt getterna. Kanske allra mest en särskild get. Det är den han ska berätta om nu. Varsågod Mini, välkommen att berätta för oss om dina getter".

"Rut", inledde Mini sitt avsnitt med, och tog sedan en alldeles lagom konstpaus innan han fortsatte.
"Rut är inte namnet på den get jag ska berätta om, utan namnet på en av dem som driver gården i Laduvik. Gården med alla getter och höns. Hon är en människa som normalt sett mest bara ser möjligheter och fördelar med det mesta, utom just denna dag. Det var när hon tog emot sin nya get på gården. Det är inte särskilt många dagar sedan faktiskt men det kan nog gå hur lång tid som helst, utan att jag kommer att glömma hennes första möte med Faint. Snart ska jag berätta om vad det är för en slags get men först slänger jag på den passande låten: *It Takes a fool to Remain Sane* med The Ark.

Därefter berättade Mini om den nya geten som kommit till gården. Han försökte ge lyssnarna en bild av hur det gick till när ICA-handlaren levererade geten och vad skälet var till att han gjorde det. Hur det kom sig att han alls tyckte att han var skyldig gården en get. Jaja, egentligen en bock, eller mer bestämt en lappgetsbock vilket inte gick att få tag i, så då blev det en Myotonicget i stället. Bengt hade sagt att de var lite speciella och var det någonstans som en knasig get skulle få det bra, så var det på Laduviks gård. Det speciella med geten syntes ganska omgående. Så fort den blev skrämd av något, vilket var ganska precis hela tiden, la den sig ner som om den svimmat.

Mini berättade att av samma skäl som vi människor flyr från det som är farligt, vilket styrs av hormoner, så stannar samma sorts hormon i musklerna på denna getras. Det gör att de först stelnar till och sedan lägger sig ner. Ganska snart är de uppe och springer igen, ända tills de känner sig rädda eller hotade, då stelnar de till igen och lägger sig ner.

"Det finns flera djur som spelar döda för att lura fiender men bara denna enda getras", tillade han.

Medan Rut lyssnade tänkte hon på deras katt som alltid la sig platt på marken när man jagade honom. Inte så att han spelade död, men han tryckte sig ner och liksom sökte skydd mot marken.

"Men som sagt" hörde hon Mini fortsätta "vid sidan av att gården fick en rolig get, vilken givetvis började kallas Faint, så lyckades geten tippa Ruts positiva attityd på ända". Mini skrattade när han sa det och genom högtalaren hördes ytterligare ett skratt fast en liten bit bort från mikrofonen. Det lät som Sigge.

"Äh, jag måste bryta nu för ännu en låt. Den har jag valt till Ruts ära och är en folkvisa från Västergötland framförd av Tomas Blank. Här kommer *Hela familjen går ut med geten*". Rut och Twist skrattade medan de lyssnade och undrade givetvis vart allt det här skulle landa. Mini hade nog förberett en hel föreläsning, tänkte de.

"Fast du var himla galen på Bengt när han kom med geten, erkänn Rut", sa Twist.

"Så klart! Att komma med en get som inte kan stå på benen och se ut som om man kommer med en fin present. En dumhet som saknar all rimlig beskrivning".

"Äh, vad gör väl det? Om du frågar mig ser jag det som ett exotiskt inslag".

"Kanske. Men sedan jag sadlade om i livet, med djurgård och ett liv på hemmaplan, har jag känt mig så nöjd med att ingenting oberäkneligt ska kunna hända. Okej, djuren kan bli sjuka och i värsta fall dö men man behöver inte lägga en massa energi på att hoppas på det ena eller det andra. Tänk till exempel om du ägde ett bad eller en skidbacke, då måste hela tillvaron gå ut på att hoppas. Året runt. Alltid gå och kika uppåt efter sol eller snö.

Nu hade vi plötsligt fått en bock skjuten och samma högfungerande, trygga, flockledande och visserligen lite sura bock ersatt av en get som knappt kunde stå på benen. Min tillvaro skulle plötsligt gå ut på att förstå mig på en ny sorts get. Därtill hoppas att de andra getterna skulle vara snälla så hon inte skulle drabbas av svimningsanfall tjugofyra sju? Självklart att jag blev sur!"

Twist log först åt Ruts hela beskrivning, sen kluckade han lite grann och nu skrattade han så mycket att han nästan tappade luften.

"Men det har ju gått bra, och det gör inget att hon svimmar. Hon far inte illa av det. Det är du som mår dåligt".

"Sen började du drömma om Bengt. Att han plötsligt dök upp och hade med sig massor av paket. Inget var inslaget utan delades bara ut. Mini fick ett megamemory i flera våningar och Sigge en speldosa som spelade en slinga om och om igen med ett allt långsammare tempo ju längre tiden gick. Samtidigt lös det dioder, minns du?"

"Ja, och i drömmen hade jag skrattat så jag nästan kissade på mig. Inte åt speldosan utan åt Sigges min när han hade fått den. Medan jag skrattade hade även jag, fast jag inte först märkt det, fått en present också. Det var den pråligaste av vaser, en golvvas, fast med en fantastisk finess. Vasen var i teleskoputförande och kunde endera bli flera meter hög, eller bara sjuttio, åttio centimeter. Därefter var utdelningen klar. Du fick ingenting alls Twist", avslutade hon.

Minis getvisa tog slut och så började han prata igen.

”Det här med att inte kunna gå ut med geten var väl just det
som förvandlade en glad Rut till en sur Rut eftersom att gå
var det sista en Myotonicget klarade av. Det hade Bengt
redan gjort tydligt vid leveransen. Rut är sällan missnöjd och
hon pratar ofta och gärna om att gnäll föder gnäll. Att gnäll
smittar, vilket hon har helt rätt i. Det här med missnöje, vad
är det egentligen?”, fortsatte Mini.
”Att ständigt klaga på minsta lilla, till och med sånt man
vare sig kan eller har lust att göra något åt.”

Mini berättade att forskare upptäckt att negativitet kan
skada nervceller i hjärnan. Negativt ältande sätter nämligen
igång stressreaktioner som leder till ökad utsöndring av
stresshormonet kortisol. Och ju mer kortisol som frigörs
genom negativa tankar och upplevelser, desto svårare blir
det för hjärnan att bilda nya och positiva minnen. Tankar
skapar synapser vilka påverkar hjärnans struktur och hjärnan
är mer känslig för negativ påverkan än för positiv.
Nervceller som styr känslor, minne och inlärning blir
förstörda när Hippocampus bryts ner av alltför mycket
negativa tankar. Mini tog en kort paus innan han fortsatte.
”Man föds inte negativ. Det är ett förhållningssätt i
tillvaron, till andra och till situationer. Ett val man gjort eller
dagligen gör. För den som känner sig negativ och grå, finns
fyra smarta knep att 'komma loss' ur bojan, de ska jag
presentera så häng kvar!”
Rut och Twist tittade på varandra. ”Komma loss ur bojan?”,
”häng kvar”? Det var verkligen inte uttryck som Mini
brukade använda. Snarare tvärtom. Ju mer bildligt man
talade, ju fler metaforer man använde, desto mindre hade
man honom med sig. Och att prata så mycket och
sammanhängande? Det här med sändning utan bild var nog
hans forum. Att dra igenom det man ville säga utan att
behöva rätta sig, eller förhålla sig till en massa koder hit och
dit. Han var ju skitbra tyckte de båda. Just för tillfället
spelades låten *Scars to your Beautiful* med Alessia Cara.

164

När Mini återtog sin plats i etern lämnade han över de tips han hade utlovat för den gnällsjuka, men också som skydd mot densamma. Han menade att någonting man absolut behöver träna på var att bli medveten om sitt gnäll. Identifiera vad som triggar igång det och hur man kan lära sig att stoppa det. Han kallade det för nummer ett.

Som nummer två kom det faktum att negativa och gnälliga människor sprider dålig stämning, de är smittsamma, så han tipsade helt enkelt om att hålla avstånd till dem. Tänk magsjuka här och gå omvägar, för de själva har ingen aning om vad de sprider för skit omkring sig, sa han. Klarar man inte att hålla sig undan rent fysiskt, skapa åtminstone mentalt avstånd. Pröva exempelvis att stänga av lyssningen och bara 'humma och le'.

Det tredje tipset riktades mer mot den negativa, och det var rådet att försöka meditera. Sådant löser upp nedstämdhet och stress. Genom närvaro i stunden kan den negativa öva förmågan att acceptera sig själv och därigenom förhålla sig mer positiv till sin omgivning.

Slutligen tyckte han att man skulle hjälpa gnällspiken att bryta sitt gnölande kring livets allt med frågan: "Vad tänker du göra åt saken?" Endera händer något så ovanligt som att en konstruktiv idé kommer fram eller så hakar den falskspelande gnällskivan tillfälligtvis upp sig.

"Hörni, det här var det jag hade tänkt slänga ut idag och nu vill jag bara tacka för att ni har lyssnat. Den som tyckte det här var trist kan ju alltid gnälla lite eller så sträcker man händerna upp i luften, diggar lite och gillar läget". På det viset avslutade Mini sitt avsnitt och genast kom musiken. Han spelade *Händerna mot himlen* med Petra Marklund.

"Tack Mini!" sa Rut och applåderade. "Jag hade inte kunnat säga det bättre själv eller vad säger du Twist?"
"Kalasbra! Och vet du nåt mer?"
"Näe?"

"Medan vi har suttit och lyssnat, har jag sett något som du helt har missat eftersom du sitter med ryggen mot fönstret. Det har börjat snöa ute. Stora, vita, lätta flingor singlar ner genom luften och har gjort det ett tag nu".
"Å herregud", utbrast Rut. Vi måste ut till Faint, innan hon blir alldeles övertäckt. Hon kanske blir jätterädd och lägger sig ner. Snart begravs hon där under snön. Kom, skynda!"

Kapitel 10

Om de tre senaste liven och den saknade salladen
samt det lappade taket och supervilda megasnön

"Fast jag använder tandtråd, hur fan kan man svara så?"
Pernilla hade precis lyssnat på Tobbes redogörelse av sitt
senaste besök hos naprapaten.
"Han tyckte att du borde ha kommit tidigare med din onda
rygg och så börjar du prata om tandtråd?"
"Men han är ju trött på att jag aldrig gör som han säger och
då ville jag ändå säga att jag gör någonting rätt".
"Logiskt", svarade Pernilla utan att alls mena det. Å andra
sidan kunde hon känna igen sig. Hur många gånger hade
hon inte suttit hos frissan där hon dyrt och heligt lovat att
alltid ha någonting på huvudet när hon seglade. Hårfrissan i
sin tur hade gång efter annan bannat henne för att håret
blivit så totalkvaddat av solen.
Använde du verkligen hårinpackningen som vi pratade om
sist? Du utsätter väl inte håret för direkt solljus?, undrade
den frisören vid varje besök. Pernilla ljög snabbt och
världsvant ihop nya spännande halvsanningar om varför
håret trots alla försök till omvårdnad ändå var så sprött och
livlöst. Det kanske inte var så dumt trots allt att köra det där
med tandtråden. Hur vilseledande och ovidkommande det
än kunde verka. Efter varje besök hos frissan föreslog hon
sig själv att undvika samma situation gång efter gång och i
stället försöka följa de hårtips hon fått.

Ett fantastiskt bra schampo använde Pernilla i alla fall. Ett
märke vars produkter hon kört de senaste tio åren, och som
var lika dyra som välgörande. Ändå hjälpte det inte alltid,
särskilt inte vintertid då håret var både sprött och elektriskt.
Liksom dött. De gråa hårstråna växte ut som tistlar ur en
gräsmatta och den medföljande kvalitén kändes mer som

sträv svinto än glansig päls. En eftermiddag när Pernilla klev in i en välsorterad hårvårdsbutik och frågade efter sitt specialschampo var det inte förrän efteråt det slog henne hur förarglig frågan var. Att med det frissigaste av hår och i någon tillrättalagd slags stel oreda, gå in i den mest välsorterade butiken med hårvårdsprodukter, fråga efter en särskild produkt och uttrycka besvikelse över att den inte fanns. Tjejen i kassan måste ha undrat. Dels över Pernillas sökande av just den produkten i ett hav av andra. Dels över att alls efterlysa ett shampo som inte gett mer levande hår än det synbara. Men mest troligt kände sig försäljaren nog ändå nöjd över att inte sälja den ofattbart dåliga produkten överhuvudtaget. Hon var långt borta i sina funderingar när hon hörde att någon pratade. Det var Tobbe som återknöt till samtalet.

"Okej, det kanske inte var så smart då men jag tycker faktiskt inte att man ska behöva ha dåligt samvete när man söker hjälp", sa han.
"Håller med, men visst kan man förstå dem. De har en lång utbildning, ambitioner och studieskulder. Jobbar med att göra bedömningar, ge tips och förslag och så följer deras patienter inte tipsen de får. Orkar inte ens dra en tråd mellan tänderna, stretcha lite senor eller skydda det som skyddas borde. Jag skulle nog bli irriterad jag med".

Nu var i alla fall säsongen för misshandlat hår över. I seglingsväg var det definitivt slutseglat och nerpackat för att låta några usla vintermånader passera. Under hösten hade Tobbe och Pernilla varit iväg på det årliga träningslägret utanför Trosa. Detta var det sjunde året som hela hobiegänget varit på plats för att lära nytt, påminnas om gammalt, leka och ha trevligt.
Längst ner mot vattnet låg Tallstugan där de alla bodde tillsammans. Sett från huset fanns åt ena hållet en skog och åt andra hållet vatten. Ännu lite längre bort skymtade havet.

Detta år deltog sju båtar totalt, inklusive göteborgarna. Det var just där, i Grekland eller på EM runt om i Europa som de hade chansen att träffa västkustborna. Varje gång konstaterade de hur synd det var att de inte bodde närmare varandra, både för umgänget men också för seglingssällskapet, men de fick ta de tillfällen som bjöds.

På fredagen, det vill säga ankomstkvällen, brukade var och en fixa middag på eget vis, vanligtvis pizza. Enkelt och bra eftersom det viktigaste då är att få ordning på båtarna innan mörkret sänker sig. På lördagen däremot äts alltid en gemensam middag. En god gryta, fisk eller kyckling och en smarrig efterrätt som avslutning. Bastanta frukostar och matsäcksmackor gällde till lunch på dagarna.
Tallstugan som de alltid bor i, är mysig och ändamålsenlig. Med kök och tvättrum och numera även en vattentoalett. Dessutom finns en alldeles ypperlig altan för torkning av kläder. Invändigt består stugan av ett allrum med sex angränsande sovhytter. Var och en av dessa skärmas av med draperier, så det blir lite som att tälta. I denna lilla stuga delar man frikostigt på såväl utrymmen som snarkningar och andra kroppsliga ljud under helgen.

Dagarna bestod av teori på land och totalt nästan nio timmars praktiska övningar på vattnet. Det allra sista som de tummade på innan de lämnade land för att träna på teorin, var att hålla ihop alla båtarna. Det kom ingen ihåg. I stället seglade alla jättejättefort åt alla möjliga håll ute på fjärden. De såg bara varandra som prickar långt borta. Under de båda dagarna lyckades de samla ihop sig så pass att de kunde öva på starter, bankörning och regler. De tränade på att ligga still, att tajma startlinjen och att göra snabba manövrar. De lärde sig att rigga och trimma på ett bra sätt.

Första dagen hade de vaknat till regn. De riggade i regn och seglade ut i regn. De var dyngsura en bra bit in på förmiddagen innan molnen plötsligt skingrade sig och bjöd på värmande, torkande solsken. Andra dagen fick de rejält med vind vilket gav dem möjligheter att halvvinda i dubbeltrapets och goda chanser att kapsejsa. Någonstans i pausen mellan mat och snarkningar hanns det med en stund i den vedeldade bastun som låg alldeles intill Tallstugan.

Från fyra på söndagen var det sedan nedriggning, packning och städning som gällde. De hade som vanligt fått en helg med bra träning och många seglingstimmar, mycket nytt att fundera över och alltsammans så fint ordnat. Kul att de hade möjligheten.

Den sista klubbtävlingen var Höstlövet och jädrans vad de glänste. Sex båtar och inte fler grader än så i vare sig luft eller vatten. Fyra race, fyra spikar och två glada sailors. Tobbe och Pernilla. Dagen bjöd på jättefina vindar och efter racet hade de chansen att dra ett par snabba halvvindar fram och tillbaka på Baggen. Det var höstkylan som tvingade dem tillbaka. Med sig hem i bagaget hade de återigen det lilla vandringspriset, utformat som ett höstlöv. Med Vipern var det färdigseglat. Den sista träningen hade körts på Värtans vackra vatten. Totalt var de då fyra båtar i rejält byiga vindar. Det var så kallt att de sökte lä för att kunna trycka en liten medhavd lunchmacka ombord. Kvällen därefter avnjöts hemma på altanen, långt ner i badtunnan i ett försök att tina upp märg och ben.

"Du, kan vi inte ta och bygga ihop vedskjulet? Snart är snön här och då är det skönt att ha det gjort", sa Pernilla som i sina funderingar tyckte att steget mellan badtunna och ved inte var särskilt långt. De hade hämtat ved hos en seglarkompis och därefter insett att ett vedskjul inte vore fy skam.

"Jo det kan vi väl. Vi behöver bara dra och köpa virke till
det", svarade Tobbe.
"Hoppla, hoppla och stopp i galoscherna, här köps
ingenting. Vi har plank", svarade Pernilla.
"Nähä. Hur ska det kunna bli ett vedförråd av det lilla vi
har?" Tobbe suckade av irritation.
"Vi har virke av alla sorter, det finns massor runt carporten,
i friggisen och i förrådet".

"Okej, vill du ha ett vedförråd som rasar ihop och är byggt
på småbitar så fine", svarade Tobbe och Pernilla anade en
något sur stämning här. Inte den roligaste starten kanske.
"Du kan väl kolla vad vi har i alla fall, det kanske bara
behöver kompletteras med några bitar, jag menar så jäkla
snyggt behöver det inte bli", försökte hon.
"Meh, jag gör väl det då, men det kommer inte bli det
minsta bra". Tobbe gick ut och plockade ihop allt tänkbart
virke som fanns hemma.

Ett par timmar senare ropade han.
"Kan du komma ut och hålla lite, det är väldigt svårt att
hålla och skruva samtidigt".
"Kommer!"
"Ja, gärna med en gång då för det mörknar tidigt nu, ropade
Tobbe och Pernilla anade plötsligt lite iver. När Tobbe hade
satt tänderna i något ville han bara få det klart. Pernilla gick
ut.
"Men shit vad fint det blir, du är sååå himla duktig. Hade vi
allt som behövdes?"
"Mmmm, det var ett fasligt plockande med skruvar och
många är olika".
"Meh, det gör väl inget och så fint som du gör kommer man
inte att se olikheterna". Pernilla fattade att Tobbe ville ha
lite bakvänt beröm här. Han hade trots allt varit himla
duktig som lyckats få ihop något överhuvudtaget.
"Jag håller här nu, behöver jag göra nåt mer sen?"

”Takpappen räcker inte”, sa Tobbe.
”Vi kan väl rulla ut och mäta” föreslog Pernilla och då
gjorde de det. Rullade och mätte.
”Tamejfan, det räckte precis”.
Vad trodde du då, tänkte Pernilla som redan från start lite
grann tänkt att de nog hade allt hemma som behövdes.
”Perfekt, helt otroligt. Det trodde jag inte. Även om vi hade
mycket material hemma, men att vi hade så mycket så det
räckte till *allt*”, skränade Pernilla för att ändå låta Tobbe
känna att det var tack vare honom som allt stämde så bra.
”Ja, men så är det helt utplockat också, nu finns ingenting,
knappt en skruv… fan nu tappade jag en skruv också”, sa
Tobbe och Pernilla tänkte att han försöker spela lite svår
hjälte nu”.
”Vänta, jag letar. Jobba vidare du, snart är skruven hittad”.

Därefter bankades det ett tag till och snart var allting klart
varpå vedsågning, vedklyvning och vedstapling var det enda
som återstod. På alla sätt och vis blev hela projektet
superlyckat. Och ganska snyggt! Visserligen med en lätt
lappad look på taket men helt okej. Ännu bättre var det att
de *precis* hann klart allt innan supervilda megasnön kom. Det
började med snöblask redan tidigt i månaden och med lite
kyla på det, så la sig snart ett vitt snötäcke över.
Temperaturmässigt var det full vinter.

Nionde november, fenomenet ”nine eleven”, kom att bli ett
olyckligt datum inte bara för USA utan även för Sverige.
Denna dag rådde lokalkaos orsakat av den första mycket
ihärdiga snön. Bussar stod, skolor stängde och biltrafik
stannade. Folk bara gick och gick, som pingviner i rader
utefter vägar, på motorvägar, ja överallt. Rapporteringen lät
så här, fast det var *innan* kontaktledningar till tåget hade gått
sönder. Allt verkade hända och samtidigt stå fullkomligt still
denna dag.

Extrem trafiksituation råder i Stockholms län. Det är extremt stora störningar i vägtrafiken i hela Stockholms län. Bussar, långtradare och personbilar fastnade i snödrivorna på både gator och vägar i området. Från 06 till 18 inträffade 14 trafikolyckor med personskador och 54 utan personskador, enligt Stockholmspolisen. Dessutom rapporterades det in 14 viltolyckor under den tiden. Polisen uppmanar alla som ger sig ut i trafiken med bil att bland annat ha med sig varma kläder och kanske filtar eftersom de som kör fast kan bli stående länge. På många ställen står trafiken helt stilla och framkomligheten är väldigt begränsad. Orsaken är att stora mängder snö fallit i området. Vi uppmanar trafikanter att, vid absolut behov av bil, planera sin resa i god tid. Snöröjning pågår konstant, men den stillastående trafiken gör det svårt för plogbilarna att ta sig fram. Visa hänsyn, håll avstånd och ge dig inte ut i trafiken utan vinterdäck. Samtliga bussar i Norrort är inställda. Just nu har man dragit in trafiken helt i Norrort. Det är svårt ute på vägarna just nu. Enligt SL är det stora förseningar och oregelbunden trafik på hela tågsträckningen på grund av ett flertal växelfel, till följd av rådande väderlek. Det går ett fåtal tåg i timmen, svårt att säga när. Det kommer att fortsätta snöa så prognosen är att trafikläget kommer att se likadant ut hela dagen enligt kommunikatören på bussbolaget.

Den så kallade konstanta snöröjningen var det ingen som såg röken av, helt enkelt för att de hade fullt upp på annat håll. Det tog dagar innan de var i kapp. Den som delade säng med en snöröjare fick ha hela sängen för sig själva många dygn i sträck här. Det kom mellan tjugo och trettio centimeter snö och hemma hos Tobbe och Pernilla skottade de fyra gånger den dagen. Enligt SMHI har det inte snöat på liknande vis och så tidigt på vintern i Stockholm sedan mätningarna infördes 1905.
Pernilla hade nära till jobbet så hon hade bara knallat på som vanligt denna dag. Enda skillnaden var att hon tvingades stega fram i enorma mängder snö. Tobbe den stackarn, kunde inte komma hem förrän ganska sent och då hade han ändå tur i och med att han till slut lyckades fånga

in ett tåg. Alla hade inte den turen utan fick hitta en
sängplats hos en bekant eller ta in på hotell för natten.
Pernilla gick och mötte honom på vägen från tåget.
"Nästa gång det blir trafikkaos, kolla in turlistan på
glassbilen. Den har plingat på som vanligt hela dagen", sa
hon till Tobbe.
"Ja, så klart! Och fångar man in en passande tur, kan man
både lifta och äta glass. En otroligt trevlig kombination".
"Förvånar mig inte en smula", sa Pernilla som avskydde allt
vad kyla, snö och mörker heter.
"Kan de inte bara skrapa bort den här skiten nu och strö lite
blommor på? Till och med maskrosor skulle vara okej".
"Men var inte så ivrig. Det är ju vackert ute, kan du inte
njuta nu eller åtminstone tänka på alla barn, de älskar ju det
här. Det blir i alla fall ljusare ute".

Han hade rätt Tobbe. Pernilla var faktiskt alldeles för ivrig.
Hon ville bara göra bort saker och ting. Hur mycket hon än
önskade att kunna göra saker med mer njutning, var hon
hopplöst inställd på att göra undan. Fort och effektivt. Men
det var fler saker hon kämpade med. Även om hon hade
lovat sig själv att låta bli, så fick hon dem bara helt plötsligt
framför ögonen och så var det kört. Testerna på nätet.
"Kommer du att leva till 100? Vilket sorts jobb skulle passa
dig? Vem ska du flytta ihop med? Vilken sorts hund är du?
Vad skulle du jobba med om du var född i en annan tid?
Vems hjärta är kopplat till dig? Vilket sorts minne har du?
Vad borde ditt smeknamn vara?"...med flera spännande
frågor. Pernilla visste mycket väl vilka avigsidor det var med
att signa in, att hon då liksom sålde ut både sig själv och sina
vänner. Genom ett godkännande hamnade de alla på en
webbserver bortom all rimlig kontroll. Vänlistor,
kontaktinformation, bilder, inlägg med mera skulle bli
tillgängliga för webbservern att ladda ner och lagra för
framtida bruk. Ändå kunde hon som sagt inte låta bli. För
närmare spådomar än så lär hon nog aldrig komma.

Alldeles nyligen var det ett test vars resultat skulle tala om
vem man varit i sina tre senaste liv. Otroligt spännande
tänkte Pernilla. Här handlade det inte bara om att kika
framåt, utan också litegrann bakåt. Svaret lät inte dröja på
sig. Hon hade varit tre mäktiga kvinnor från olika
århundraden. Jeanne D'Arc, Jane Austen och Audrey
Hepburn. Hon lär ha förändrat världen stort innan hon
föddes i detta livet. Samma källa menade att det finns ett
ord som beskriver Pernilla absolut bäst och det är IVRIG.
Ivrig... va' fan?! Varför kunde det aldrig bli något lite mer
snyggt och värdigt? Åtminstone något lite överraskande?
Det här visste hon ju redan.

"Tycker du att jag är ivrig? Alltså så ivrig att jag till och med
försöker styra årstiderna?", frågade hon Tobbe medan de
pulsade genom snön.
"Äh, men du har en hel del omkring dig, tycker du inte? Ett
engagerande arbete med många relationer att fungera i. Sen
har du ju oss här på hemmaplan också, allt runt Tor och
så".
"Så du menar att det ivriga är befogat? Att det handlar om
överlevnad?"
"Kan vara, eller så tror du att du behöver vara på allt, som
det kontrollfreaket du är. Man kan lämna över lite grejer
också om man inte är för ivrig. Låta andra avlasta".
"Mmmm, ibland försöker jag men hur brukar det gå? Som
ett exempel… trots att jag verkligen tycker och alltid har
tyckt att matlagning är det tristaste påfundet som finns, så är
det alltid jag som sköter det. Skriver matlistor, planerar
matlagningen, plockar fram ur frysen och ställer mig och
lagar något. Visst är det konstigt? Ibland har vi glädje av min
iver eller oförmåga att delegera, har vi inte?"
En stunds tystnad följde.
"När vi blir pensionärer kan vi köra helt ombytta roller.
Tänk så omdanande det skulle bli", kom det från Pernilla.
"Planerar du pension redan nu?"

”Ja när annars? När vi redan är pensionärer, eller ännu värre, efteråt?”
”Om det inte var för snön kunde jag fixa middagen idag, ta en pizza eller nåt?

”Äh, middagen är klar där hemma. Men du, imorgon ska jag i alla fall trotsa vädret och hoppas att det går att ta sig till yogan. Men först behöver jag hitta några fler julklappar”, fortsatte Pernilla.
”Julklappar redan?”, undrade Tobbe men kom på att det inte var det minsta konstigt med tanke på att det var Pernilla. Hon kunde köpa julklappar mitt i sommaren om så vore.
”Japp! Det är bra för bekräftelsebehovet. Man blir så godkänd hela tiden. Handlar och blir godkänd, handlar lite till och blir godkänd, handlar mer och… vips godkänd ännu en gång. På kortet alltså. Att få så mycket bekräftelse på en och samma dag, göder egot en smula”.
”Har du aldrig varit med om att nekas köp då och hur det har känts i så fall?”
”Du menar transaktionen avbruten? Det är nästan ännu bättre, för då fattar man att det är över. Det blir liksom kvittot på att det roliga är slut och att man kan dra sig tillbaka. Känna sig färdig. Det är så dags jag drar vidare till yogan”.

Rebecka, en av hennes närmaste väninnor, hade utbildat sig till diplomerad yogainstruktör och startat en yogastudio. Det var den medicinska yogan som Pernilla tyckte bäst om. Rebeckas studio låg i en gammal 1800-talsbyggnad som en gång i tiden hade huserat grisar och kalvar. Den kallades för Konststian eftersom den för ett tiotal år sedan, bland spiltor och hoar och med konstverk av varierade slag, förvandlades till ett härligt galleri. När Tobbe och Pernilla hade träffats, efter deras första hemma-hos-dejt, gjorde de en utflykt till Konststian och Pernilla minns hela dagen som så fantastisk.

Det mest spännande i hela livet just då, att få lära känna en ny människa, ville hon inte släppa taget om. De visste inte hur de skulle lyckas förlänga helgen på bästa sätt för att få fortsätta hänga med varandra. Så kom Pernilla på att det gick att göra utflykten till Konststian i en värld full av allt, såsom det känns när man är nyförälskad.

När de kom fram till Rebecka var hennes gräsmatta full av människor. Glatt och gästvänligt bemötande, folk presenterades kors och tvärs för varandra. Kaffe och morotskaka stod serverat och stian med konst av olika sorter var öppen för den som ville berika sina sinnen ytterligare. Någon spelade gitarr och sjöng. Dagen var så full av sol, värme och intryck. Det var starka färger, kärlek och vackra människor. Hon önskade inget hellre där och då än att stoppa tiden. Vilket så klart inte gick.

Lokalen förföll så sakta under årens lopp och taket hade nästan fallit in när Rebecka och en vän till henne satte fart med ett omfattande renoveringsarbete. Taket lagades, spiltor och hoar togs bort, väggar och innertak målades och golvet slipades iordning. De installerade vatten och avlopp och med Rebeckas känsla för extra allt, inreddes rummet till en ny mötesplats för livskonst.

I lokalen håller hon nu MediYoga, guidad meditation, och workshops. De hade också haft frigörande dans, föreläsningar, utställningar och café i stian. Vad som, så länge fokus var inställt på hälsa och livsglädje. Rebecka som också är samtalsterapeut, nyttjar Konststians lugna och harmoniska miljö för de klienter hon träffar. Därtill måste sägas att hon är så otroligt proffsig. Här görs ingen skillnad mellan om rummet är fullt eller om yogan leds en-till-en. Med samma trovärdighet och medvetenhet guidar hon sina gäster på tryggast tänkbara sätt.

Pernillas önskan om att stoppa tiden blev delvis hörd. Hon hängde ju ihop med sin älskade Tobbe fortfarande sedan alla dessa år tillbaka, och möjligheten att komma tillbaka till Rebecka och Konststian fanns alltjämt. Nu med nytt vackert innehåll. MediYoga läker kroppen fysiskt, mentalt och känslomässigt. Pernilla tycker att hon får lättare och lättare att koppla av och hennes kropp blir allt mjukare och smidigare. Första gångerna låg hon på mattan och funderade över massor av saker medan amygdalan dödsskrek och hypotalamus blev kittlad.

Vilket jobb de har lagt ner på lokalen, det måste ha blivit hur dyrt som helst. Kom jag ihåg att hänga tvätten hemma? Sitter jag som man ska nu? Nej, hakan åker fram, känner mig som en kutryggig häst. Det är nog ingen annan som har så taskig hållning som jag just nu. På onsdag skulle vi lämna bilen till verkstad, eller var det torsdag... måste kolla med Tobbe. Tidigt på morgonen var det i alla fall, hur ska jag orka det? Rotlås, vad var det nu då? Och nu ska jag släppa ut all luft, fast jag hann ju aldrig med att dra in någon, nu kommer det att bli fel. Gud vad jag saknar seglingen, vintern är verkligen hopplös. Lång och kall. Andas in och tänk "Sat", andas ut och tänk "Nam". Inte fisa. Det här är inte lätt. Vintern är mörk också, tänkte jag det eller råkade jag prata högt? Jag kanske kan titta mig om lite diskret, bara med ena ögat. Puh, alla blundar och har nog inte hört något. Alltså om jag nu råkade säga något. Varför tar hon inte mer betalt för klippkorten? Tredje ögat, det går bara inte. Kan det bero på att jag skelar, jag kan inte titta i kors heller. Helvete, jag glömde ringa sotar'n. Nu har det liksom gått nästan två år över tiden och måste bli gjort. Vadå? Först släppa ut all luft och sedan rotlås. Ska hon ta livet av oss? Shit vad magen kurrar förresten. Tandläkaren får jag inte glömma. Vad fint det är med alla ljus här. Åh, i veckan har vi kvällsmöte. Hur ska jag fixa det? Var det inte kvällen innan Tors NO-prov? Får inte glömma att säga till honom att plugga. Det var fasen vad dåligt det går att knipa. Musiken är skön, måste fråga var hon hittat all musik sen, inte glömma. Fällkniv hette det visst, skitsvårt. När det här är klart behöver jag sticka förbi ÖoB, kattmaten är slut. Viktigt. Oj, nu har de andra börjat lägga sig ner, skönt då kanske man kan sova en stund. Den där intoningen

*Ong Namo Guru Dev Namo, den var svår. Tur att det fanns
textremsa. Nej jag får inte börja skratta, det har jag lovat Rebecka.
Skärp dig nu Pernilla. Undrar vad som händer om man går två år
över tiden, kommer sotar'n bli arg då? Kanske var därför
Neandertalarna dog ut, alltså inte för att sotar'n blev arg men för att
de var gravida jättelänge. Gick över tiden så att bebisen till slut inte
kunde komma ut. Kan man kanske googla på. Eller skita i. Åh vad
jag är imponerad av Rebecka, tänk att hon sitter här, eller ligger just
nu då, och leder sin egen yoga. Känslan av att sitta mitt i sin dröm och
leva den. Och lokalen är verkligen ingen stia längre. Vad skönt att
ligga och jobba samtidigt. Men gud vad pinsamt, jag somnade visst lite
grann, tappade hakan, min mun glappade som på en tandlös kärring.
Hördes det… syntes det? Åh vad bra det här är. Det visste jag inte
för tio år sedan att jag skulle ligga på golvet i en svinstia ihop med
Tobbe. Jäkla romantiskt faktiskt. Uttoning Ong Namo Guru Dev
Namo. Oj, nu skulle jag nog varit med och sagt ramsan… och gärna i
tid, och i takt. Det kanske hade varit bra. Men där var passet slut.
Det gör vi om.*

Så här svårt var det för Pernilla att hålla sin uppmärksamhet
stilla de första gångerna men redan efter tredje gången hade
hon lyckats lära sig att fokusera tankarna på rätt saker. Hon
kunde till och med andas någotsånär utan överdriven
tankeverksamhet och var riktigt nöjd med sin utveckling.
Ett moment på yogan var att räkna andetagen under en
minut, därefter tillämpa tekniken med de yogiska andetagen
för att sedan räkna andetagen på nytt. Skillnaden var stor.
Första minuten tolv andetag. Efter yogaandningen, endast
åtta. När Pernilla stolt som en tupp berättade för de andra
vilka effekter andningen hade på henne, reagerade de med
förvåning. Pernilla visste det! Hon hade utvecklats, de andra
såg nyfiket överraskade ut. Glädjen varade inte längre än att
hon snart förstod den verkliga anledningen till förvåningen.
De andra hade legat på sex andetag första minuten och efter
den yogiska andningen på två. Pernilla hade en bit kvar
innan hon kunde kalla sig nedvarvad, så var det

uppenbarligen. Och eldandningen, den skulle hon väl aldrig
lära sig. Herregud, hon eldandades ju jämt, det var svårt att
lära om. Det vill säga att lära sig kombinationen fort *men*
kontrollerat. Det skönaste av allt var när hon somnade. En
gång så hårt att hon undrade vem som pratade så störande
mycket att hon vaknade. ”Nu kan ni röra lite försiktigt på
tårna och fingrarna och komma tillbaka igen”, sa rösten.

På kvällen hade hon lovat Tor att titta på ”Schindler's list”
ihop med honom. Det var en läxa i skolan eftersom de
jobbade med andra världskriget. Fruktansvärda scener
svepte förbi. Magra kroppar, arkebuseringar, massgravar,
köld och svält, hat och vrede, våld och förtvivlan. Tor och
Pernilla förfasade sig över det de såg och frågorna var
många. Hur kunde det bli så här? Varför gjorde ingen
något? Någon borde ha fattat. Någon borde ha satt stopp.
Det var absolut fruktansvärt att se och när de tänkte på att
allt faktiskt också hade hänt, blev det nästan outhärdligt att
titta vidare på. De bestämde sig för att ta en paus. En hel
film med innehåll som detta blev på tok för mycket att ta in.

En SMS-signal ljöd från Pernillas telefon och hon läste.
*På grund av oväder i södra Europa har vi behövt ersätta isbergssallad
med kruksallad i veckans matkasse.* Kontrasten mellan
intrycken på teven och informationen om isbergssalladen i
hemleveransen blev lite väl stora. Vilken värld vi lever i,
funderade Pernilla. Fattigdom och vanvård å ena sidan.
Människor vars vardag kantas av hot och utnyttjande.
Salladskris och eldandning å den andra. Man kan vara en
smula glad att man har hamnat rätt, tänkte hon.
Hon plockade ihop lite ingredienser för att påbörja
middagen. Ibland när hon stod i köket och lagade mat,
kunde hon låtsas att hon att hon var med i ett
matlagningsprogram. Tankens flykt är många gånger ett
alldeles ypperligt sällskap. Fast eftersom hon höll till på små
ytor i ett trångt kök och med rätt så trista byttor och

redskap, skulle teve-tittaren nog byta kanal ganska fort. Ingenting blänkte i hennes kök. Hennes inspiration och matlagningskonst var kanske inte på topp den heller. Nåväl, hon hade alltid något att ställa på bordet och det är mer än vad Tobbe eller Tor alls lyckades med. Till sin hjälp hade Pernilla "Linas matkasse" varannan vecka och den gav en hel del nya influenser.

"Maten är klar!", skrek hon. Aningen lite högre och kanske en smula mer argsint än vad som var avsikten. Så blev det lätt när man ropade. Skillnaden mellan att ropa och skrika är lika hårfin som skillnaden mellan att sjunga och yla. Hon tittade på middagsbordet om det var något som saknades. Mycket skrik för lite ull, tänkte hon när hon svepte med blicken över middagsbordet. Tobbe kom till bords och förstärkte känslan hon fick av betraktelsen.
"Har du haft skåpsrensning?" undrade han. Pernilla surnade till, men svarade någonting hon nyligen lärt sig.
"Det andra säger om dig och dina försök definierar dem. Hur du förhåller dig till det definierar dig".
"Så sant, så sant", sa Tobbe och gav henne en puss.
"Budskapet är levererat, förlåt, det ser gott ut, ljög han.
"Men vad är det?"
I samma stund plingade ett nytt SMS till. Även det från Linas matkasse. *Vi har nu fått informationen om att din sallad uteblir helt i veckans matkasse, vilket vi beklagar.*
Pernilla tänkte att det var tur att hon inte fick det meddelandet innan yogan. Då hade hon legat på mattan och flurat över det också.
"Det får du känna efter när du börjar äta", svarade hon.

Snart var det december och fortfarande inget annat än mörker. Det är mörkt när man vaknar, mörkt när man går från jobbet och ja, givetvis mörkt när man går till sängs. Pernilla skulle snart fylla år och hennes familjemedlemmar undrade vad hon önskade sig. Alltså, hon tyckte verkligen att hon hade allt. Det fanns ingenting hon direkt saknade. Och kläder var inte så kul. Just nu låg Pernilla på en jämn och stadig vikt. Problemet var bara att den jämna vikten liksom hade hakat upp sig på fel nivå och att den var just så. Stadig. Angående födelsedagen visste hon att hon de senaste månaderna gett Tobbe flera tips men inga av dem kom han ihåg. Dessvärre kom hon själv inte ihåg dem, så hon hade påbörjat en önskelista. Doftpinnar stod överst på den och det hade stått där ganska länge nu, men inget mer.

Man kan tydligen inte tro på nån nuförtiden. Inte heller sig själv. Hon hade tänkt att det skulle gå åtminstone tre månader mellan 'Brassestol bort' och 'Adventsstjärna fram', men än hade hon inte satt sin fot på vinden. Då kanske det var hög tid att göra slag i saken nu och plocka ner lite advent. Så fick det bli. Först äta det här som verkligen inte såg särskilt gott ut och sedan skicka upp Tobbe. Advent stod för dörren, och några slags traditioner skulle de väl hålla på i alla fall.

Kapitel 11
Om storätaren och de avdragsgilla bullarna
samt bussturen i vattnet och televinkskolan

Rut sjöng för fulla hus. "Ja må du leva, ja må du leva, ja må
du leva uti hundrade år. Hurra, hurra. Hurra…"
På det sista hurraropet hade all luft nästan tagit slut så det
blev mer pipigt än för full hals. Sigge var med också och
sjöng lite i bakgrunden. Han var dessvärre inte mycket att
hoppas på när det kom till att täcka upp för sin
konditionsbefriade mamma. Twist fyllde år. Femtiofem hela
år och Rut mös som om det var hon själv som fött honom.
"Tänk att du blivit så sto… eller gammal menar jag. Nej, det
menade jag inte heller utan snarare mogen. Mogen är det du
har blivit nu Twist. Kanonmogen".

Tack vare födelsedagen hade de fått en heldag på stan
tillsammans, men det visste inte Twist om i detta nu. I
ovetskap om dagens planer tittade han snopet på den halva
knäckemackan som serverades till kaffekoppen vilken Rut
dukat födelsedagsbrickan med. Vanligtvis grattade de
varandra med både tårta och skumpa på morgonen så med
tanke på att det var vad han hade bespetsat sig på, förstod
Rut honom fullständigt. Och hon mös, gud vad hon mådde
gott när Twist såg ut så där. Liksom omogen.
"Du ser snopen ut", sa hon.
"Men mamma", hörde hon från Sigge.
"Jag säger bara att det ser ut som om han är snopen, det gör
väl inget? Det betyder inte att han faktiskt är snopen".
"Jag är glad", sa Twist artigt och tittade på knäckemackan.
"Jag är glad för uppvaktningen och att det ligger lite paprika
uppe på osten. Du har gjort jättefint Rut".
"Tada!" lät det från Rut som räckte över dagens alla
överraskningar under näsan på honom.

Födelsedagskortet var stort och bångstyrigt, fyllt med bilder och information. Av budskapen att döma skulle de först till en konferensanläggning och äta en brakfrukost. En sådan där dunder-super-inget-fattas-på-bordet-frulle. Därefter skulle de ta en omgång bangolf inne i centrum på den nyöppnade bangolfbanan där. Det fanns två banor att välja på och båda var inomhus och av märket äventyrsgolf. Sigge skulle få följa med om han lovade att backa hem och låta Twist vinna.

”Åh, vad kul, tack!”, sa Twist men menade egentligen åh vad gott. Han hade nämligen blandat ihop begreppen kul och gott när det kom till mat eftersom han fullkomligt älskade att äta. För honom var det kul att äta. Om det dessutom var gott, var det ett extraplus. Ett ganska säkert extraplus faktiskt eftersom han tyckte att det mesta som fanns att äta var gott. Det här var en sanning som gällde det mesta från snacks, godis och bakverk, via grytor och stuvningar till saftiga köttbitar med såser och röror. För att inte tala om grillbufféer. När det vankades grillat gick han nästan sönder av glädje.

Rut kom att tänka på Twists berättelse om en händelse som utspelade sig runt Lucia på hans arbetsplats. När han hade kommit hem och sagt att det inte blev något luciafirande. Varför då hade Rut undrat. Jo för hemma var bredbandet ur funktion och på jobbet hade han inte hittat sitt mejl. Rut fattade ingenting. Vad hade just detta med Lucia att göra? Luciatåg med en Lucia först och tomtar sist, med sångverser Staffansvisa och härlig stämning. Tänkte han att det var något som enbart kunde avnjutas via mejlen? Rut undrade vilket mejl han menade och då berättade han att han långt före Lucia hade fått en inbjudan till kontorets luciafirande. Rut lyssnade och Twist förklarade. På mejlet skulle man tydligen skriva upp sig om man ville ha en lussebulle. Manövern handlade mest om att hålla koll på räkenskaperna, det vill säga att räkna in bullarna. Antagligen hade det kommit direktiv uppifrån att varje enhet skulle kunna visa att bullarna varit avsedda för ett visst ändamål och att man ville veta exakt hur många som skulle äta av bullarna. Därav namnunderskriften, det vill säga ett namn per bulle. Det hela hade med avdrag att göra. Redovisningstekniskt. Som om inte kvittodatumet som sådant skulle kunna ge tillräcklig information? Att det antagligen handlade om ett luciafirande och inte en kollrig medarbetares plötsliga behov av att trycka sjuttonhundra lussebullar själv? Mest troligt var bakgrunden till beslutet den att någon hade blivit utan bulle en gång. Det var i vart fall den mest sannolika förklaringen till denna rigorösa bullkontroll. Rut hade lyssnat på Twists berättelse och smålett för sig själv. Det var vad skattebetalarnas pengar gick till, att upprätthålla en kvartstjänst avsedd att sköta administration av bullar. Hon hade försiktigt undrat vad allt detta skulle landa i. Vad hade alltihop egentligen med Twists luciafirande att göra, tänkte hon. Måste man ha ett mejl i inkorgen för att få titta på tåget? Förklaringen kom snart och då klarnade allt. Eftersom han inte hittade mejlet, kunde han inte tacka ja till en bulle och fick han ingen bulle kunde han lika gärna skita i tåget. Det var skälet till varför det inte blev något luciafirande för hans del.

"Men vänd på kortet nån gång", hetsade Rut som var mäkta stolt över sitt grattiskort. Hon hade letat bilder som hon klippt ut, komponerat ihop och klistrat fast. Som kronan på verket hade hon både rimmat och textat för att förtydliga innehållet för dagen. Sigge suckade.
"Men mamma", sa han igen.
Twist vände på kortet och på dess baksida framgick det att de skulle åka sån där ocean bus i stan. En guidad tur som startade vid operahuset, tog dem genom stan och sedan ut på Djurgården där den plötsligt körde rakt ner i vattnet. Det var en märklig syn. En stor buss som tar sig fram i vattnet. Rut och Twist hade sett den passera förbi dem en gång när

de var i stan och tänkte att det kunde vara kul att ta en tur
någon gång. Just idag var den dagen och Twist jublade. Nej
förresten, det gjorde han inte. Rut *förstod* att han jublade
fastän inget jubel hördes.
"Kul! Bra att vintern inte gjort skäl för namnet i år då.
Tillräckligt isfritt och skapligt för en sån tur".
Förmiddagen löpte på som planerat. De åt frukost i hela två
timmar. Glupskt och ivrigt till en början, långsamt och
balanserat mot slutet. Och bangolfen vann Rut. Hon är en
jäkel på att putta och eftersom Sigge blivit ombedd att ligga
lågt med sina proffstag, var det Rut som tog hem segern.
Twist var en evighetsputtare. Första slaget ut gick tätt som
oftast både rakt och snyggt men avslutades inte sällan med
en liten krökning som resolut ledde bollen vidare någon
meter från hålet. Det var därifrån sedan som han började
sitt evighetsputtande. Bollen styrde överallt utom ner i hålet.

Efter golfen tog sig Sigge hem till gården medan Rut och
Twist begav sig till bussen som skulle ta dem mot stan. De
bytte därefter färdmedel och hoppade in i första bästa
tunnelbanevagn vilken de klev av efter femton minuter. Då
var de redan i city, närmare bestämt på T-centralen. Utanför
NK köpte de varsin korv som de åt samtidigt som de
promenerade mot operahuset. Där i närheten startade den
buss som skulle guida dem genom stan.
En brant ståltrappa ledde dem upp i bussen och de satt
ganska högt upp. Fukten var påtaglig, det rann kondens på
insidan av rutorna. En glad och lite busig skåning var den
som pratade och berättade om allt de passerade. Han
växlade mellan svenska och engelska på briljant vis. För de
svenska gästerna berättade han om sådant som var unikt
svenskt och som de utländska turisterna inte hade förstått
något av medan han på engelska körde det motsatta.
Berättade sådant han visste var World Wide information.
Ändamålsenligt och publikvänligt. Det trevliga med guider
är att de får en att uppmärksamma sådant som man inte ens

tänkt på, exempelvis att kupolen på Dramaten är oproportionerligt stor. Förklaringen till det var att kupolen inte fanns på ritningen från början, men sedan Dramatens grannhus byggdes en våning högre, ville man att teaterhuset skulle kännas större. Då klämde man dit kupolen. Hela Dramatens fasad är för övrigt klädd i marmor, och den tjugofyra karats guldbeläggning som är dekorerad utanpå, är avsedd att vara en hyllning till Gustav III. En kung som för övrigt skrev några pjäser till teatern. Rut undrade om dessa egentligen var skitkassa fast ingen vågade säga något eftersom det var kungens verk. Men nej, så verkade det inte vara. Kungens pjäser spelades faktiskt till långt efter hans död.

Dramatens verksamhet grundades strax efter premiärföreställningen i juni 1787. Dittills hade pjäser spelats i huvudsak på franska och på det viset såg det ut ända till Gustav III blev regent. Efter trontillträdet 1772 avskedade han Adolf Fredriks franskspråkiga teatergrupp och började i stället undersöka möjligheterna att spela teater på svenska. Pjäserna spelades sedan på flera olika scener i staden och den nuvarande byggnaden blev inte klar förrän 1908. Då hade Gustav III lämnat in för länge sedan, likaså Karl XIII och Karl XV, även efterträdaren Oscar II men däremellan någonstans debuterade ändå den tjugoettårige August Strindberg med ett teatermanus. I och med detta fattar man att det här var ett tag sedan. Inspiration till teatern hämtades från Parisoperan och scentekniken från Tyskland. Dramaten anses vara en av Sveriges mest representativa jugendbyggnader och där på de sex scenerna visas det omkring tusen föreställningar per år.
Sett från Dramaten sträcker sig hela Strandvägen ut mot Djurgårdsbron. Guiden berättade att kvadratmeterpriserna på Strandvägen ligger på mellan tjugo- och tjugofemtusen kronor kvadratmetern. Med andra ord behöver man bara slanta upp tio miljoner om man vill bosätta sig i en

normalstor etta där. De fick veta att Björn Borg bor, eller åtminstone äger, en lya på nummer 9. Mest troligt rör det sig inte om en etta viskade Rut och Twist till varandra. Om Humlegården berättades att den anlades som en kunglig trädgård av Johan III och att man senare odlade bland annat humle där. Genom åren har parken varit platsen där människor besökt teater, tivoli, värdshus, kälkbackar och djurparker. Från 1869 blev den en allmän park och den iordningställdes till trädgård i och med Stockholmsutställningen 1897. I modern tid har den lite fyndigt kallats kexparken på grund av alla rån där. Området runt Humlegården var ett av mamma Majas vattenhål under sina yrkesverksamma år i stan, visste Rut. Och när Rut var ung flicka passerade hon daglig dags genom parken sommartid, eftersom hon då jobbade på Majas jobb som post- och kaffeflicka.

Från Humlegården tuffade den tio ton tunga bussen vidare på Karlavägen. Gatan där husen har ovanligt hög takhöjd, det förstår man om man tittar på fönstren. Självaste Karlaplan är konstruerad efter franskt snitt som en stjärna med gator i varje väderstreck. Sverige sneglade mycket på Frankrike på den tiden så det förklarar utseendet på platsen.

Så småningom hade det blivit dags för bussen att ta sig ner i vattnet. Det skedde i närheten av Sjöhistoriska muséet på Djurgården. Alldeles logiskt och inte det minsta skrämmande spelade guiden då filmmusik från både Titanic och Pirates of the Caribbean. Han öppnade takfönstren för att förbättra ventilationen och sedan bar det av. Det krängde till och guppade en del och strax senare började bussen flyta lugnt och fint i vattnet. Guiden berättade sedan vidare.
Utefter Djurgårdsstranden som är kantad av diplomatvillor ligger bara en enda privatbostad, det är cykelkungen Grimaldi som bor där. Vi fick också veta att det är tjugo års

kö för båtplats hos KSSS vid Djurgårdsbron och mitt i allt
fick vi frågan om vad skillnaden mellan en brats och en
stekare var. Det tittades runt i bussen efter någon som
kunde tänkas sitta inne med svaret, men ingen av
resenärerna såg ut att ha anledning att fundera över sådant.
Svaret var att båda lever ett liv i lyx och flärd, i sus och dus
men bratsen har fått allt från mamma och pappa medan
stekare faktiskt har jobbat lite själva. Utrett och klart.

Bussbåten passerade Kastellholmen, den lilla ön med det
röda tegelhuset och det runda tornet. Under slutet av 1660-
talet byggdes kastellet och användes först som krutkällare,
förråd och ammunitionsfabrik. Huset blev senare rum för
officerare och vaktmanskap med sina två våningar. Tornet
med sitt ännu högre trapptorn har varit ett välkänt
landmärke från sjösidan för Stockholm. Kastellet har alltid
haft en flaggstång och på den har en tretungad örloggsflagga
hissats sedan 1660-talet. Den flaggar för Sverige i fred och
härifrån hälsades förr passerande fartyg med flagg- och
kanonsalut. Guiden passade också på att berätta om det så
kallade flaggskämtet på Kastellholmen. Det var den 17 maj
1996 när några unga män av given nationalitet och med
skämtlynne, lyckades byta ut den svenska örloggsflaggan
mot den norska flaggan. Flaggan togs skyndsamt ner och
ersattes med den svenska tretungade flaggan. Man införde
också förbättrad säkerhet mot obehörigt intrång till tornet.

Förr i tiden, för mycket länge sedan, säg strax efter
dinosaurierna men ändå före Gustav III:s tid, gick vattnet
ända upp i höjd med Dramaten och NK. Och det som idag
heter Nybrogatan var så klart en bro som byggts för att man
skulle kunna ta sig fram torrskodd. Självaste Hamngatan, ja
den adressen kommer sig av att det var närmaste gatan mot
hamnen. Om NK hade funnits då, hade man kunnat lägga
till med båten i hamnen i stället för att cirkla runt och leta P-
plats till förbannelse. På tal om NK. I varuhuset som

invigdes 1915 installerades Stockholms första hiss och det
var en stor attraktion på den tiden. I den åkte folk upp och
ner så till den milda grad att besökare till NK fick frågan:
"Är du här för att åka hiss eller handla?" Någonstans här
kanske idén med hisspojken föddes, för någon behövde
uppenbarligen hålla ordning på hissåkarna. En tjänst som
helt gått ur tiden men som Rut gärna skulle söka om den
hade funnits kvar.

"Jag vet! Vi går in på NK och åker hiss!", sa Rut när de
klivit av bussen.
"Sen tar vi gröna linjen och tittar på duvorna".
"Vilka duvor?"
"Farstaduvorna, de som åker tunnelbana, men tydligen bara
på den gröna linjen".
"Du skojar?"
"Gör jag inte. Duvorna åker hellre kommunalt än flyger och
det vill jag se".
"Värsta latoxarna. Så det är sant alltså, du driver inte?"
"Nej, men man tror inte att det är av bekvämlighet utan ett
mer inlärt beteende. De har liksom förstått att genom
tunnelbanevagnen kommer man in i ett rum som leder till
mer mat. De slussas vidare till en plats där det finns nya
möjligheter att hitta föda. Låter rimligt, tycker du inte?",
undrade Rut och tänkte att var det någon som skulle förstå
det geniala upplägget så var det Twist. Skulle han ges
möjligheten, eller ens förstå att ett rum ledde honom vidare
till ett voluminöst buffébord, skulle han göra detsamma.
"Hittar de hem igen sen då?"
"Tänk brevduvor, hela poängen för dem är ju att hitta. De
har bra spatial förmåga och ett mycket gott lokalsinne.
Inbyggd kompass och GPS till exempel och det räcker med
att de flyger hundra meter upp i luften så förstår de var de
är utifrån olika landmärken".

”Jag har läst någonstans att de på något sätt kan känna av jordens magnetfält och att just det hjälper dem att navigera”.
”Mot gröna linjen alltså. Vi åker först längst ut åt ena hållet, till ändstationen där och sedan tillbaka”.
”Men först lite hissåkande och nåt i magen på NK, blir det bra?”

I stan är det egentligen ett förfärligt liv. Rut och Twist som hade det så lugn och fridfullt på hemmaplan kände sig ganska stressade i city. Det där med elbilar var egentligen en rätt så smart grej. Först och främst mer miljövänligt men också tystare.
Rut kom att tänka på ”Anita och Televinken”, ett barnprogram som gick när hon var liten. Det sändes på tisdagar och så kunde det vara på den tiden, att barnprogram bara fick utrymme vissa dagar. Inte som nu, där en ständig ström av program finns att välja mellan dygnet runt. Nej absolut inte. Då var det fest när det fanns ett program att titta på. Och dessutom satt man still framför teven, inte som nu att man studsar upp och ner för att hämta eller kolla grejer.
Televinken var en marionett och tant Anita spelades av Anita Lindmann Lamm. Just det faktum att en av dem var docka och den andra en stollig tant som förde dialoger med dockan, det tänkte man inte på. De båda var en upplevelse och programmet var absolut nummer ett. Den så kallade tanten, var en förskollärare i trettioårsåldern och hela programidén var hennes, sedan hon hittat och inhandlat en liknande docka i London. Temat i programmet var ofta att man skulle lära barn trafikkunskap. Man lärde sig regeln att titta höger, vänster, höger men Anita hade alltid ett tillägg. Hon sa till Televinken att man skulle göra mer än att bara titta höger, vänster, höger. Just det, man ska lyssna också, svarade Televinken. Nedläggningen av programmet har många gånger kritiserats eftersom människor nu blivit allt

mindre trafikmedvetna. Det vore en kul idé att köra lite
Anita och Televinken igen. Det programmet var faktiskt
inte mer anno dazumal än "Anslagstavlan", och det rullade
ju än. Och det där med höger-vänster-höger-kollen har
aldrig varit viktigare för att undkomma att bli påkörd
nuförtiden, för elbilar hörs inte.

Rut och Twist åkte den gröna linjen fram och tillbaka och
till slut fick de se duvorna. De var för gulliga, bara knalla de
in i vagnen när dörrarna öppnades och gick omkring där
inne tills de var framme.
"Tror du att de själva vet att de förflyttar sig och hänger
deras färddatorer verkligen med på vad som händer?" Rut
tänkte högt.
"Kanske, men de är ju inga resonerande varelser utan lär sig
enbart beteenden. De är givetvis behovsstyrda liksom de
flesta djur".
"Klart, det mesta handlar om mat, värme och parning. I
stadsmiljön finns det väl mat oavsett årstid och så kan de
para sig året runt eftersom det går att hitta varma
utrymmen".
"Plus att de nu har transportvägarna säkrade i och med den
gröna linjen", sa Twist.

Tunnelbaneresan tog sin tid vilket inte gjorde något, det var
rent avkopplande och inte alltför trångt. I sätena framför
dem satt en äldre man och en minst lika gammal kvinna
som inte alls kände varandra, det förstod Rut. Två för
varandra kompletta främlingar som bara hade hamnat i
sätena bredvid varandra. Ingen sa något första stunden, man
sköter ju sig själv och stör inte i onödan, men sedan
ändrades saker och ting. Båda läste i varsin tidning, båda
började lösa korsordet i tidningen och innan resan var slut
vid ändstationen var de djupt involverade i varandras
korsord. Det hela började med en suck och ett klagomål
över svårighetsgraden och sedan var de igång. De undrade

192

med varandra över vilka ord som det frågades efter och som skulle fyllas i. Helt underbart, det måste sägas. Rut började genast spekulera i om de båda sa hejdå och aldrig mera sågs eller om de växlade kontaktuppgifter för att ses igen. Hon hoppades att de hade en anledning att ta chansen. I den åldern de befann sig var det kanske inte så vanligt att kamratkretsen utökades, snarare tvärtom.

Rut och Twist var inga korsordslösare. I stället var de grymma på annat. Exempelvis på att ha projekt och att planera praktiskt. Rut hade idéer och Twist tog emot. Han ställde frågor, gärna ganska kritiska till en början, nästan idédödande frågor men efter en skärp-dig-nu-och-var-inte-så-tråkig-tillsägelse var han på banan igen.
Tillsammans hade de byggt upp något som de var otroligt stolta över även om de ibland hamnade i läget av att ta det mesta för givet. Även om de två träffades sent i livet, eller i vart fall inte i sin ungdom, hade de tillräckligt med idéer och nyfikenhet för att bygga vidare på sådant de båda trodde på. Rut visste att en del kompisar satte sig nöjda redan i sina ungdoms dagar. De var klara sedan de tagit sin utbildning, kanske träffat sin partner och fått ett barn eller två. Det var liksom livets mening så i och med det var livet klart. Iordningställt, inflyttat och klart. Rut hade inte i sin vildaste fantasi kunnat lista ut, eller drömma om allt det hon nu stod mitt i. Som gårdsmänniska, getbonde, eller biodlare? Som hönsmamma, restaurangägare eller mustpressare? Med julmarknad, läxstuga och museum? Nej, Rut och Twist var onekligen ett dreamteam ihop och i samarbete med andra kunde de visst aldrig bli tillräckligt inflyttade och klara.

De tog tåget tillbaka hemåt.
"Avstigning för samtliga passagerare. Avstigning sker på höger sida i tågets körriktning", sa konduktören.
"Vadå? Vad sa han.. höger el vänster", undrade Rut som satt i sina egna funderingar.

”Inte vet jag”, svarade Twist.
”Helt onödig upplysning. Hade de inte gett ut någon information hade det löst sig. Ingen går väl av fel? Liksom trillar ner på spåret av ren förvirring?”
”Man vet aldrig.”
Efter dagens övningar var Rut så full av inspiration att hon hade fått en helt ny idé angående gårdens fortlevnad.

”Tänk en crêpesvagn!”, sa hon. Tobbe fick ett bekymrat uttryck i ansiktet, en välanvänd rynka som sträckte sig mellan hårfästet och ögonbrynet.
”Pernilla och Tobbe pratar jämt om de där crêpesvagnarna som finns i Europa, eller kanske mest i Tyskland. Det är bara att bygga om en husvagn”, fortsatte hon.
”Bara att bygga om? Hur tänker du nu Rut?”
”Vi letar upp en så där fin sextiotalskärra. Rustar upp den lite och får hyfs på allt”.
”Hyfs på allt? Köpa kylar, stekbord, byttor och vispar menar du?”
”Ja, exakt. Vad du kan!”
”Och skaffa tillstånd, tänka på glutenanpassat och laktosvänligt och behöva dras med livsmedelsverkets nitiska besök?”
”Nej, kontrollanterna kan vi sätta inne hos getterna eller så får de rida rodeo på Bengt II, var inte så tråkig nu”, sa Rut och så blev det tyst en stund innan Twist tog ny luft.
”Hålla fräscht, tillhandahålla dryck, dra på oss fuktskador och grossistfakturor? Nej tack. Och vem ska stå där i luckan och frysa? Vem av oss har tid över?” Twist kände sig superstressad eftersom han visste att det gärna blev retfullt likt Ruts ursprungsplan sedan de gått halva vägen var i hennes idéskiss och sedan fått ett resultat. Retfullt likt det hon tänkt och dessvärre alldeles för ofta.
”Men Twist, det här handlar om så mycket mer än att bara sälja crêpes. Tänk alla möten till exempel. Vi kan sälja lussebullar också och ordna luciatåg”, avslutade hon.

Det där sista var klart värt att fundera över ett par extra varv, tänkte Twist.

Kapitel 12
Om betydelsefulla slash trumpna ledare
samt All In Masks-festen och hundrabitarspusslet

Även om Bengt var ledig, gick han sin morgonrunda och hämtade upp dagens tidning på tågstationen en bit bort. Klockan 05:13, det var den tiden han gick upp, inte en minut tidigare eller senare. Efter duschen, rakningen och påklädningen fick katten sin mat. Sedan förbereddes tevattnet och medan det svalnade knallade Bengt iväg efter tidningen.

Just denna dag kände han sig lite uppkörd i magen och precis när han laddat med te och slagit upp tidningen råkade han lägga en redig SBD. En del låter och passerar. Andra är tysta och lämnar en helt orimlig lukt efter sig. Mellan den kroppsvarma ljudlösa puffen och intrycket som följer går det ofta en liten stund. Väntan här upplevs med samma vakuum som förflyter mellan blixten och åskknallarna, fast med den skillnaden att dundret i ena fallet kommer efteråt och i andra fallet före. En ytterligare skillnad är att det ofta inte kommer något ljud övehuvudtaget. När sedan intrycket, i form av en alldeles orimlig lukt kommer, storknar man nästan. Ibland blir väntan så lång att man på allvar hinner glömma vad anledningen till lukten är, alltså vad den kommit sig av. Den här gången var det inte så. Slaget kom nästan omedelbart och det var en riktig SBD, med andra ord en Silent But Deadly variant. Bengts nästan tysta prutt med dess kompakta stank fick till och med katten att backa. Det var en så kallad mök. Bengt vek snabbt ihop tidningen och började fläkta runt med den för att sprida ut dödens odör i rummet. Vad fasen har jag ätit tänkte han. Så fort röken lagt sig, upphörde han med sitt viftande och gjorde ett nytt försök att läsa. Han vecklade upp tidningen.

Återigen kände han hur det vred till lite i magen, fast den här gången knep han ihop lite. Det skulle minsann inte smita ut något mer här inte. Det hela var en smula oanständigt men samtidigt lite kul. Bengt satt med ett uns av rodnad, lätt svettig i eftermälet av självaste dödsdansen och log för sig själv.

Därefter tog Bengt ett rejält grepp om några sidor i taget i tidningen. Han gjorde så för att komma förbi ledarsidan, vars författare han ansåg bara krånglade till livet mer än nödvändigt. Han hamnade i stället på tidningens sida fyra där det fanns en artikel om Raoul Wallenberg. Det stod att han tydligen och slutligen hade dödförklarats. Wallenberg, tänkte Bengt. Affärsmannen och diplomaten som blev känd för sina framgångsrika insatser för att rädda närmare hundratusen judar i det naziockuperade Ungern. Bengt läste om Wallenbergs heroiska insatser som utfördes under den senare delen av andra världskriget. Plötsligt i januari 1945 försvann han. Enligt sovjetiska myndigheter hade Wallenberg fängslats i Ungern och enligt officiella sovjetiska uppgifter avled han i Ljublankafängelset 17 juli 1947. I tidningen stod det att han dödförklarats den 31 oktober av svenska myndigheter. Dödsdatumet sattes till den 31 juli 1952.

I nästan samma ögonblick som denne godhjärtade man dödförklarades, valdes en annan man till ledare i världen. Mr Donald Trump. Inte fullt lika hjärtevärmande. Skillnaden mellan dessa båda ledare är lika tydlig som skillnaden mellan rosenvatten och SBD. Tänk en man som på sin tid uträttade så mycket gott att det senare startades ledarskapsakademier i hans namn. Och så nu, tänk en man med endast fem politiska frågor i sin kampanj. Frågor utan särskilt heroiska inslag som handlar om relationerna till Kina, krigsveteranerna, skattereformen, vapenlagarna och invandringen. Trump har sagt att han kommer att driva

frågan om att tvinga Mexiko bygga en mur mot USA. Han
kommer också att återinföra skendränkning som
förhörsmetod, utvisa alla illegala invandrare och
nedmontera sjukvårdsförsäkringen. Något han däremot inte
kommer att driva är arbetet med klimatförändringarna
eftersom han anser att allt det bara är en bluff. Han tror att
det är Kina som ligger bakom all skrämselpropaganda
angående miljöhotet, i syfte att undergräva USA:s ekonomi.
Han förbjuder också media att kritisera hans politik och att
närvara på presskonferenser i Vita Huset. Att inte tillåta
medias medverkan på presskonferenser är lika bakvänt som
att förbjuda artister på musikfestivaler. Vad är grejen?
Vad värre är, i varje land som står bakom Trump, finns ett
parti som har samma fascistiska syn på livet. Med samma
hat mot miljörörelsen, feminismen och HBTQ. Alltså, det
här är verkligen inte rosenvatten, tänkte Bengt. USA har fått
ett institutionellt kaos och världen har fått ett riktigt
praktarsel att förhålla sig till.

Ledig dag, tänkte Bengt. Nästan ledig i alla fall. Idag skulle
han till Mac och Pia-Carin och fortsätta planera för
vårfesten. Visserligen är det några månader tills det är vår
men planera kan man alltid. De hade redan påbörjat det hela
men fortsättningen skulle bli riktigt kul. Hur var det nu?
Hade de bestämt någon tid för att träffas eller vad hade
sagts? Bengt kom inte ihåg och bestämde sig för att ringa
Maja och kolla tiden. Signalerna gick fram och så
småningom svarade hon. Det var ett fasligt oväsen i
bakgrunden, det gick knappt att urskilja hennes röst från det
högljudda sorl som också fyllde telefonluren. Som en kul
sketch tänker Bengt, precis så som man brukar skoja till det
om pensionärer och lomhörda, liksom ständigt omringade
av höga ljud från en teve eller radio.
”Hallå Maja, här … Vänta nu, jag har radion på lite högt, jag
ska bara stänga av den”. Sorlet fortsatte och Maja var snart
tillbaka i luren.

”Så där ja, nu är det bättre!”, sa hon vilket det inte alls var.
Exakt samma högljudda gapande lät i bakgrunden.
”Men vad är nu detta, stängde jag inte av? Den bara
fortsätter att prata, va’ fan”, hörde Bengt innan Maja
försvann igen. Fortfarande var det ett herrans liv i andra
änden. Maja var tillbaka i luren igen uppenbarligen nöjd
över att ha lyckats sänka ljudet till slut, något som Bengt
inte alls höll med om. Majas röst lyckades fortfarande inte
riktigt överrösta radion. Hård konkurrens rådde mellan
Majas prat och radion i bakgrunden.
”Är det Bengt tyckte jag att jag hörde. Hur har du det borta
på din udde?”
”Det är bra här, skönt med en ledig dag. Visst var det idag
som vi skulle träffas och prata vårfest?”
”Det stämmer. Om nån timme, klockan nio sa vi. Jag tror
att Mac hade en del att stöka med idag så ju tidigare desto
bättre”. Medan Maja pratade försvann ljudet från radion
sakta vilket fick Bengt att tro att hon bytte rum. Det var
också ett sätt att lura radion och vinna matchen, tänkte han
och log.
”Tänk att han jobbar fortfarande, ja det gör ni ju båda. Du
också”, la hon till.
”Ärligt talat är jobbet det enda jag begriper mig på. Vad
skulle jag annars göra? Jag har jobbat hela mitt liv från tidig
ålder och kan inget annat”, svarade Bengt.
Maja förstod vad han menade men hade ett helt annat
förhållningssätt till det där med att jobba. Hon berättade om
ett minne som plötsligt dök upp. Det när hon sökte sitt allra
första jobb.
”Jag gick in på apoteket i Boden och frågade om de hade
jobb. Jo visst, sa apotekschefen, det hade de nog. Sen
frågade han om jag kunde börja på måndag. Nej, det tror jag
inte, svarade jag eftersom jag behövde hjälpa mamma att ta
upp potatisen. Det får nog bli på onsdag då i så fall. Okej,
svarade apotekschefen, då kör vi på det. Och därmed hade
jag ett jobb. Va? Var inte det tider det, så säg?”

"Vad du kommer ihåg. Själv minns jag bara att jag jobbade
runt mina föräldrar innan det var dags för en utbildning och
sedan har det bara gått på. Jag har mest varit min egen".
"Bara man trivs. Men du, vi får prata mer sen", sa Maja som
nu hade börjar röra sig tillbaka till samma plats där samtalet
började förstod Bengt, eftersom det återigen var ett helt
galet liv i bakgrunden.
"Kör på det, nio ses vi".

När klockan var strax före nio sammanstrålade de alla
hemma hos Mac och Pia-Carin. Det bjöds på kaffe och till
och med glögg som ett överraskande inslag. Snart skulle
fenomenet glögg vara mer norm än överraskning, det gällde
bara att vara först. Pia-Carin fick snart förstå att hon hade
lyckats med tilltaget eftersom alla jublade.
"Det känns lite udda att dricka glögg och planera en
våraktivitet", sa hon.
"Sannerligen, men nu kör vi", la Mac till. Han hämtade en
mapp med papper och idéer sedan senaste träffen. Maja
hade också med sig ett kuvert med sådant hon kommit på
och allt presenterades av var och en. Av de fyra, var nog
Bengt den som hade förberett sig minst men han var inte
precis van att vara med i matchen. Han var mest glad över
att få vara med överhuvudtaget, att få arrangera och vara
huvudsponsor för festligheterna. Dessvärre var det så att
han fortfarande inte kände sig helt okej i magen så hans
fokus var mer än splittrat just för stunden.
Pia-Carin hade bakat saffransbröd som hon serverade ihop
med pepparkakor till kaffet. De skålade i glögg och njöt av
den kryddiga glöggsmaken.
"Är det någon som vill börja?", undrade Maja.
"Jag förstår att alla här har idéer, kanske till och med vitt
skilda idéer för hur det här kan bli årets fest", sa hon och
tittade sig runt. Mac nickade, Pia-Carin såg ut att sitta som
på nålar av iver och Bengt gjorde precis en kul grimas. Han
såg ut lite som om han höll inne en fis tyckte Maja som log

lite åt honom. Hon fick ett plågat smajl tillbaka. Jösses,
tänkte hon. Det var nog så det var, han kanske hade ont i
magen, stackar'n.

Mac halade fram ett hundrabitars pussel.
"Det här tänkte jag att vi kunde ha med", sa han varpå alla
skrattade i tron om att han faktiskt skojade.
"Eller hur?", sa Pia-Carin. "Det är väl vad alla drömmer om,
att gå på fest och lägga ett hundrabitarspussel?" Alla
skrattade ännu mer, alla utom Mac som fortsatte att
redogöra för sin idé. Han vände på pusslet.
"Se här. Här står några koordinater skrivna rakt över hela
pusslets baksida. Det betyder att man inte kan se eller tyda
koordinaterna förrän hela pusslet är lagt".
"Koordinater?", undrade Maja.
"Ja, min idé är att våra gäster ska få göra lag och sedan ska
laget inställa sig på en viss plats, exempelvis för att få en
drink eller en lunchmacka..." Maja avbröt honom:
"Men platsen får de själva pussla fram, tänkte du så? Helt
genialiskt Mac!", sa hon.
"Å, så kul uttänkt Mac", höll Pia-Carin med.
"Jag hade också tänkt att det skulle vara något slags
lagsportande med. Med sporter som har med överlevnad att
göra. Exempelvis tävla i att sätta igång en eld men givetvis
utan tändstickor och därefter få vatten att koka", sa Maja.
"Bra att kunna", hördes det från Bengt som vaknat till liv.
"Jag tänkte att man skulle kunna dra upp en fisk också och
det lag som dragit upp störst fisk vinner, oavsett hur lång tid
det tar".
"Det betyder att vi skulle kunna köra ut alla lag på olika öar
här utanför ihop med ett pussel, en fiskelina och en krok",
fyllde Pia-Carin på.
"Toppenkul! Så om de är förslagsvis fem stycken i laget, kan
alla få varsin uppgift. En kan fiska, två pussla och den fjärde
då? Vad gör den?" undrade Mac. Det var tyst ett tag och alla
tänkte.

"Den lagmedlemmen kan få till uppgift att teckna en bild
över landskapet som syns från ön som gruppen är på", sa
Bengt.
"Om motståndarlagen lyckas lista ut vilka öar de andra varit
på med teckningarnas hjälp, så ger det extra poäng".
"Vi har en plan. Förutom ett pussel och fiskekrok med lina,
får de papper och färgpennor med sig. Då kan vi ha ett
galleri där vi ses senare, alltså när alla fått ihop sina pussel".
"Tänk om de inte får ihop pusslen då?" undrade Pia-Carin.
"Ska de sitta på sin holme då i all tids evighet?"
"Äh, vi får väl ha en deadline då".
"Men hur ska vi veta när de är klara där ute på de olika
öarna?"
"Alla får ha en mobiltelefon med sig och ett telefonnummer
att ringa", föreslog Maja varpå Mac blängde surt på henne.
Maja som noterade det, kommenterade snabbt orimligheten
i att det skulle finnas telefonkiosker på ön, annars hade det
så klart gått lika bra.
"De kan sätta ihop en slogan eller en kampsång ute på ön
med", kom Bengt på.
Det blev tyst en stund och precis i den tystnad som
utbredde sig mellan att sista ordet var sagt och nästa ord
påbörjades, kom ett litet läte från Bengt. Han hade hoppats
på att dynan han satt på skulle fånga upp det mesta av ljudet
men en prutt smet ändå igenom. Den var dov men
tillräckligt ljudlig för att alla skulle höra den.
"Ursäkta mig", sa han.
"Jag ber så mycket om ursäkt. Det var verkligen ofint av
mig, kanske jag kan få låna toaletten?"
"Absolut", sa Pia-Carin som alldeles lägligt bestämde sig för
att släppa in lite lagom sval vinterluft i rummet.

Medan Bengt var på toaletten fortsatte de andra att spåna
förslag och de tyckte alla att de samlade uppslagen började
utforma sig till världens roligaste fest.

"Särskilt det här", sa Mac och viftade med ett av papperen framför ansiktet i ett diskret försök att skingra den förtätade lukten.

"Vi gör lagindelningen innan och sedan skickar vi ut ett brev till lagmedlemmarna med information om lämplig klädsel", sa Pia-Carin och direkt efteråt viskade hon tyst till sin man att omedelbart sluta vifta runt stanken.

"Åh, kan vi inte ha utklädning då? Alltså inte till vad som helst, utan till något som vi bestämmer och som då kan utgöra lagklädseln eller så?"

"Jultomtar, påskkärringar och..."

"Indianer och sjörövare", avbröt Mac.

"Och punkare", föreslog Maja. De skrattade så de tjöt och just då kom Bengt tillbaka och fick höra vad de andra hade kommit på".

"Roligt vore om de inte kände till varandra. Egentligen skulle vi skicka en instruktion i inbjudan om att de inte fick prata med andra än sina lagkamrater innan festen. Vi kan skicka med telefonnummer och mejl till dem som ingår i det egna laget".

"Bra! Det gör vi ganska omgående så att de kan förbereda sig i tid. Kanske till och med boka in flera träffar för att planera sin utstyrsel, fila på kampsången och lagets slogan".

"Mer kaffe någon?", frågade Mac och hällde på i allas muggar.

"Vi kanske behöver en liten paus snart. Förresten, har ni sett att vi har renoverat även vårt andra badrum?", undrade han.

"Åh, det blev jättefint", utropade Pia-Carin.

"Förra våren tog vi ju tag i det ena och nu kom vi på att det andra också behövde en liten ansiktslyftning".

"Badkar ut, dusch in", sa Mac.

"Himla perfekt faktiskt, och då fick vi en anledning att bjuda hem vår svenskkroatiska hantverkare som alltid har så mycket att berätta för oss om livet", fortsatte Pia-Carin.

"Den här gången fick lära oss både hur man steker svamp
och hur man kan montera en duschdörr. Hur tomtägande
fungerar i Kroatien och hur man grillar jättegod fisk i salt
och äggviteskal. Vi kan allt om hur man får till ett bra
våtrumsskikt och hur man tillreder en god sås med fikon
och plommon".
"Han är helt otrolig. Och hans brytning är hur charmig som
helst", sa Pia-Carin.
"Han har svårt att uttala mitt namn så jag kallades för
PidjaCäri och när han hade jobbat klart kom han till detta
med att återlämna husnyckeln och faktureringen. Pia-Carin
satte igång och härma honom.
"Jo du PidjaCäri… du PidjaCäri… jag har den nyckel här.
Jag lämna nyckel till dej tillbaka. Du har två dockor ute på
bänken…"
Pia-Carin fortsatte beskriva dialogen som utspelat sig.
"Nej, det är inga dockor, det är tomtar. Jag har två tomtar
som sitter utanför, där kan du lägga nyckeln om jag inte är
hemma".
"Jaha, bra PidjaCäri. Du jag stoppa nyckel i docka… i
tomtes… i den byxa va? Du PidjaCäri, jag tänkte på den…
på den räkning… jag tänkte, jag har räknat, jag undrade om
du vill höra? Jag den summa nu då, nu säger jag vad det
kostat på den… faktura. Femtusen niohundra är bra pris
va?"
Pia-Carin hade sagt till honom att både hon och Mac blivit
mycket nöjda med jobbet han gjort, att de tyckte det blev
otroligt fint och att de tyckte att det var ett bra pris.
"Ja PidjaCäri du vet det är ett mjoookt pris. PidjaCäri, ett
mjoookt pris. Jag kan skicka den räkning… mejla den
faktura till dej va?"
Pia-Carin hade svarat honom att ja visst, det blir superbra.
Priset var verkligen mjukt och tack igen, för det fina jobbet
som gjorts.

Maja, Bengt och Mac skrattade åt Pia-Carins inlevelsefulla berättelse om hantverkaren.

"Han verkar fantastisk! Allt han har att berätta och det fina jobbet han verkar göra. Kan vi inte få titta hur det blev?", undrade Maja.

"Visst! Det blev ett riktigt lyft vill jag lova. Och badkaret som vi tog bort la vi ut på Blocket och sålde för femhundra spänn. Bye bye, och tack för trogen tjänst genom tjugotvå långa år. I det har vi badat, skummat, lekt, sköljt, värmt, plaskat, myst, tinat, relaxat, stänkt och slappat".

De reste sig upp och Maja sträckte på sig. Hon var stel av att ha suttit still så länge. De andra gick före och ganska snart var de tillbaka igen. Maja hade inte hunnit med alls.

"Men det var värst vad snabba ni var då?"

"Eh...", sa Mac. "Vi får kika in senare. Det verkar som om det är nåt smärre fel på avloppet men det ska nog snart vara åtgärdat. Var var vi nu beträffande festaktiviteterna?"

Maja reagerade över att Bengt såg lite skamsen ut och då förstod hon. Han mådde nog inte riktigt bra. Han hade kanske ätit något olämpligt eller blandat för mycket. Något Maja noterat vid de tillfällen de träffats och ätit tillsammans, exempelvis hos Rut och Twist, var att Bengt blandade rätt friskt. Någon hade kommit på att man kunde bedriva byteshandel och skjuta bort sånt man inte ville ha på sin egen tallrik, över till Bengts. Det hela började med att Bengt sedan alla tycktes ha ätit klart, startade ett pickande med sin gaffel på andras tallrikar med frågan: "kan jag ta den här?" Han klarade inte av att man lämnade mat, det gjorde han klart för alla. Att slänga det man lagat var det sista som kunde anses vara okej, så var han fostrad. Problemet var att det sällan blev någon byteshandel. I stället var det så att Bengt tog emot eller plockade från allas tallrikar och till slut hade han verkligen ätit allt möjligt. Om det var på det viset jämt, var det inte konstigt att magen till slut sa ifrån.

”Ja, hur långt hade vi kommit? Kanske vi ska be alla komma ganska tidigt på dagen, säg vid 13-tiden. Då har alla hunnit ses på förmiddagen först för påklädning och lite förfest. Vi kan ses här på gårdsplanen vid ett, och då som först får alla se alla. Alltså allas utstyrsel”.

De skrattade gott åt hur det skulle se ut. Ett gäng med lite gott och blandat. Påskkärringar, tomtar, indianer, punkare och sjörövare. Ingen kommer att vara den andre lik.

”Vi bjuder på bål och lättare tilltugg och kanske har en frågesport i tvärgrupper”.

”Bra idé!”

”Under dagen och kvällen samlar lagen poäng som vi antecknar och håller reda på”, sa Maja.

”Men vilka ska vi bjuda då?” En grubblande tystnad uppstod och sedan började de räkna upp vilka de ville ha med på festen. Förutom dem själva, Rut och Twist med familj och Tobbes och Pernillas familj, ville de bjuda in de grannar som brukar vara med. I stort sett alla de som var på paltfesten.

”Så det kan nog bli runt fyrtio stycken. Jag har några kunder också som känner gänget. Jag kan kolla med dem”, sa Mac.

”Och jag ska lyssna med tjejerna på biblioteket”, fyllde Pia-Carin på.

”Efter frågesporten kan vi köra femkamp i tvärgrupper också. Exempelvis med att göra upp eld, koka vatten och vad mer?”

”Tävla om hur många klädnypor man kan sätta fast i ansiktet”, föreslog Bengt. Flest klädnypor vinner”.

”Ja! Och vi kan köra 'på minuten', det vill säga prata i ett svep om ett givet ämne utan att stanna upp, tveka eller upprepa sig?”

”Bra med tvärgrupper, då har man chans att träffa andra gäster än just dem som ingår i ens eget lag”.

”Därefter får varje lag en korg med kaffetermos, lite
kanelbullar, några stärkande droppar plus pusslet, en telefon
och fiskelina med mera”, la Mac till.
”Vi hjälps åt att köra ut lagen till de olika öarna”.
”Koordinaterna kan leda alla till Greken, vår pizzabagare.
Efter en god stund på ön känner man sig nog sugen på nåt
att äta”.
”Då är vi ganska nära ängen och kan köra fotboll eller något
liknande. Kanske strutfotboll? Alla får en strut över ansiktet
med ett yttepyttigt litet hål att titta igenom och med hjälp av
enbart den sikten, försöka hitta bollen”.
Nu skrattade de alla igen och började känna sig väldigt
nöjda med hela upplägget.
”Underbart! Tänk synen för Greken och alla andra
laduviksbor när fotbollsplanen fylls på med tomtar,
indianer, punkare med flera... som alla springer efter en boll
som ingen ser. Jag dör vad kul!”, tjöt Maja.
”På kvällen sedan när det blivit mörkt, kan vi köra den sista
tävlingen. Efter middagen. Reflexjakt i skogen. Varje lag får
en ficklampa som de får använda i jakten på bokstäver som
vi klippt ut i reflexpapper och placerat ut. Då får de röra sig
runt i skogen och viska för att inte avslöja något. När de
hittat alla bokstäver kan laget bilda ett ord och rätt ord
vinner”.
”Är vi bäst eller?”, sa Pia-Carin och de andra höll med.
”Jag kan jobba fram ett förslag på inbjudan och så ses vi om
en vecka igen för att ändra på det som inte blivit bäst. Vad
säger ni?”

De andra tyckte det lät bra och var smått förvånade över att
de nästan rott i land allt och kommit långt redan. De hade
verkligen överträffat sig själva. Nu hade de gott om tid att
tänka vidare. Det fanns så många förslag och påhitt att det
mest handlade om att enas kring en bra modell. För mycket
skämmer allt, det var de helt överens om, men så här långt
var de nöjda.

Innan de bröt upp, kom Pia-Carin på att berätta om
laduvikspodden.
"Har ni förresten hört att Mini och Sigge startat en pod?"
"Jo faktiskt så berättade Rut om det, men jag har inte varit
inne och lyssnat klart. Däremot har jag börjat sätta ihop ett
eget avsnitt. Alla ska få chansen att podda hade grabbarna
sagt", berättade Maja.
"Har du? Kul! Vill du berätta mer om en stund? Vi kan kolla
här först." Pia-Carin vred upp sin laptop så alla kunde se.
Hon knappade in texten *laduvikspodden/ sigge-och-mini-med-
gaster-laduvik-podcast.*
Sidan med Ruts och Twists gård kom upp och Pia-Carin
visade avsnitten som var listade på sidan. De lyssnade på
inledningen av Minis avsnitt och Maja satt upprätt i stolen
och lyssnade uppmärksamt till det han beskrev om stress
och negativt ältande. Vid något tillfälle bad hon Pia-Carin
backa tillbaka i innehållet lite, eftersom hon ville lyssna igen.
"Vad intressant", sa hon gång på gång.
"Bra musik", sa Bengt.
"Visst är det? Och vi som föräldrar är så imponerade av allt
som han fixat sedan han kommit hemifrån. Ja, ni vet ju att
Mini är lite speciell och att det visade sig sent i livet att han
har Asperger syndrom. Då har man lite andra
förhållningssätt till saker och ting, exempelvis i sättet att
kommunicera. Hans sociala utveckling sedan han började
jobba på gården ihop med Rut och Twist, har varit
storartad. Ibland är föräldrar verkligen inte det bästa för sina
barn". Mac nickade medhållande samtidigt som Pia-Carins
annars så sorglösa ansikte snabbt växlade över i ett något
dystrare utryck.

Maja stängde av podden men berättade vidare om det som
Mini berört i sitt poddavsnitt och sa att hon också läst om
flera studier som gjorts i ämnet. Medan Mini mer beskrivit
hur negativt ältande leder till stressreaktioner, finns
ytterligare vinklingar på det hela som styr mer mot

utbrändhet. Man har testat tre grupper: En grupp med helt friska människor och en grupp med deprimerade patienter. Dessutom en grupp med konstaterade utmattningssyndrom. De neuropsykologiska testerna visade att det faktiskt *finns* en funktionsnedsättning, med andra ord handlar det inte bara om en upplevelse som patienterna har. Det man studerade var minnesfunktionen och förmågan att kunna koncentrera sig. Man tittade också på nedsättningar av olika förmågor som har med planering och arbetsminne att göra.
"Men på vilket sätt har kortisol med det här att göra, jag fattade inte det riktigt", undrade Pia-Carin.
"I testerna mätte man hormonet kortisol, precis som Mini berättat om, och hur hjärnan svarar på det", fortsatte Maja. "Kortisol är ett hormon som är aktivitetshöjande och utsöndras vid stress. Forskarna kunde se en kognitiv nedsättning och de observerade ett mönster i kortisolutsöndringen som skiljde sig från dem som var friska. Sedan mättes strukturen i hippocampus, som är en del av hjärnan vilken spelar stor roll för korttidsminnet. Dess volym krymper vid depression. Men hos patienter med utmattningssyndrom, hittades ingen krympt hippocampus".

Pia-Carin blev intresserad av det Maja berättade. Hon hade levt i en obeskrivlig stress till och från under trettio års tid på grund av Minis oförmågor att ta tag i sin livssituation. Den långvariga stressen grundade sig på flera saker. Dels att Mini hade vant sig vid att förstå sig själv i termer av att vara oduglig och dels att Mac och Pia-Carin tänkte lite på liknande sätt. Det mest tragiska var att de aldrig pratade högt om det och inte gjorde något särskilt åt det. Var och en levde i sin förnekelse och fundering över varför det vad som det var. Varför Minis funktionella "jag" var small fast hans size inte längre var 152 centilong utan extra large. När det var som värst tänkte Pia-Carin att det var som att ha ett barn där hemma. Hon bestämde sig tidigt. Det var lika bra att vänja sig vid tanken och förstå Mini som

utvecklingsstörd annars skulle vreden och irritationen ta
överhanden. I tankarna kring en utvecklingsstörning väcktes
i stället omvårdnadskänslor och de känslorna var lättare att
leva med. För Mac var det värre. Hans besvikelser gick inte
att dölja. Mac brottades med frågor som rörde duglighet i
arbetet. Att vara karl för sin hatt. Hugga i och ta tag i saker,
göra rätt för sig. Han kunde nästan inte hantera att hans
starke, fullvuxne son inte fungerade som förväntat. Både
Pia-Carin och Mac oroade sig och sörjde men var och en
för sig själv utan att våga prata öppet om det. Allt detta
sammantaget var någonting som plågade och stressade Pia-
Carin svårt under många år.

”Vi kanske skulle göra ett bål med kortisol och vodka då på
festen”, föreslog Bengt. ”Alltså om det är aktivitetshöjande?
Det lär ju behövas”, skojade han vidare.
”Ingen dum idé, men hör på fortsättningen då. Samtliga tre
grupper fick också göra ett minnestest i en magnetkamera.
Det visade att gruppen med utmattningssyndrom hade
sänkt aktivitet i delarna som hade med planering och
exekutiva förmågor att göra. De blev lätt distraherade och
deras reaktioner skilde sig markant från de deprimerade
patienterna och de friska”.
”Så det är stor skillnad alltså? En person med
utmattningssyndrom har fått paj på hela
planeringsförmågan, är det så? Inklusive fokus och
uthållighet?”, undrade Mac.
”Ja, patienterna med utmattningssyndrom hade mycket
goda resultat på vanliga intelligenstest, alltså sådant som
varit inlärt sedan länge. Sämre resultat syntes i stället när de
behövde använda högra hjärnhalvan mer, det vill säga de
mer exekutiva förmågorna. När det krävdes mer uthållighet,
som exempelvis att planera och hålla sin koncentration, typ
laga ihop och bjuda på en trerättersmiddag. De med
utmattningssyndrom hade mätbara hjärnskador, alltså
mätbara förändringar i hjärnan”, svarade Maja.

”Det säger allt!”, sköt Pia-Carin in.
”Man måste ge hjärnan chansen att reparera sig och det är
en lång resa att göra”, sa hon och fångade Mac med blicken.
Han studerade henne med mycket kärleksfulla ögon. Hon
såg att han hade funderingar.

Maja berättade också att man kommit fram till att
psykofarmaka, så kallade lyckopiller, inte fungerade lika bra
som botemedel för sönderstressade. Det som behövs är
förändringar i arbetsmiljön, för det är ofta där en stor del av
stressen uppstår. Arbetsuppgifterna måste exempelvis vara
väl avgränsade. Patienten måste återta kontrollen över sin
situation och känna trygghet på arbetsplatsen. När Pia-Carin
hörde det, tänkte återigen på Mini och hans plats hos Rut
och Twist.
”Öppna kontorslandskap bör undvikas. Och förändringar
även utanför jobbet, med familjelivet och på fritiden
behöver göras. Patienten måste fundera över när möjlighet
finns för återhämtning genom vila och sömn”, avslutade
Maja.
”Precis så är det”, sa Mac.
”Tänk att jag alltid får rätt. Ge mig bara tiden ska ni se. Det
finns en slags managementkultur som har tagit plats i
familjelivet och som drabbar alla åldrar. Tekniken och
konsumtionen har tagit över och folk har tappat bort sig
själva. De vet inte längre vad lycka är för något, den har de
köpt sig till så länge att den genuina känslan har försvunnit.
Det mesta ska göras effektivt och man ska fylla dagen med
viktiga saker. Barnen ska lära sig saker, träna och hinna med
så mycket som möjligt. Det finns alltför lite tid i våra liv där
vi bara sitter och pratar eller inte gör någonting. Vi lever i
tron om att varje timme måste innehålla något
meningsfullt”.
”Här kan jag verkligen hålla med dig min käre make”, sa
Pia-Carin.

”Vi har faktiskt en ganska konstig uppfattning nu för tiden
om vad som är meningsfullt, eller vad säger du Bengt?”,
skojade hon och nickade till de andra.

Bengts haka hade gått på grund i bröstet och han var lite lätt
blek om nosen där han satt och slumrade i fåtöljen. Han
hade uppenbara bekymmer med en hand som ideligen gled
ner från hans mage. Varje gång den åkte ner, la han den
tillrätta igen. Rörelsen utfördes med samma omedvetenhet
som nickandet med huvudet. Han försökte styra tillbaka det
mot bröstet efter att gång på gång ha tappat det bakåt. Arm
upp, arm ner, huvud bak, huvud tillbaka.

Pia-Carin och Maja tittade på honom med blickar fulla av
omvårdnad. Det gjorde däremot inte Mac, han såg mest
irriterad ut.
”Jaha, för oss som är intresserade av vad andra har att säga,
kunde väl du Maja berätta vad du tänkt ha med i ditt
avsnitt”, sa han och blängde återigen på den snusande
Bengt.
”Vill ni veta? Jo, det är ju så att jag börjar närma mig åttio
år”, sa Maja och skruvade lite generat på sig.
”Och jag tänkte berätta om en supergullig och betydelsefull
pojke som visst aldrig blir äldre trots att även han fyller
åttio. Han är dessutom Sveriges mest kände”. Medan Maja
pratade tittade hon på Bengt vilket Mac noterade. Mac
tittade växelvis på Bengt och på Maja. Bengts haka hade nu
borrat sig djupare ned i bröstet och underläppen hade
skjutits ut en aning. Lite skönt såg det faktiskt ut. Mac
tittade åter på Maja.
”Det är få som avbildats i sådan omfattning som han”,
fortsatte hon.
Det kunde väl inte vara något Mac missat här? Var Bengt en
supergullig och betydelsefull kändis utan att Mac hade fattat
det? På vilket sätt då? Var det bara i Majas ögon? Han
fattade inte. En liten pojke, ja förvisso, absolut förvisso,

alldeles bombis förvisso. En mycket liten pojke där innanför
hängslen, skjorta, nätlinne och gabardinbrallor.
"Solstickepojken", sa Maja. Mac pustade ut.
"Solstickepojken firar sin 80-årsdag i år. Pojken som prytt
tändsticksaskarna sedan 1936 och finns avbildad på över tio
miljarder askar. Och en del av försäljningspriset för varje
såld Solstickan går till Stiftelsen Solstickan. Den verkar till
förmån för barn och gamla genom att dela ut projektbidrag,
ett bidrag till forskning samt ett årligt solstickepris."

Sedan berättade Maja vidare om tändsticksfabrikernas
uppkomst och fall, om branden och eländet med dåliga
arbetsvillkor. Att det numera endast fanns en fabrik kvar,
Swedish Matchs fabrik i Tidaholm. Det är där som
solstickeaskarna fortfarande tillverkas.
Den 19 februari 1875 bröt en brand ut i tändsticksfabriken.
Eldsvådan startade tidigt på morgonen och efter bara några
minuter var den dödligaste industriolyckan i svensk historia
ett faktum. Fyrtiosex personer omkom och nästan alla av de
sjuttio personerna som arbetade i fabrikens askfyllningssal
på olycksdagen var flickor mellan elva och arton år.
Maja berättade vidare att säkerhetständstickorna med plån
på asken hade uppfunnits redan 1844, men var dyra att
tillverka. De var de billigare fosfortändstickorna som
producerades vid fabriken. Dessa behövde inte dras mot ett
plån på asken, utan kunde tändas mot alla möjliga ytor. De
kunde också självantända i asken om de inte hanterades
varsamt. I lokalen låg nya tändstickor till 40 000
tändsticksaskar klara att packas av dagskiftet och för att få
innehållet att sätta sig behövdes små knackningar göras för
att packa ihop stickorna.

Sedan var olyckan ett faktum. En av kvinnorna vid
packningsborden knackade till en ask och det räckte för att
den skulle fatta eld. Kvinnan höll i den så länge hon kunde,
men gnistorna föll på en av travarna med opackade stickor

som låg öppna mellan arbetsborden. Lågorna löpte från
bord till bord. På några sekunder var rummet ett eldhav. Att
tändsticksfabriker var brandfarliga var ingen nyhet. Arton
flickor från Motala hade kommit till Tidaholm strax före
branden för att jobba, tändsticksfabriken där hemma hade
nämligen brunnit ner. Av dessa arton flickor överlevde bara
sex.
Många fångades direkt i lågorna och några försökte fly men
huset var byggt av trä och det fanns bara en enda utgång.
Det var en dubbeldörr som öppnades inåt och blockerades
av alla som i panik försökte ta sig ut samtidigt.
De som kunde ha hjälpt till var alldeles tafatta och någon
brandkår fanns inte på orten. Ägaren menade också att
branden var guds straff för att många av flickorna hade gått
på dans kvällen innan. Plåtslagaren Otto Bengtsson
passerade platsen. Han lyckades krossa ett fönster och dra
ut två medvetslösa kvinnor i snön. En av dem var hans
fästmö.

”Men åh så sorgligt”, slapp det ur Pia-Carin.
Bengt vaknade upp och såg ut som om han inte visste vare
sig var han var eller vem han var.
”God Morgon”, sa Mac. ”Vi håller på att släcka bränder här,
vad gör du?”
”Hjälper till antar jag”, svarade Bengt som reste sig i ett huj
och tittade sig runt. De andra skrattade.
”Nej, sätt dig ner, det är Maja som berättar om en händelse.

Maja fortsatte.
”Plåtslagare Bengtsson sattes också att sköta efterarbetet.
Ett traumatiskt uppdrag med att ta hand om de förbrända,
icke identifierbara kroppar som låg i ruinen. Flera hade
brännskadats så svårt att de avled kort efteråt. Ett av offren,
en fjortonårig flicka, hade plötsligt börjat röra på läpparna
då hon skulle läggas i en av de framskaffade kistorna.
Flickan levde faktiskt, även om hon var svårt bränd. Man

hyste inte stort hopp om att hon skulle överleva, men det
gjorde hon. Hon gick bort som 73-åring 1934".
"Samma år som jag föddes", sa Bengt.
"Jaså? Vad kul Bengt!", flikade Maja in innan hon fortsatte.
"Trots vetskapen om farorna hade man inte gjort något för
att göra fabrikerna säkrare eller för att förbättra
utrymningsvägarna. Har du koll på hur utrymningen ska gå
till på ICA?"

"Ja alltså nu har vi precis startat en ny serie med lockelser
och var sak har sin tid".
"Vadå för lockelser?", undrade Pia-Carin.
"Lite här och där i butiken sitter skyltar med roliga tips
uppsatta. Som den här till exempel:
*Till dig som just nu står med en aubergine i handen och undrar. Klyfta
den och ringla lite olja över, krydda med pressad vitlök, salt, kanel och
cayennepeppar. Passar till mycket"*.
Bengt såg nöjd ut. Supernöjd.
"Toppen! Sånt måste få utrymme framför
brandsäkerheten", skojade Mac.
"Så klart inte, men jag bara kom på det. Sen har vi utvecklat
servicen för synskadade. Fast jag förstår inte riktigt hur det
fungerar om jag ska vara ärlig. Utanför toan exempelvis,
finns punktskrift som talar om vilken toalett som är dam
och vilken som är herr. Min fundering kring detta, fast jag
har inte vågat dryfta den med någon, är vad vitsen med
skyltarna är. Hur ska de synskadade alls hitta dem? Och
kanske framför allt; hur ska de kunna hitta fram till
toalettdörren, alltså, jag menar de ser ju inte? Jaja, vi har i
alla fall rustat upp butiken enligt alla konstens regler just för
de synskadade".
"Återstår bara brandsäkerheten då", avslutade Maja.

"På tal om handikapp", fortsatte Mac som förstod att
Bengt kanske hade börjat ångra att han vaknat. Han såg
lite trängd ut där han satt.

"Maja, tror du att du kan låna den enarmade tomten
från nischen hos Rut och Twist? Jag har fixat en ny arm
och skylt som jag gärna skulle vilja sätta dit. Som en
överraskning liksom. Kan du ta den utan att det märks
tror du?" Det trodde Maja.
"Och en sak till på tal om att vara diskreta. Vi pratar
inte ett ord om festen för någon eller om allt vi spånat
fram här på morgonen. Det som sagts här stannar här,
okej?"

Det höll de alla givetvis med om och så gjorde de
tummen upp åt varandra och avslutade förmiddagen.

Kapitel 13
Om åldrande, flexible mindset och dirigenten
samt myotonin, warm spice mud wraps och grits

Det var morgon på Laduviks gård och både Rut och Twist
var uppe. Twist i klädkammaren och Rut i badrummet. Hon
mötte sin spegelbild och där hände det som gav en
upplevelse av ren och skär förvåning. Rut fattade inte vem
hon såg. Under en microdel av en sekund blev hon skrämd
och sedan undrande. Var det verkligen hon? Med tanke på
vad hon såg började hon prata med sig själv.

"Kära dagbok. Har idag fått hängkinder och nya veck. Tror
att de kom idag för ingen har sagt nåt om det innan. Jag är
inte direkt otacksam bara förvånad att plötsligt upptäcka
det, och det kom inte precis smygande. Snarare pangtjoff".
"Vem pratar du med?" ropade Twist men Rut svarade inte.
I stället gick hon ner till köket för att förbereda frukosten.
Djuren fick vänta lite idag. Först skulle husse och matte äta.
Twist kom till köket strax efter och tittade på henne glatt.
"Men hej är du redan här!"
"Eh, ja här är jag. Blev du överraskad?"
"Lite. Jag trodde du fortfarande var där uppe".

Vilken spännande start på dagen. Först en chock och sedan
en överraskning följd av glada tillrop. I allra bästa fall finns
det inte en uppsjö av varianter på hur man överraskar sig
själv men givetvis många varianter på temat "hur man
överraskar sin man". Se först till att han ser dig på
morgonen, exempelvis i badrummet. Smit sedan ner i köket
före honom. När han sedan kommer ner efter en stund blir
han jätteglad åt att se dig. Kärleksfullt och trevligt och så
klart, var det här bara ett av alla förslag, tänkte Rut som
gärna gjorde parodier på sitt eget liv.

När frukosten var både uppäten och avdukad tog de tag i nästa moment på programmet. Djurpysslet. Mini hade redan anmält sin ankomst för dagen och tagit sig an getterna, en syssla som blivit hans sedan han började arbeta på gården. Sedan Faint anlänt beståndet hade tillsynen och omvårdnaden av getterna fått det man kallar för "det lilla extra". Ett roligt och spännande innehåll i vardagen. Faint ser ut ungefär som de andra getterna men med lite mer framträdande ögon. De står ut något mer än på lappgetterna. Hon är också något mindre och har kortare päls, men är för övrigt lika svartvitfläckig som de andra. Storleken gör att rasen är lättare att ta hand om när det kommer till trimning av klövar och sådant.

Det speciella med rasen är att de har en muskel som kallas Myotonia Congenita. Den bidrar till en total ökning av muskelmassan hos getterna så de är väldigt muskulösa jämfört med andra raser av liknande storlek. Omfattande forskning har gjorts på dessa getter med målet att få veta varför de beter sig som de gör. Men inga större resultat har kommit ut av den forskningen. Man har ändå kommit fram till att deras svimningar är ett smärtfritt tillstånd där varken nerver eller hjärna är involverad. Det hela handlar om att muskeltonusen inte fungerar som den ska, vilket ger en fördröjning av musklernas sammandragning. Samma sorts dystrofi kan även uppträda hos människor. Personer som har sjukdomen kan ha problem att släppa sitt grepp om föremål eller få svårt att stiga upp från sittande ställning. De kan också få en stel, nästan lite tafatt gång.

Rasen kallas också för Tennessee-getter, svimningsgetter, nervösgetter eller träbensgetter. Kärt barn har många namn. Och kär var hon allt, världens gosigaste get som minst av allt var nervös. Hon tog för sig i flocken och vande sig snabbt vid de andra men vid minsta möjliga nya ljud som hördes, svimmade hon av i några sekunder.

Den här rasen är ingen mejeriget, snarare en köttget, fast på Laduviks gård var hon enbart en sällskapsget. En stor fördel med getrasen är att de inte utmanar staketen så kraftfullt som de andra större getterna. Det beror delvis på deras mindre storlek men även på myotonin.

I Tennessee använder de Myotonicgetter som showdjur eftersom de, vid sidan av att vara vänliga, också är underhållande och intelligenta. Varje år i oktober, hedras svimningsgetter i Marshall County i Tennessee. De har marknader med djuren och övriga aktiviteter, till exempel musik, konst och hantverk. Hur de nu får det till att funka? Det verkar inte vara helt optimalt att kombinera musik och svimningsgetter.

Faint drog givetvis besökare till gården, så på det sättet var hon en inkomstkälla. Årets julmarknad hade gått lika bra som året innan även om de sålde färre julgranar. Den bakvända ekvationen förklarades av att Faint drog besökare, och getgluttande människor blev hungriga. Så lämpligt då att Palzerian höll öppet, för där drogs det in pengar. Detta år hade de skippat kycklingwrapsen och i stället satsat på att ha ordentligt med personal i palzerian så att de kunde ta emot alla gäster. Det hade sålts palt på löpande band hela dagen och Maja såg ut som ett vrak på kvällen. Twist körde iväg sin svärmor på heldags-spa som inkluderade tyst morgonsimning, tångbad, en warm spice mud wrap samt ansiktskur med epsomsalt. Hon hade tiggt sig till lite skumpa också och inte förrän därefter hade hon blivit människa igen.

Rut tjoade ett hej över till gethägnet där hon såg Minis huvud sticka upp. Han hälsade tillbaka och tittade snabbt ner igen. Så dök han upp bakom skranket, skrattade lite och gjorde tummen ner. Av det förstod Rut att Faint däckat på grund av deras alltför högljudda hejande. Ett oväntat ljud någonstans ifrån, det räckte. Hon skrattade tillbaka. Twist kom ut på gården han också och de gick tillsammans till hönsen. Där behövde de fylla på förrådet med mat och säckarna var stora att kånka fram och få på plats. Den stora förvaringen hade de i ladan men Twist började med att röja fram en tom plats för säckarna som skulle in i hönshuset. Höns är väldigt sociala och nyfikna djur. Flera av dem är tillräckligt tama för att uppskatta en människas smekningar, det hade Rut sett till. De första hönsen hon haft ägnade hon så mycket tid att de blev keliga. Hönsen som kommit till senare var mer reserverade men fortfarande nyfikna. Och de skiter bra, något som vilken trädgårdsfantast som helst förstår glädjen av. Twist samlade ihop skiten året om och även den fanns till försäljning på gården. Nu när våren närmade sig, var det snart högsäsong för hönsskitsförsäljningen. Då går det inte an att bara ha en liten hög sparad, oh nej, de hade säckvis. Även den förvarades i ladan. För hönsens del var snart högsäsongen här. Det mest kulinariska de kunde sätta i sig var mördarsniglar. Så funkar det på gården den enes bröd blir den andres död. Man säger ofta att likheten mellan människor och djur är att leva för att överleva. Skillnaden är kanske att vi människor kan göra roliga saker under tiden, till exempel roa oss på djurens bekostnad. Eller är det möjligen tvärtom fast vi inte fattar det? Hur det än är med den saken är det en kombination av nytta och nöje med djur av alla sorter.

Twist bar säckar och Rut matade höns. Att mata hönsen var en aktivitet som tarvade funderingar på annat om man skulle behålla nerverna i schack. Hönsen pickade och hackade överallt med sina näbbar och med sådan intensitet att Rut fick 'stressen' som hon kallade det för. Hönsen var verkligen envetna konstaterade hon. Den här morgonen tänkte hon på hotellägaren Petter Stordalen. I ärlighetens namn är det inte första gången det händer. Rut är djupt imponerad av honom som person vilket inte på minsta vis har med hans förmögenhet att göra. Visserligen är Stordalen mångmiljonär, eller förresten det räcker inte, han är mångmiljardär. Men det handlar inte om pengar, oh nej... i stället handlar det om inställning till saker och ting. Stordalen har en inställning som många av oss andra saknar. Exempelvis älskar han måndagar, och det är det inte många av oss vanliga dödliga som gör. Dessutom har han sedan barnsben en idoghet som inte alla äger. På det tänkte Rut medan hon med van hand slängde frön och snäckskal omkring sig. Hönsen har det Stordalen har. Grit.

När Stordalen bara var en liten grabb sålde han jordgubbar utanför sin pappas ICA-butik. Att få jobba med sin pappa, som för övrigt var hans hjälte och idol, var helt fantastiskt. Allt den lille tolvårige jordgubbsförsäljaren drömde om var att en dag få ta över butiken. Hans pappa lärde honom att ta en sak i taget, han sa: "Sälj de jordgubbar du har, det är de enda du kan sälja". Och jordgubbsförsäljningen gick rekordbra. Lille Petter var helt enkelt bäst på försäljning och hans självförtroende var på topp. Det pappan uppmanade sin son var att se till att förvalta det han hade, och göra det bästa av det. Dessa ord satte spår i Stordalens yrkesliv även fortsättningsvis. Han säger att det är viktigt att vara förnöjd med det man har. Så länge man gör sitt bästa och är så skicklig man kan, oavsett vad man sysslar med, kan man känna sig stolt.

Stordalen äger idag flera hotell och det man ser är så klart hans framgångar, för så är det ofta. Man ser andras medgångar, deras förmögenhet och liv i lyx och flärd. Deras rikedomar och resurser. Kanske avundas man dem, önskar att man själv hade lyckats bättre och varit mer framgångsrik. Vi lever i ett samhälle där vi ständigt blänger på andra och deras framgångar. I det tysta ber och önskar vi: Om jag bara hade den positionen eller det jobbet så... hade jag bara haft

ett bättre utgångsläge och en bättre start... Och i det läget ger man inte max av det man själv har.
Det är lätt att glömma att succén är byggd på massor av arbete och en serie av fiaskon. Fiaskon och misslyckanden som den framgångsrike många gånger på egen hand fått bära hundhuvud för. I det samhället vi lever, är det nämligen inte särskilt accepterat att misslyckas. Man kan snabbt bli uthängd som syndabock. Därför gäller det att bygga upp en kultur som även accepterar nederlag och fiaskon. Det är Stordalens poäng och han har helt rätt i det. Han om någon borde veta vad han talar om.

Att ha grit menas med att ha driv, kämparanda, ihärdighet och jävlar anamma. Att hålla fokus och träna det svåra, pusha gränser och göra komplicerade uppgifter. Man måste jobba med inställningen att förmågor har kommit till som ett resultat av träning, att det inte enbart är medfödda talanger. Med begreppet flexibel mindset tänker man sig att resultat är uppträningsbara. Med begreppet fixed mindset menar man att resultat beror på medfödda förmågor. Med ett fixed mindset är man mindre benägen att ta till sig träning. Det synsätt man har på sig själv, avgör hur det går. När träning sker på svåra uppgifter är det viktigt att förklara att ett misslyckande kan komma och förstå att även upplevelsen av den känslan behöver tränas.

Visst finns det genetiska skillnader mellan olika individer och i interaktion med miljön kan dessa skillnader förstärkas eller försvagas. Att träningspåverkan är en viktig ingrediens kan påvisas med många exempel, inte minst sportrelaterade. Men att en jordgubbsförsäljande son till en alldeles vanlig ICA-handlare blev mångmiljardär måste väl ändå anses vara rätt otippat? Klart han hade tränat en del först.
Träning kräver motivation och eftersom motivation är motorn i utveckling, kan man undra vad som leder till ökad motivation. Extern motivation, exempelvis pengar eller

vinster är inte tillräckliga för hållbar motivation. Inre motivation är i stället det som räcker lite längre, det vill säga det som är intresse- och glädjedrivet. Det är lättare att göra saker och träna på dem, om man finner något nöje i det. Men inte heller inre motivation är det som ger riktigt långsiktiga resultat. I stället visar det sig genom studier i ämnet, att ha eller att *skaffa* sig grit är det som motiverar bäst. Med andra ord att arbeta fokuserat och ihärdigt. Att se sig själv som en kämpande individ

Twist lassade av två säckar med hönsmat från skottkärran och lassade i stället på en annan säck. Självaste skitsäcken. Han drog iväg bort mot ladan igen. Som skottkärror gör, skramlar de en hel del och det fick Rut att tänka på Faint. Hon kikade bort mot hägnet och såg Mini som tittade tillbaka. Tummen ner och ett leende. Stackars get, tänkte Rut och vinkade tillbaka. Twist körde på en sten och hela skottkärran hamnade på sidan ett ögonblick men stark som han är, fick han den snabbt på rätt köl igen. Rut tittade bort mot Mini för att få ett tecken på Faints reaktion. Han tittade tillbaka men denna gång gjorde han tummen upp. "Bravo!", ropade Rut bort till honom och applåderade. Mini tittade då ner och sedan tillbaka på Rut. Tummen ner.

Hur förbättrar man sin grit då, funderade Rut på medan hon ställde tillbaka hinken som nu tömts på mat. Det hon hade förstått var väl att när det gäller barn och ungdomar med grit, så höll de sig kvar längre i exempelvis sin fotbollsträning eller sitt musikspelande. Omvänt tänker man sig att grit kan främjas genom att man tvingas hålla kvar vid sin fritidsträning eller sitt musicerande. Feedback visade sig också vara viktig för utvecklande av grit. Gärna också krävande feedback, sådan som visar vad som är bra och vad som inte är bra med det man utför. Stordalen hade grit från barnsben, men genom träning och inte från födsel. Hans pappas inställning, träningen och Petters idoghet ihop med

det, gav resultatet. Några liter jordgubbar utanför ICA ledde
till 192 hotell i hela världen och vägen där emellan kantades
säkert av ett eller annat fiasko. Något som också
välkomnades och tränades vidare på, för i fråga om det blir
människor aldrig fullärda.

Rut lämnade hönsen och gick för att hämta posten. På
vägen passerade hon gethägnet. Tomten stod på plats, lika
glad som vanligt. Vilket skithumör Rut än var på blev hon
glad av att se honom. Stolt och positiv, rakryggad och stark.
I ur och skur. Gårdens väktare och vän fast numera lite
stukad, utan arm och skylt.
”Men va? Vad har hänt?” skrek Rut. Ett bräkande och en
mjuk duns hördes på andra sidan gethägnet. Mini tittade
över kanten, gjorde tummen ner men såg snabbt på Rut att
saker och ting inte stod rätt till.
”Vad är det frågan om?”, undrade han.
”Tomten har fått sin arm tillbaka. Och en skylt”. Mini
slängde så snabbt av haspen på grinden att det skallrade till,
varpå en nytt bräkande och en ny duns hördes.
”Oj då, förlåt”, sa Mini till Faint innan han stängde grinden
bakom sig för att se vad Rut tittade på.
”AIM står det på skylten. Kolla! Vad kan det vara nu då?”
Mini lyfte ner tomten från nischen och drog bort tröjärmen
från armen på den för att se om det var den gamla armen
eller en ny. Rut lutade sig fram för att se bättre. En fint
sandpapprad, slät träarm fanns på plats och utan tvekan var
den ny. Likaså skylten. Det hela såg ut att vara i absolut
originalskick.
”Du, det finns bara en som är så här noga med detaljer och
återställande i originalskick”, sa Mini. Rut höll med.
”Mac”, sa de i mun på varandra.
”Han ville väl ställa till rätta efter olyckan, kan jag tro.
Uppfylld av sitt dåliga samvete för det där med
Blunderbussen, ville han göra något. En ny arm var inget
dåligt initiativ, något som varenda tomte säkert behöver”.

Rut skrattade. Lite gällt och aningen för högt. En ny duns
hördes. Mini ställde sig på tå och kikade över skranket. Faint
liknade en påkörd, varmjäst grävling där hon låg med benen
i vädret. Tre sekunder tog det innan hon studsade upp på
alla fyra igen.
"Men AIM, vad sjutton är det?", undrade han.
"Ingen aning, men med tanke på att vi använt tomten och
hans skylt i syfte att ge oss tur på vägen, är det här något
som kommer att hända. Någon vill ha en extra skjuts i
något", sa Rut som höll ett fast tag om tomten. De båda
spekulerade vidare ett tag innan Rut ställde tillbaka honom i
nischen.
"Är du klar med getterna kan du väl gå in och sätta på
kaffebryggaren", sa hon till Mini.
"Jag ska bara hämta posten".

Att tänka i termer av att vara rustad för grit i olika grad och
att veta hur uppträningsbart det är, ger en mindre uppgiven
bild om inlärning. Om man tänker att det är
belöningshjärnan som styr oss, vilket Rut i hög grad tror,
läggs för mycket energi på att tänka ut hur vi ska belöna rätt.
Särskilt för att få saker att hända. Det här med yttre
motivation är ju inte lika beständigt som drivkraft i
jämförelse med att träna på uthållighet och fokusering.
Precis som alla andra ryggradsdjur har vi ett
belöningssystem i hjärnan. Det har vi för att det ska vara
härligt att ha sex, att äta och dricka. Belöningssystemet gör
också att det upplevs värt att anstränga sig fysiskt. Rut anade
att hennes belöningshjärna hade skrumpnat med åren, med
tanke på den låga grad av fysisk aktivitet som hon hade.

När människan njuter, aktiveras hjärnans belöningssystem
genom att kemiska signalämnen frisätts från vissa
nervcellsutskott och stimulerar andra. Det så kallade
dopaminet bildas i celler i hjärnstammen och flödar ut från
nervtrådar i hjärnans belöningssystem och stimulerar

receptorer till andra nervceller. Dopamin leds bland annat
till amygdalan som har stor betydelse för motivationen.

Men belöningssystemet är inte bara positivt. Det kan driva
fram beroenden av sådant som inte är nyttigt. Exempelvis
droger och alkohol, spelmissbruk och andra osläckbara,
överdrivna beteenden. Sådant som fängslar människor
maniskt eftersom det som till en början skapade njutning,
snart upplevs uttråkande varpå hjärnan vill ha mer.
Belöningshjärnan är en hungrig rackare och hur var det nu?
Med obalans i systemet blir det lite av ett sisyfosjobb att
smörja upp det.
Egentligen avskyr Rut belöningshjärnan. Den är inte bra till
något nu för tiden. I den vardagliga, funktionella världen har
den inget att komma med. De flesta av oss måste bara
fungera oavsett belöningar eller inte. En person som hela
tiden behöver uppskattning för att uträtta något bränner ut
omgivningen som kämpar med att hitta lockelser,
attraktioner och bra belöningar. Uppvaktning med yttre
motivation och belöningen efter belöning förkastas
eftersom det inte betyder något. Det som egentligen saknas
är eget varaktigt driv, egen ihärdighet och en förmåga att
inte ge upp. Hur många poäng som än fyllts på, hur många
nivåer man än levlat, hur stort ruset alls blivit... upplevs till
slut bara värdelöst eftersom det är något inne i individen
som saknas.

På vägen till brevlådan upptäckte Rut till sin stora lycka att
det som nyss inte fanns, nu blivit knoppigt och grönt. Det
växte ett litet tappert gäng snödroppar i dikeskanten.
Hon log åt dem som om hon behövde vara artig och sa
några ord till det småväxta hon precis passerade. Snart
grubblade hon ändå vidare över hjärnans funktioner. Hon
hade förstått att det var i hjärnans frontallob som
uppfattningen av det egna jaget lokaliseras. Där fanns också
något som på vardagsspråk kallades för *dirigenten*, ett namn

som syftar till allt som styrs upp där. Information samordnas, planering och vilja sköts därifrån och där tas beslut om att ett beteende skall utföras. Även här finns känslan av motivation, vilken troligen börjar genom aktivitet i nervcellsgrupper där. Om dopaminsystemet är i obalans smörjs dessa viktiga nervceller inte upp och det målinriktade beteendet försvagas. Utan dopamin; ingen styrning, inga beslut och ingen vilja. Och heller ingen vidare motivation. Det går att öka mängden dopamin och noradrenalin på medicinsk väg, med centralstimulerande preparat. Dessa ökar både den psykiska och fysiska aktiviteten, med andra ord ökas självkontrollen och koncentrationen. Samtidigt bromsas individens impulsivitet och hyperaktivitet.

Rut var nu framme vid brevlådan och stack handen i den, vilket gav napp. Det var till och med så att det var riktigt mycket post. Några räkningar, lite reklam och tre kuvert. Hon plockade upp allting och släppte locket med en smäll. Det ångrade hon genast. Alla på gården hade blivit lite ljudkänsliga av hänsyn till Faint. Det var som att ha småbarn igen. De smög och hyschade och rörde sig på alla vis mer sparsamt. Centralstimulerande? Det kanske kunde vara någonting för Faint kanske. Lite Metylfenidat varje morgon? Rut tittade på kuverten. Adressen på dem var skrivna med mycket vacker handstil och det var samma handstil på alla tre. Ett kuvert var till Twist, ett till Sigge och ett till henne själv. Det var inte ofta sådant hände att de fick likadan post samtidigt, möjligtvis i deklarationstider. Hon fick lust att riva upp kuvertet direkt, faktiskt lust att riva upp alla tre på en gång, men hon hejdade sig.

Frågor som beroendeforskare arbetar med är vem som blir beroende, vad som händer i hjärnan och vad man kan göra åt det. Det man vet är att flera olika nervcellsgrupper tillsammans är inblandade i hjärnans belöningssystem. Dessa deltar också i styrningen av vårt humör och vår

sociala anpassningsförmåga. En obalans mellan
nervcellsgrupperna och deras förbindelser med andra
hjärnområden ligger ofta bakom psykiska problem. Rut
tänker att det verkar väldigt viktigt att lustcentrum inte tar
överhand över frontalloben eftersom det verkar vara där
som förståndet sitter. Tvärtom vore också rätt olämpligt.
Alltså Septum pellucidum - Prefrontal cortex 1-1 är det som
helst ska gälla. Hon var tillbaka vid huset.

I köket luktade det kaffe men Mini syntes inte till. Rut la
Sigges och Twists kuvert i deras respektive posthögar och
började snabbt öppna sitt eget. Hade det varit Twist som
skulle öppna, hade han först gått fram till sin låda där han
förvarade brevsprätten. Därefter hade han riktat in sprätten
mot ett av hörnen på kuvertet och sedan sprättat en alldeles
perfekt öppning högst upp. Så gjorde inte Rut. I stället rev
hon upp ett av kuvertens hörn, körde ner pekfingret i hålet
och pressade det vidare framåt i motståndet som blev
utmed hela kuvertets överkant. Genom en sargad och ful
öppning slet hon upp det som låg i kuvertet. En inbjudan.

”Vårfest” var den rubrik som stod högst upp på inbjudan. I
det här läget kunde Rut inte hålla sig. Hon tittade direkt
längst ner på avsändarraden för att se vem det var som
skulle ha vårfest.
Varmt välkomna! Mac, Pia-Carin, Bengt och Maja stod det.

Rut fick snart klart för sig hur många olika slags känslor
som kunde genomfaras en helt vanlig kropp, en helt vanlig
dag av ett helt vanligt papper. Ja ja, av ett *i princip* helt
vanligt papper. Hon blev också varse att det nog inte fanns
några tillåtna maxvärden här i fråga om antalet känslor.
Först blev Rut förvånad. En vårfest? Var, hur, när, och
varför? Sen blev hon arg. Hur fan kunde hennes egen
mamma gå bakom ryggen på henne? Sen förvirrad. Vad var
nu detta? Skulle någon annan ta över hennes jobb som

festarrangör här i Laduvik? Efter det, nyfiken. Undrar hur de tänkt och ordnat? Därefter ödmjuk. Tänk att mamma och de andra ska ordna en fest! Sen stolt. Det finns de som aldrig slutar att överraska. Därpå fnittrig. Har Bengt valt att vara med eller har han känt sig tvingad? Eller var det av lust för att få vara nära mamma? Och sist gråtmild, Hur gulliga är inte våra gamlingar som ordnat en vårfest. Slutligen samlade hon ihop sig och läste vidare.

Vårfest!
Vi måste inleda inbjudan med en vädjan. Vad du än gör nu, se till att ingen får reda på innehållet i denna inbjudan. Vi har bjudit in runt femtio personer och ni alla bidrar till festen på alldeles särskilt vis. Det viktigaste är att du inte avslöjar för någon annan vilken din roll kommer att vara, det är liksom hälften av idén med festen.
Du, tillsammans med de personer som står längst ner här i inbjudan kommer till festen utklädda till SJÖRÖVARE.

Plats: Hos Mac och Pia-Carin på Laduviks Motor.
När: Lördagen 13 Maj
Tid: Klockan 13:00

Om två månader går festen av stapeln. Vi föreslår att ni som tillhör laget börjar ta kontakt med varandra. Lagets alla telefonnummer och mejl står längst ner i inbjudan.

Det ni kan planera tillsammans är en träff för att välja en lagledare, tänka igenom klädval, skapa gruppkänsla, börja spåna på en kampsång, en gruppramsa eller en slogan och värma för ett fantastiskt festhumör. Boka sedan in att ses på festdagen lite tidigare hemma hos någon av er och sno ihop de sista detaljerna i en liten "föris". Vi ser alldeles särskilt fram emot ert bidrag till AIM, vårfesten du aldrig kommer att glömma.

Varmt välkomna! Mac, Pia-Carin, Bengt och Maja.

Rut hörde prat utanför ytterdörren och drabbades av ett raskt panikanfall. Hon gömde brevet innanför linningen på jeansen och därmed var den sista tänkbara känslan för idag upplevd. Stress.

"Hej, kaffet är klart", sa hon till Mini och Twist så fort de kommit in.
"Vilken skön morgon", sa Twist. "Jag hade kunnat vara ute hur länge som helst".
"Vi pratade just om tomten med sin nya arm och att den fått ett nytt budskap", sa Mini.
"Verkligen lustigt, och det ligger nära till hands att tro det som ni gjorde. Att det är Mac som varit i farten. Men AIM, vad är det?"
"Ja du, ingen aning", svarade Rut men förstod att de båda snart skulle ha samma grumliga koll på vad AIM kunde tänkas vara".
"Post", sa Twist och gick raka vägen till sin låda där han fiskade upp brevsprätten.
"Spännande!"
Rut hällde upp kaffet samtidigt som hon sneglade på Twist. "Det som skiljer ordet fest från post är egentligen bara två bokstäver men det här var betydligt fler. En vårfest minsann", sa han och läste vidare. Inte ett ljud till hördes från honom och ju längre han kom i handlingen, desto mer bekymrad såg han ut. Till slut hade han läst klart och vek så ihop inbjudan och stoppade det i kuvertet. Kuvertet la han på bänken och gick för att sätta sig vid kaffekoppen. Något fick honom att tvärvända i luften, ta tillbaka kuvertet, stoppa det i bakfickan och lämna rummet. Mini och Rut följde honom med blicken.

"Vi är inga ungdomar längre jag och Twist", sa Rut.
"Vi tänker lite långsamt och det gör att vi får göra om, tänka till, vända tillbaka, göra igen, tänka mer och så vidare. Ibland blir man ganska full av skratt faktiskt".

Twist kom snart tillbaka. Han och Mini satte sig och tillsammans diskuterade de allt från Faint till något krångel med musteriet och vidare till kon som var sjuk och eventuellt skulle behöva avlivas. Rut tyckte att Twist hade ett något delat fokus som om han hade fått ett bekymmer för mycket. Kalvarna, som de fortfarande kallade dem, trots att det var det sista de var, fanns det också planer på att avveckla. De skulle behöva komma till ett större bestånd. Särskilt Bengt II, han skulle nog bli ett fint avelsdjur. Det var flera gårdar som alltsedan uppståndelsen kring trillingfödseln, lagt anbud på honom. Det skulle vara fullt möjligt att få uppåt trettiotusen för honom, men framför allt skulle tjurige Bengt få det bättre.
”Fick ni ordning på mustmaskinen? Eller fick den köra så hårt i höstas att den helt satte i halsen?”
”Ja, Mac har också tittat på den men jag tror att vi behöver investera i en ny press. Alternativet är hela krossdelen skev. Vi får titta mer på det sen”.

Rut fortsatte att fundera över detta med att bli äldre. Inte gammal, utan bara lite äldre. Äldre än 40, äldre än 45 och definitivt vid 50. Hon visste inte exakt när det började. När håret blev gråhårsfrissigt, minnet mindre skärpt och nacken lite stelare. När skinnet blev så slappt att ett tryckmärke syntes i huden sedan strumporna tagits av. När omgivande ljud förvandlades till osorterat höga och låga om vartannat. När var det som de yngre började prata så man inte hann med, när märkena på kroppen blev fler, mustaschstråna allt tätare, tänderna glesare och läpparna förlorade sin färg? När blev smycket mer utklädnad än smyckande? När tjocknade fingrarna, när försämrades blodcirkulationen och när blev huden grövre och ansiktet rödare? Och varför i hela friden behövde näsan hela tiden droppa och ögonen rinna, när blev det så? Var kom det ifrån att det plötsligt började krävas orimliga uppoffringar för att bibehålla konditionen och de lätta slagen sen… de som aldrig slutade värka. Till vilken nytta var det så? Lite smygande hade hon också blivit tyngre också utan att det stod så på vågen. Hon kände sig klumpigare, hade liksom längre fallhöjd. Ett långsammare rörelseschema. Rörde sig i nya betydligt tyngre luftlager. I det uppkomna läget när kroppen verkligen behövde vara fiffig och reparabel, hade den slutat att vara det. Eller var det här någon form av bästa-läge?

Till råga på allt hade det blivit enklare att känna igen kungligheter på röda mattan än skådisar. Och artister som Rut aldrig hört talas om eller visste hur de lät, hade namn som inte ens gick att uttala. Hennes egna artisters och skådisars föräldrar syntes i farten på galor och i tidningar. Eller, vänta nu... det var visst inte deras föräldrar, det var idolerna själva som förändrats så. Åh gud vad gamla de hade blivit och ändå både ser de, och är de, yngre än hon själv. Rut hade uppnått den åldern då hon förfasades över hur hårt de som var femton, tjugo år yngre än henne hade åldrats. Hon hade uppnått den åldern när sjuttioåringarna kallade henne för ungdom. Fast hon visste precis vad som låg bakom den sortens uppmärksamhet. Att de såg henne som jämngammal, fast lite yngre bara.

Dagen passerade med en rasande fart och innan det var dags att förbereda middagsmaten, satte sig Rut en stund framför datorn. Hon brukade göra så, sätta sig och vila med stöd av ett planlöst skrollande. Snart hittade hon en sida där det framkom att det var hög tid att hålla utvecklingssamtal med sig själv. Kanske det, tänkte Rut. Det här var en dag med bra mycket innehåll och flertalet känslor. Det kanske inte vore så dumt att samla ihop sig lite.

Exempel på frågeställningar var:
Vad är viktigt för dig just nu? Vad gör dig lycklig?
Vilka människor trivs du med?
Vad vill du ägna mer fokus på?

Vad ger dig energi? Var läcker du energi?
Vad kan du släppa taget om?

Hon skärpte in sitt fokus på var och en av frågorna och
hade svar på dem alla. Hon visste exakt var hon hade sina
energiflöden och vad som gjorde henne lycklig. Den biten
hade hon jobbat med så mycket de senaste åren så det
kunde hon. Vad hon borde släppa taget om visste hon
också men det var inte lika lätt att veta hur det skulle gå till,
så djupt förankrat som det var i hennes personlighet att inte
släppa taget.
Sol och värme ger energi. Att planera för sommaren och
nya projekt skapar lycka. Att vara totalt oförmögen att agera
särskilt spontan eller galet suger energi. Även det galna blev
gärna hårdplanerat. De som uppskattar och utmanar henne,
de som får henne att skratta, som är spännande men trygga,
det är människor hon trivs ihop med. Hon vill gärna släppa
taget om den personligheten i henne som är en ”doer”, en
fixare, en planeringsfascist och ett kontrollfreak. Med just
det, har hon faktiskt kommit en bit. Numera vet hon att det
mesta löser sig.

Den allra svåraste frågan var den sista: Varför älskar du dig?
Rut funderade riktigt, riktigt länge och svaret blev:
”För att jag är en terrier. En uthållig, seg jävel med många
järn i elden. Som sätter tänderna i saker och inte släpper
taget förrän det blivit som jag tänkt. För att det ofta blir
bra”.

Hon reste sig för att skala potatis. Sigge kom hem och
berättade att han och Mini spelat in ett nytt poddavsnitt.
Denna gång med Mac.
”Otroligt spännande! Vad berättar han om då?”
”Det säger jag inte, det får du höra sen när vi klippt in
musiken och allt, men du kan säkert gissa. Du känner ju
Mac”.

"Förutom min och Minis pod, har Mac nu ett avsnitt och Maja har spelat in ett. Pia-Carin står på tur och även Pernilla men du då morsan, ska inte du köra också?"
"Kul Sigge! Jo, gärna så småningom. Ja vet inte riktigt vad jag ska prata om bara. Men jag tänkte på en sak. Tror du inte att Tor vill prova också?"
"Jo, han och jag ska göra en tillsammans. Du vet, mikrofonen som vi köpte, med den har man möjlighet att spela in från två håll. Vi tänkte sätta oss på varsin sida av bordet och köra en dialog".
"Otroligt trevligt, vad ska den handla om då?"
"Om morsor! Har jag fått nån post? Ja nu ser jag, där ligger det nåt", sa han och plockade runt i sin posthög. Med tanke på podderian hade han just nu en ovanligt stor hög av kuvert. Det var förbindelser, räkningar och abonnemangsavtal till höger och vänster. Han rev upp kuvertet med inbjudan förstod Rut eftersom han ett par minuter senare började skratta.
"Aa fy fan vad de är coola", utropade han.
"Vadå?", undrade Rut men fick bara en blick till svar.
"Du vet att vi inte får prata med andra, så var tyst med dig", sa han och lämnade köket.

Rut bar in sin laptop till köksbänken för att läsa om åldrande. Hon hade länkats runt och hamnat i en spännande text som hon tänkte läsa medan hon fixade middagen. Hon älskade att umgås med datorn medan hon lagade mat. Det var lite som att ta en fördrink. Hacka lite, och så läsa. Värma något och läsa lite till.

Tänker du att du omöjligt kan lära dig nya saker, eftersom du inte minns namnet på din granne? Lugn, det är en helt naturlig del av åldrandet. Ju äldre vi blir desto svårare har vi för att komma ihåg småsaker, i stället får lättare att se mönster och sammanhang. Men det betyder inte att hjärnan har slutat utvecklas. Den agerar bara på ett annat sätt. Bra början, tänkte Rut. Det här lät intressant.

Hon hackade lök och paprika så det var klart för stekning. Rensade kycklingfiléer och värmde pastavatten som hon först saltade lätt. Målet var att komma en bit på väg i matlagningen innan hon skulle läsa vidare.

Rut hade funderat över det faktum att hon ibland stod och dumglodde på en plats utan att för sitt liv fatta vad hon gjorde där och vad hon skulle hämta. Förvånansvärt ofta stod hon då ändå väldigt nära det där som hon skulle göra. Kanske bara ett par meter ifrån som om hon körde leken "fågel, fisk eller mitt emellan" med sig själv. Det här betyder inte att man har blivit gammal och dement så mycket hade hon förstått. Tanken på att ha en sjukdom i hjärnan gör att man fokuserar för hårt på det och ser varje tecken på glömska som ett symptom. I själva verket är det så att åttio procent av alla människor över åttio år inte är dementa överhuvudtaget. Att ha ett sämre närminne och sämre känsla för detaljer ingår i det friska åldrandet. Precis som gråa hårstrån och rynkor.

Rut hade nu bara stekningen kvar och läste därför snabbt igenom det sista på skärmen innan hon skulle göra en maträtt av allt hon förberett.
Spännande att få veta att kontakten mellan vänster och höger hjärnhalva blir bättre och bättre ju äldre man blir. Det känns betryggande, tänkte hon. Åldrande innebär i själva verket många utvecklingsmöjligheter men vårt synsätt på äldre gör att vi lite grann räknar bort dem. I vår kultur förstår vi inte riktigt hur äldre i samhället kan bidra till kunskapssamhället i framtiden. Å andra sidan förstår inte de som är äldre hur unga människor kan ha tillräckligt med skills för att ta över. Här behöver ett utbyte ske.

Maten blev klar och Sigge hade bett Mini stanna kvar hos dem över middagen. De satte sig till bords och Rut berättade lite om vad hon läst. Hon ställde frågan vid bordet om de andra tänkte att det var svårt att ta till sig vad äldre människor har att säga.

”Det beror på vad de pratar om”, svarade Sigge.

”Men, lyssnar man inte så gärna på någon som är äldre? Vore det bättre att inte veta åldern på den som tycker eller tror sig kunna något?”

”Du menar att nå varandra genom att publicera saker utan att veta åldern på avsändaren? Ja varför inte?” undrade Sigge vidare.

”Fast de som är äldre lyssnar inte alltid på de yngre heller tänker jag”, sa Twist plötsligt.

”Då är internet ett bra forum att uttrycka sina åsikter i”, fyllde Mini på.

”Vad säger du Sigge, till exempel i en pod?”

Rut tyckte att det var så trevligt att prata med grabbarna. De båda har verkligen flexible mindset och samtalsämnena ändrade riktning hela tiden. På tal om grit var den snudd på personifierad genom Mini. Han hade minsann inte fått någonting gratis och misslyckandena genom åren, de hade blivit lite väl multipla. Familjen avslutade middagen och grabbarna smet över till podderian för att klippa till ett nytt avsnitt.

Rut och Twist satte sig vid teven en stund. Teven, en av de mest intressanta och välanvända möblerna i ett vardagsrum. Det mesta som snurrar på den är antingen kul eller engagerande. Det väcker tankar, skrämmer eller distraherar. Rut kunde inte förstå sig på folk som gnäller på teven. Det finns ju hur mycket som helst att titta på. Vilken genre som visas har egentligen ingen roll så länge det handlar om människor. Igenkänning är det som oftast går hem och alla människor är rätt lika, bara paketerade på olika sätt. Oavsett bakgrund, kulturell påverkan, ekonomisk status, utbildning... de är ändå utrustade med samma grundkänslor, det vill säga medfödda uttryckssätt som inte är inlärda.

Det finns egentligen åtta grundkänslor, men med skuld och skam, nyfikenhet och intresse och kanske stolthet och uttråkning inräknade blir det tolv. Fast endast de åtta första är känslor som inte styrts av någon miljöpåverkan. Sådana som är medfödda.

I kväll skulle de titta på reality programmet *Så mycket bättre*. Ett program där kända musiker umgås och leker tillsammans på Gotland och därtill spelar varandras låtar. Supertrevligt upplagt och särskilt i år eftersom Jill Johnson är en av artisterna. Det vet Rut med säkerhet att Twist gillar extra mycket.

Rut hade retat sig lite på att han ibland mellan programmen satt med SVT Play och bläddrade bland samma programs tidigare avsnitt. Hon noterade att Twist tittade på programmet om igen, fast inte på hela programmet, utan bara på valda delar. Mest på Jill. Sedan förra veckans Jill. Därefter förrförra veckans Jill.

Rut tänkte på det hela som fenomen. Ja, alltså inte just det faktum att Jill Johnson var med i årets produktion, även om hon är ett fenomen i sig, utan att sådant som har samma bas kan mixas så olika. Ursprunget kan justeras beroende på var, när och hur de formas samt av vem. Fast nu behövde Rut hejda sig själv en smula och backa tillbaka.

Jill och Rut hade ju faktiskt exakt samma bas. De båda var uppbyggda av ett avvaktande protein och en simmande guldmedaljör, plus massor av syre, kol och väte. Och så lite kväve, fosfor och kalcium på det. Tänk att det ändå kunde bli två så helt olika personer, till synes olika på alla plan? Hur som helst verkade det som om Twist tyckte att just Jills syre och kol, väte och fosfor var väldigt trevligt. Så nästa vecka kanske det blir så att Jill får förhinder och inte kan medverka i fler avsnitt. Detta på grund av ett lokalt strömavbrott till exempel tänkte Rut illvilligt. Hon blängde på Twist men lät honom bläddra på. Hon hade annat att flura över. Om hur fler saker med samma bas kan bli så olika.

Toner till exempel. Det finns totalt tolv olika toner om man räknar alla halva tonsteg från C till B. Dessutom ett tjugotal olika skalor. Av denna bas kan man komponera allt ifrån klassisk musik till hårdrock. Det kommer ständigt nya låtar och variationerna verkar vara oändliga. I "Så mycket bättre" lånar artisterna varandras hits och gör om dessa enligt eget manér. Och de lyckas så klart eftersom man av samma låtar kan göra så många varianter, med lite nya skalor och annan stil även om bastonerna känns igen.

Samma fenomen gäller färger. Det finns bara tre primärfärger, röd, gul och blå. Alla andra färger är blandningar eller nyanser av dessa. För bokstäver gäller detsamma. Det finns en uppsättning men beroende på hur man blandar dessa kan man förmedla allt från glädje till sorg. En text kan väcka alla sorters känslor. Med bokstäver och ord kan allt från barnsagor, verser och gåtor skrivas till hatbrev, debattartiklar och tunga klassiska verk. De fyra väderstrecken är bara fyra men tänk ändå vilken liten del av jordens yta som skulle ha upptäckts om man bara hade dessa fyra att styra utefter. Jorden kanske hade varit friskare om det hade varit så, tänkte Rut som nu kände att hon spårat ur lite i sina tankegångar. Det blev gärna så ibland.

Men sinnena då? De neurologiska och psykologiska systemen för varseblivning av omvärlden och oss själva... Syn, hörsel, smak och känsel. Känseln anses för övrigt vara den som har störst inverkan på en persons hälsa. Utan beröring skadas vårt mentala välbefinnande. Först ansåg man att det bara fanns dessa fyra men eftersom forskare och vetenskapsmän aldrig slutar fundera över sina upptäckter och studier, förändrades det som först gällde. Nuförtiden anser man att det finns några fler sinnen,

närmare bestämt sex till. Kroppssinne, färgseende, balans, intuition, prekognition och termoception. Med den senaste menar man sinnet att uppfatta kyla och värme.
Ja, egentligen finns det massor av exempel på hur det kan bli så många varianter av en och samma. Tanken var inspirerande enligt Ruts sätt att se på omvärlden. Att koka soppa på en spik är sannerligen ingen omöjlighet.

När teven presenterat sitt gick de och la sig. Twist på sin sida av sängen och Rut på sin, och de låg och småpratade en stund. Katten hoppade upp på sin plats, precis bredvid Ruts huvudkudde. Vid få tillfällen gjorde han små utflykter i sängen trots att han visste sin plats. Det gick inte att undgå hans små promenader nattetid eftersom han klotrampade i lakanet så det lyfte. Samtidigt spann han högt av skam och nervositet eftersom han visste att han var på tassemarker som inte var hans. Så fort Rut eller Twist visade att de var vakna, hittade han snabbt tillbaka till sin plats. Med samma träffsäkerhet som norrpilen på en kompass.

"Alla pratar om att tiden går så fort och att man lever i ovisshet kring när man ska dö. Att det gäller att passa på", sa Twist.
"Samtidigt säger man att livet tuggar på en dag i taget och att man närmar sig döden långsamt", fortsatte han.
"Det har du rätt i, är det ett rent teoretiskt sätt att hejda tiden eller säger man så för att man ändå litegrann tvivlar på att man ska dö?"
"Inte vet jag. Man kanske bara pratar om döden för att låtsas som om man har en cool attityd till den".
"Det går utför nu, och det är ingen som har överlevt på den här sidan av döhalvan i alla fall".
"Tack Twist Blund. Jag ska tänka på det. Ibland får man bara tänka att tron är starkare än viljan och viljan är starkare än tron. Då löser det sig säkert. Sov gott nu".

Det blev äntligen tyst och Rut kände hur hon började sväva
iväg så där skönt som man gör mellan vaket slumrande och
halvt medvetslöst tillstånd. Hon sov så lätt att hon vaknade
till redan när Twist drog in luft för att säga något.
"Vet du om påskkärringar brukar köra någon kampsång",
frågade han.

Rut låtsades som om hon redan somnat. Det var väl ändå
inte meningen att hon skulle höra det.

Kapitel 14

Om våld som betalar sig och Orens filosofi
samt morsor och döende hamstrar i största allmänhet

*Hallå kan du ringa? Jag behöver hjälp med min bohuslänska
fisksoppa/Fia.*

Pernilla satt och läste ikapp nyheter ur högen av gamla DN
när SMS:et kom. Hon gjorde så emellanåt, att hon läste
igenom tidningarna som hon hade samlat på sig under
veckan då det var fullkomligt omöjligt att hinna med det.
Fisksoppa? Därtill "min" fisksoppa? Sen när hade Fia en
egen fisksoppa? Och en bohuslänsk? Pernilla konstaterade
att nödropen från barnen sannerligen hade varierat genom
åren. Från: "fääärdig!", "dumma dej", "jag vill ha!", "kan du
skjutsa mig?", "är du helt sann?", "kan du köpa?", "varför
får inte jag?" till: "jag missade bussen!", "har du pengar?",
"fattar du ingenting?", "när får jag?", "vet du?" "hur pinsam
får man va?". Nödropet angående soppan var ovanligt
moget.

När barn fortfarande bor hemma längtar de bara tills de kan
flytta hemifrån och få bestämma själva. De längtar lika
mycket till det som att få fylla upp skåpen med skräpmat
och godis. Sådant de själva bestämmer över och äter hur
mycket de vill av. Chips och ostbågar, fikagott och olika
påsar med godis, kalaspuffar, marmelader och Nutella... you
name it. Okej då, en påse makaroner och en megaflaska
med ketchup också. När Emil drömde om framtiden
önskade han en trehövdad kökskran. En kran för Coca
Cola, en för mjölk och en för vatten. Riktigt så blev det inte
och för Fias del blev det tydligen bohuslänsk fisksoppa i
stället.

Hon hade börjat plugga. Efter mycket om och men och efter ett par försök kom hon in. Tre års högskolestudier i form av socialt arbete med storstadsprofil. Det hela omfattar studier av förekomst och skäl till social utsatthet samt vilka orsaker och konsekvenser det medför för individer, grupper och samhälle. Finns det något viktigare? Ja, näst efter bohuslänsk fisksoppa alltså. Under de kommande tre åren skulle hon nu lära sig det mesta om olika insatser som syftar till att mildra, undanröja och förebygga social utsatthet. Ett stort och viktigt arbete. Kommer hon få någon lön sen då? Bra arbetsförhållanden, trevliga kunder och massor av uppskattning? Troligtvis inte, men den som lever får se.

Ganska högt upp i receptsamlingen hittade Pernilla receptet och skickade det i ett MMS. Det är lite underligt egentligen hur vi konsumenter ändå handlar rätt lika. Vi gör allt för att först hitta normen och sedan hålla oss till den utifrån någon fast övertygelse om vad det är som ska gälla. Viktigt att inte sticka ut och vara normbrytare. Ändå arbetar marknadsföringsföretagen med att hitta allt som sticker ut, som är udda och som drar ögonen till försäljning. De jobbar hårt för att vara unika, och vet att sådant lockar. Konsumenterna jobbar hårt för att vara homogena, och vet vad de vill ha och vad som gäller. Sett utifrån enbart det, är det inte konstigt att marknadsföringen är viktig och att det fightas om kunder och marknadsandelar.

Pernilla vek upp sida efter sida i tidningen och läste. Tre män hade tydligen dömts i tingsrätten för att ha våldtagit en kvinna i Ludvika. En man hade lockat henne till en bakgård och där stod två andra och lurpassade. Jävla svin. Kvinnan hade våldtagits både vaginalt och analt och med hjälp av DNA kunde de tre männen knytas både till henne och till brottsplatsen.
Tingsrätten dömde alla tre till fyra års fängelse och

242

utvisning. Kvinnan fick dessutom ett skadestånd på cirka 170 000 kronor som något slags plåster på såren, fast själsligen skulle hon väl aldrig komma vidare, tänkte Pernilla.

Målet togs vidare till hovrätten. Där höll man med tingsrätten om att alla tre männen var där och att allas DNA kunde knytas till plats och offer. Men ett problem uppstod. Hovrätten hade problem med att klura ut vem som hade penetrerat var någonstans, när övergreppet hade ägt rum och av vem. De kunde heller inte fastslå vem som under tiden höll fast kvinnan och vem som kanske höll vakt eller helt enkelt bara roade sig med att titta på medan de andra tog sig rätten att slita sönder kvinnan såväl psykiskt som fysiskt. Så hur blev det då?
Jo, eftersom hovrätten inte i detalj kunde avgöra vem som höll fast kvinnan och vem som genom våld trängde sig in i hennes kropp, och eftersom männen vägrade tala om vem som gjorde vad, så friades de. Allihop. Enligt två av männen var de inte ens där. Det hela slutade med att den som fick skadestånd var en av förövarna eftersom han hade fått sitta frihetsberövad. Han fick ett skadestånd på 140 000 kronor. Kvinnan fick ingenting.

Upprörande! Så här ser mediarapporteringen ut och alla förfasar sig, så även Pernilla. Hur kan vi anses civiliserade och rättssäkra när vi inte förstår att värna en kvinnas rätt på ett bättre sätt än så här?
"Kastrera kräken, häng upp och stena svinen, ta till hårdare straff, slå ihjäl fanskapen. Fram med giljotinen, skär loss ändtarmen och låt asen springa tills tarmarna faller ur. Slå ihjäl dom, släng dom på soptippen, arkebusera dom" är exempel på ord som haglat i eftermälet.
Pernilla är helt övertygad om att hade det varit hennes dotter, eller för all del hennes son, hade hon nog låtit ungefär på liknande sätt. Mest troligt ännu värre. Hon hade

utifrån de faktiska omständigheterna letat upp idioterna,
tagit kort på dem och spridit ut deras ansikten på alla sajter i
världen och därtill skrivit exakt vad de hade ställt till med.
För att förstöra livet tillbaka liksom. Tur då att det är så
fiffigt ordnat att strafföljder överlåtits till rättssystemet att ta
hand om. Synd bara att rättssystemet inte håller för alla
varianter av lögnhalsar så att kriminella galningar kan köra
på som om ingenting har hänt. Ändå är det tryggt att
systemet inte bygger på känslor för då skulle rena rama vilda
västern råda.
Hårdare straff är nog ändå inte rätt väg att gå. Ibland är den
svåra vägen den enda rimliga att gå. Att arbeta med normer
och attityder kring gränsdragningar, övertramp och
respekten för andra människor. Ett arbete som måste startas
upp i tidig ålder, genom diskussioner och reaktioner.

Där Pernilla fixar sina naglar spelas det musikvideos hela
dagarna. Två stora tevemonitorer är uppsatta på väggarna
och pumpar ut låt efter låt. Intrycken av låtarna förstärks
med hjälp de danser och färgstarka intryck som visas. Men
vad består de färgglada intrycken av då? Jo, tjejer i grupp
som skrattar och krumbuktar sig, de verkar nästan packade.
De slänger med håret och böjer sig ideligen framåt. Bak-
eller framsida spelar ingen roll, endera är det brösten som
väller ur bikiniöverdelen eller så är det skinkorna som glider
fram i de högt skurna byxorna. Det färgglada är också
rumpor i närbild, allra helst bubble butts och skrev som
juckar i en uppsjö av varianter, händer som smeker på
sexigt, förföriskt vis och oskuldsfulla blickar. Alla tjejer ser
ut att vara stöpta ur samma form. Barbieformen. Det är
minimala trekantbikinis, hoptryckta silikontuttar och
skälmska leenden. Tjejerna trycker sina blöta, lättklädda
kroppar mot varandra, har lätt öppnade munnar med tungor
som ideligen slickar läpparna eller blöter det finger som körs
halvvägs in i munnen.

Och mitt i allt detta, står en karl. En karl som liksom leder
alltsammans, en alfahanne som styr upp i flocken. Han är
fullt påklädd, i skjorta, och kostym, kanske till och med i en
liten pälsjacka. Han har stora förgyllda smycken, blanka skor
och en keps. Han röker och bjuder på champagne. Kör
sportbil eller glider runt i en limousine. Hans attityd är lite
av att vara den som avgör tjejernas öde och det är honom
de dansar för. Han trycker sitt skrev mot dem alla. Han är
oemotståndlig. Ibland kan det vara fler killar. I så fall gör
alla just det, trycker sig mot tjejerna och studerar dem
uppifrån och ner. Öppnar deras blusar och kikar ner, liksom
slickar av dem med blicken. Och det värsta av allt... det
verkar vara okej.
Det här är sånt man kan reagera på. Varför ska tjejer, för det
är företrädesvis tjejer som fixar sina naglar, behöva titta på
vilka kvinnoideal som verkar löna sig? Hur man tydligen
måste bete sig för att få ha kul, få vara med, passa in och få
skåla? Vad man måste ställa upp på.

En annan sak som man kan reagera på är banderollerna som
draperar studentflaken där putslustiga budskap är skrivna
med fet stil. *"Raka rör och öppna spjäll, era döttrar lär inte komma
hem ikväll"*, eller: *"Ikväll ligger era döttrar på rygg för här kommer
grabbarna från bygg... 2:an var värst det tyckte hon också"*. Om
man inte hunnit med att prata samtycke med sin son, kanske
det här ändå blivit läge att reagera. Typ dra ner både
banderoll och son från flaket och beslutsamt ställa in
studentmottagningen. När ska man annars lära sig hur man
vet när man har gått för långt och vad vitsen kan vara med
att lyssna på ett "nej"?

Det är fortfarande pojkar, killar, grabbar och män som står
för det mesta våldet i världen. När ska det tas på allvar att
indraget stöd på ett tidigt stadium får en kostnad längre
fram? Redan på dagisnivå kan ett aggressivt barn
uppmärksammas utan att stöd, eventuellt i form av

behandling, ges. Barn och ungdomar med udda, asocialt och stört beteende behöver hjälp omedelbart. Inte bara ett litet samtal och lite smisk på fingrarna utan större insatser. Kriminalprofessor GW säger att flera av dem som senare dömts för seriemord har påbörjat sin våldsbana redan som barn men då som djurplågare. De har liksom något djävulskt i sig, så varför inte ta in dem för tuktning direkt? Men det görs inte, i stället låter man åren gå medan man skyfflar den lille illbattingen vidare i livet. Man tror på mognad. Från förskola, till förskoleklass och vidare genom lågstadium och mellanstadium hoppas man. Budgetar inskränks, särskilt stöd beskärs och organisationer slimmas. För man tänker inte längre än näsan räcker. Till slut är barnet så stort att ingen rår på det och dess relation till omgivningen har blivit allt skörare och alltmer respektlöst. Slutligen har allt detta formats till en gigantisk kostnad och ett oreparabelt lidande. Inte bara för den som utsätter, utan också för alla människor runt dem som begår olika former av brott och deras offer. Det är då man desperat börjar föreslå sådant som kastrering, arkebusering eller stening. Kanske gärna alla tre metoderna samtidigt.

Enligt BRÅ sker cirka hundra våldtäkter varje dag. Därför måste debatten pågå varje dag och inte bara för stunden i enskilda fall, typ när den mediala uppmärksamheten riktar strålkastarljuset på enskilda fall. Det finns ett grundproblem och det är att många killar och män inte har fått lära sig var gränserna går och därför inte förstår när de begår övergrepp. Givetvis även på det verbala planet, där det utan prut och tillsägelse funkat att använda glåpord som hora och fitta från tidig ålder. Det behövs en genomgripande, långsiktig plan där hela samhället involveras. Gärna där många förnuftiga, fredliga män är involverade och visar vägen. Syftet måste hela tiden vara att förebygga framtida övergrepp. Inte att dela upp mänskligheten i onda och goda, där plötsligt alla tror sig kunna formulera straffsatser och

därmed friskriva sig själva från ansvar. En rasistisk ton finns
också med i så gott som alla uppmärksammade mediala
slingor: "det här är importerade problem, skicka hem dom,
vi vill inte ha dom här!" Som om ursprungssvenskar inte
skulle kunna begå övergrepp i olika sjukligt perversa
former? Säger Örebromannen, Kapten Klänning,
Hagamannen och Englamannen här, bara för att nämna
några.

Ingen föds med särskilda egenskaper att terrorisera andra,
men samhället behöver ha beredskap för att osunt beteende
kan utvecklas. I ett friskt samhälle tas sådant om hand i ett
tidigt skede. I länder där fängelser är överfulla har man
misslyckats. Totalt.

Pernilla hoppades att Fia i och med sitt yrkesval skulle få
känna att hon kunde bidra med meningsfulla insatser här. I
sämsta fall skulle hon sitta med tvåhundrafemtio ärenden i
knäet och utan resurser. I bästa fall skulle hon kunna arbeta
på en socialförvaltning med lite idéer för utveckling. Med
starka resurser i ett systematiskt arbete som når resultat.
Exempelvis den om trevligare inredning. Pernilla hade läst
om personalen på en socialförvaltning någonstans i landet
som äntligen börjat få gehör för att samtalsrum behövde
inredas mycket mysigare. Särskilt rummen för ungdomar, de
som innan liknade förhörsrum. Där behövde man byta bort
den sterila känslan av kontorsrum mot rum med härlig
hemma-hos-känsla. De här ungarna behöver tas om hand
med mjuka medel. Något har dött i dem för länge, länge
sedan men det finns ett litet barn långt inne i dem där
någonstans, inkapslat och förhärdat. De ska i alla fall känna
sig välkomna och omhuldade på alla sätt som är möjliga.
Och så ska massor av pengar läggas på insatser för
ungdomar. Aktiviteter och praktikplatser. Ställen att hänga
på bland trygga och bra vuxna. Vattentätt samarbete mellan

skola, fältassistenter, polis, socialtjänst, barn- och ungdomspsykiatri. Stöd på alla plan.

Idag var det söndag och hela laduviksgänget skulle komma över till Tobbe och Pernilla och käka pizza. Till det skulle de dricka bubbel, så var det bestämt. Varför var det ingen som visste men så skulle det bli nu. Tobbe och Pernilla brukade skoja om att bubbel var som silvertejp, det fixade allt. Så idag skulle det fixas. Det här med alkohol har verkligen kommit in i andra andningen. I sin ungdom var man smått förblindad av att dricka tills man blev full, det var själva målet med aktiviteten. Nu dricker man i stället av njutning och hoppas att det inte ska synas om man blir lite snurrig i hatten, tänkte Pernilla medan hon drog runt diskborsten i skumpaglasen.

Tor kom upp från sin skönhetssömn. Han lät meddela att han ville bli klippt och det var ingenting konstigt med det. Pernilla hade klippt både Emil och Tor sedan de var små och de nöjde sig med den enda frisyren hon behärskade, så det funkade fint. Ända tills idag.
"Så. Exakt så vill jag ha. Så här vill jag bli klippt", sa han och stack fram mobilen under näsan på Pernilla. Frisören.
"Men snälla Tor, det är ju världens snyggaste modellfrilla. Det kommer jag aldrig klara av. De som klipper på det här viset har flerårig frisörutbildning, jag är bara en mamma".
Nästa dag skulle den dagen komma, då Tor skulle vara exakt densamma, fast litegrann i ny förpackning. Bredare, längre och något större. Kanske också med en helt ny hårklippning, typ en vilja-men-inte-kunna-frisyr. Han skulle bli femton. Vad som skiljer femtonåringen från femåringen, förutom storleken då, är pratet. Han hade blivit tystare. Femårige Tor pratade absolut oupphörligt från morgon till kväll. Nu är han tystare men ställer fortfarande otroligt många varför-frågor.

"Varför det? Vadå modellfrilla, du kan väl försöka i alla fall?
Förresten vad gör Tobbe i bilen?"

Pernilla tittade ut genom köksfönstret och såg att Tobbe
satt i bilen utanför. Han liksom bara satt där. Ibland lutade
han sig framåt, ibland tittade han bakåt. Han öppnade
handskfacket, plockade ur något som han sedan satt och
läste i. Snart efter öppnade han dörren och klev ur bilen.
Gick bak, öppnade bagageluckan, pillade med något och
stängde den igen. Det fanns en självstängarknapp som med
ett enkelt tryck fällde igen luckan. Tobbe öppnade den igen
och stängde den än en gång, sen satte han sig fram igen och
stängde om sig. Han fortsatte att läsa.
"Ja du, det finns mycket att fundera över där ute men ta och
fixa lite frukost så kan jag klippa dig sen".

Ofta när det var helg hade Tobbe en idé om att åka och
provköra bilar. För två helger sedan var en sån dag. Pernilla
hängde med. Hon var inte särskilt intresserad av bilarna i sig
men däremot karlarna som tittade på bilar. Enkelt uttryckt;
hon tittade på dem som tittade. Det diskuteras beteckningar,
sportpaket och linjer. När dessa ämnen var uttömda gick
man vidare in på chassisänkningar, extrautrustningar och
motorkapaciteter. Det babblades på i all oändlighet och
samtalsämnena både byttes ut och gick i loopar. Emellanåt
gnäggade allesammans i samtycke. Ögonbryn höjdes och
sänktes. Karlar som pratar så här står aldrig mitt emot
varandra och pratar, nej det är på tok för relationsskapande.
Sådant stjäl bara fokus från ämnet i sig. I stället står de
bredvid varandra och mumlar. Väger från tå till häl, från häl
till tå fram och tillbaka, gång på gång. Lite grann pratar var
och en om sitt. Pinkar både revir och i kors i någon slags
härlig ömsesidighet. I just den vill Pernilla inte riktigt ingå
och säkert inte Tobbe heller egentligen. Men nu var han så
illa tvungen.

En ny femserie hade kommit och skulle nu lanseras och det
blev så himla tokigt allting. Ursprungsplanen var att Tobbe
och Pernilla skulle provköra bilar och äta lite korv. I stället
kom de hem med väl så genomgångna tankar på en ny bil.
Okej, de provkörde en bil, men inte den Tobbe först tänkt
och de åt lite korv. Överraskande nog var den god. Riktig
Solnakorv. Fast den satte de i halsen när de förstod vad de
hade gjort. Köpt en bil? De var ju supernöjda med den de
hade. Och den nya bilen var röd. De som aldrig hade tyckt
om röda bilar? Bilen var kombi. De som varken hade hund
eller barnvagn. Bilen var stor… helt onödigt egentligen.
Men den nya bilen var skitfin! Med panoramafönster,
uppvärmd ratt, dragkrok, rejäl skuff. Den hade massor av
finesser och drevs med bensin i stället för diesel. Det var i
den Tobbe nu satt och bara satt i.
Han hade skaffat någon slags logg för att mäta upp bilens
hästkrafter med. Loggen gick att koppla till en dator där den
samlade motorkapaciteten syntes på diagram och kurvor.
Tobbe hade upptäckt att den nya bilen inte fick ut alla
hästkrafter. Femtio hästkrafter fattades, och det var inte
svårt att ana eftersom bilen lät som en trött diesel på de låga
varven. Så fort den låg under femtonhundra varv började
det brumma så hårt i kupén att det kändes som om man satt
i en asfaltsdrill. Detta hade Tobbe kort sagt ruttnat på och
som om det inte var nog med det. Han hade en annan
mätare med och den hade hittat nitton felmeddelanden på
bilen. Nitton! Det var bekymmersamt. Han skulle givetvis
kontakta BMW medels omgående för service. Pernilla
hoppades att hon skulle slippa åka med.

Pernilla gjorde sig iordning för dagen, det var lika bra att få
rull på det om det nu skulle klippas hår och bringas någon
slags ordning i köket. Handdisken hade stått i flera dagar, de
hade helt tappat fattningen efter bilinköpet. Nio av tio
gånger Tobbes mun öppnades, handlade det om bilen. Nio
av tio gånger Pernillas mun öppnades, handlade det om att

besvara allt om bilen med ett "ojdå, men gud, kära nån eller oj oj oj".

Det var nog ungefär samma saker som rektorn på hennes skola hade sagt sedan det kommit fram att de få bananer som levererades till personalrummet på måndagar och torsdagar tog slut fortare än vad någon hann med. Det gällde att vara på plats vid fruktkorgen på sekunden om man ville ha en banan. Precis efter sekunden fanns det bara gröna, sura äpplen kvar att äta. Så sura att självaste magsyran fick kväljningar. Det hade också observerats att de som var på plats den första sekunden plockade åt sig fler bananer än en, men försvarade sitt handlande med att klasen de tagit var tänkt för fler än bananplockaren själv. Något som aldrig kunde följas upp så klart. Även detta gick upp för rektorn i samma stund som han blivit upplyst om det huvudsakliga bananproblemet. För att ändra hela situationen till det bättre, beslutades att köpa in fler bananer till personalrummet. Kanske till och med minska på antalet sura äpplen. Sagt och gjort. Plötsligt började det levereras så mycket bananer att de inte hanns med att ätas upp utan fick bruna prickar innan de tagit slut.
Rektorn höll också en formell promemoria om tanken med bananerna. Att man inte var tillåten att ta mer än en i taget och att den skulle ätas för stunden. Tiden var nu förbi då man plockade på sig och stoppade undan i sitt eget skåp, tog med sig till arbetsrummet eller bunkrade upp för fler än sig själv.
Enligt Pernilla var hela bananproblematiken större än att den handlade om klasar eller "per styck". Bananerna var tänkta som ett mellanmål och de dagar som man hade störst behov av mellanmål var veckans längsta dagar. Tisdagar och onsdagar. Inte måndagar och torsdagar. Om just detta hade ingenting sagts ännu så vitt Pernilla kände till och själv vågade hon inte.

I sällskap av sina funderingar kring hästkrafter och bananer
hade hon nu kommit fram till badrumsskåpet. Öppna ditt
badrumsskåp ska jag säga dig vem du är. Pernilla hade hela
badrumsskåpet för sig själv, redan där var en del sagt. Det
var sidospeglar och backspeglar, tandborstar av olika sorter,
en topskartong, ett manikyrset och en anspråkslös samling
smink. Däremot en mindre försynt samling läppglans.
Jättemånga läppglans stod samtliga uppställda i någon slags
ordning längst bak mot skåpsväggen. Att hålla ordning på
dem var bara snäppet enklare än att hålla ordning på kön
utanför Café Opera. De betedde sig som ena riktiga
fyllskallar och välte så fort hon skulle ha något där inne.
Dessutom helt i onödan eftersom hon aldrig använde
läppglans utan i stället Lypsyl, något hon missbrukade.

Pernilla lämnade badrummet efter tandborstningen och när
hon kom tillbaka till köket hade Tor ätit klart och Tobbe
kommit in. De satt vid köksbordet och pratade bilar och
ekonomi.
”Jag löper 0,1 procent risk efter bilinköpet att få
betalningsproblem enligt Nordea. Nu är ju lånet ordnat på
annat håll men det var beskedet jag fick enligt deras
lånelöfte”. Pernilla som kände sig dödligt less på att tidigare
nio samtal av tio handlade om bilen, nu hade blivit tio av tio
svarade honom.
”Du löper 90 procent risk att få äktenskapsproblem om du
inte diskar”. Tobbe tittade förvånat upp och Tor log lite
snett åt hela konversationen.
”Moget mamma”, sa han.
”Ja vadå? Kalla mig Lord Voldemort. Jag skrev nyss in mitt
namn i testet *Vilken mörk kraft är du?* på Facebook och
svaret lät inte vänta på sig.
Tobbe som förstått allvaret och därför snabbt tappat upp
ett hett diskvatten vände sig om för att se om han hade hört
rätt.

"Nu kommer sanningens minut", sa han. Pernilla letade upp
texten på sin telefon och läste innantill.

*Du är ett mörkt geni. Du kan vara illasinnad, listig och obarmhärtig
om du vill. Vem som än väcker din vrede bör förbereda sig på en tuff
stund. Men så länge du kommer överens med alla behöver ingen oroa
sig. Du kan vara varm och älskvärd med dem som är närmast dig
precis som du kan vara hänsynslös med dina fiender. Du är Lord
Voldemort, han som inte får nämnas vid namn.*

"Jag visste det!" ropade Tor med exalterad röst. "Jag visste
att det fanns en förklaring".
Det blev tyst en kort stund och Tobbe verkade rätt nöjd på
något sätt. Han diskade med lite mer stuns än nyss och kom
sen på vad han behövde säga.
"Tillbaka till verkligheten nu. Jag var nere vid båten igår
kväll som du vet".
"Du, efter reparationer för över åttiotusen tappar jag inte
ens andan längre när du låter så där. Nu kan inget mer
hända, allt är genomgånget och klart inför en problemfri
säsong".
"Det var vatten i hela motorrummet", fortsatte Tobbe.
"Oljeblandat vatten, rätt så mycket men det hade inte gått
över bilgepumpen som tur var. Hur som helst behöver vi
åka dit idag och pumpa bort det".
Medan han pratade vågade han inte titta på Pernilla utan
fokuserade på disken i diskhon i stället, det kändes tryggare.
När han pratat klart hörde han ett väsande ljud och en
gurgling som avslutades med ett tyst pipljud. Hade hon fått
en stroke nu eller vad hände? Han vände sig om och tittade
till henne och det han såg då var ingen annan än...
"Lord Voldemort", sa Tor och skrattade högt. Lite högre än
vad stämningen tillät. Han insåg att han borde lämna
bordet.
"Vi pumpar då. Vi pumpar igen och igen och igen. Är det
inte glykol, så är det olja. Eller vatten. Vi har fan pumpat

mer än vi har styrt den där jävla båten. Hade jag vetat det, hade jag köpt en gummibåt i stället. Med åror. Och timpriset per förflyttning, ja även om tid också är pengar, så hade det blivit billigare att ro runt mellan öarna. Alltså om vi inte räknar tiden när vi kört fanskapet på släpet. Till och från Laduviks motor".

"Sant", sa Tobbe som inte vågade utmana Pernillas mörka krafter mer just nu.

"Hon är dyr det lilla aset, svindyr". Pernilla pratade mer eller mindre för sig själv nu, liksom bara malde på. Tobbe var inte säker på om han var inbjuden i monologen men han chansade.

"Så är det att ha båt. Vi åker ner och pumpar och sedan lägger vi över henne en ny presenning så det inte regnar in igen. Det var flera hål i den som låg där så all snösmältning och regnvattnet därefter har runnit in och vidare rakt ner i motorrummet".

"Okej, men vi har folk här från klockan halv sex så det är bäst att sätta fart".

"Jag drar hem till Mini typ snart", sa Tor.

"Han och Sigge ska hjälpa mig att spela in ett podcastavsnitt. De vill hinna klippa ihop det med musik och kanske göra det klart inför kvällen. Då kanske vi kan lyssna på det?"

"Ja, vad kul. Men okej, då ses vi lite senare så får vi se om jag hinner klippa dig också", sa Pernilla.

Tor klädde på sig. Han brukade alltid sticka till gymmet på förmiddagen för att ha det gjort men idag fick det bli tvärtom. Först till Mini och Sigge, sen gymmet. Shit, han var ju grym på att planera och att tänka om. Så var det bara".

När Tor strax senare kom hem till Mini, satt han och Sigge och tittade på Grammisgalan på SVT Play. Den hade gått kvällen innan och priser hade delats ut i de olika kategorierna. Årets pop, årets textförfattare, årets nykomling, årets artist med flera. Grabbarna hälsade på varandra och Tor slog sig ner. Han hade aldrig varit hemma hos Mini så hans fokus växlade mellan att titta på programmet och att se sig om i lägenheten. I programmet hade de kommit till årets hårdrock/metal .

"Vad jobbigt att vinna musikpris när man är black metal rockare", sa Sigge då.

"Svartklädd och kedjor som hänger överallt. Med kajal runt ögonen och tuffa smycken och det. Man vill ju vara cool och inte verka nervös när man håller tacktal. Inte röd om öronen och så".

"Jag tycker hela programmet känns smalt på nåt sätt", fyllde Mini på.

"Lite same same but different. Bäst var nog ändå black metal chain rockarna, de med djurmasker. Vad säger du Tor, vad skulle passa dig bäst? Du ska ju upp på scenen snart. Skulle du vilja ha djurmask eller mjuklila hår? Vi kan fixa det mesta här".

"Upp på scenen? Nu blir jag ju nervös. När du säger det, så tar jag nog både och. Lila hår och en gorillamask. Vem är Hans-Barbro förresten?"

Mini berättade om sina vandrande pinnar och samtalet kom sedan in på Tors berättelse om när hans hamster dog. När Pernilla hade suttit och vakat hela natten och följt hamsterns långsamma andetag.

"Hela natten? För en hamster?", undrade Sigge som hade ett något mer krasst synsätt på djur som kom och gick.

"Japp, hela natten. Jag var ganska liten då och låg och sov, helt ovetandes om vad som hände. Mamma har berättat senare om den natten. Om hur hamster drog ett andetag och sedan stillnade helt. Hon trodde att den var död men satt kvar en stund till ändå. Efter ytterligare ett litet tag drog hamstern ett andetag till och stillnade. Varje gång den låg så där stilla, trodde mamma att den vad död. Nu kanske det

var det sista andetaget, nähä... nu då?... eller nu? Så där höll
det på. Timme efter timme".
"Respekt. Jag är imponerad", sa Sigge.
"Ja två, tre andetag i minuten, mer var det nog inte. Men till
slut drog den ändå ett sista andetag och mamma reste sig ur
sin position eftersom hon stelnat där hon satt. Hon längtade
så grymt efter sängen och kände att det nog var i grevens tid
som dödskampen var över. En skokartong var förberedd
som hon lagt en liten mjuk handduk i och så flyttade hon
hamstern från buren till kartongen. Precis då drog den ett
andetag till. Helt osannolikt. Det lilla livet levde fortfarande.
Ytterligare tid passerade men till slut var det ändå över".
"Tänk att bara leva i två år, ägna tiden åt att pula i sig så
mycket som möjligt att fylla upp kinderna med. Sen springa
som en idiot hela nätterna utan att komma någon vart och
slutligen släppa taget om livet med tjugofem stilla andetag
på en natt", sa Sigge.
"Nej, vad säger ni? Ska ni köra igång kanske? Jag måste nog
lämna er ett tag för idag har jag mycket jobb på gården", sa
Mini.

Det gjorde de. Sigge visade hur podderian fungerade. De
gick in på hemsidan, klickade på några länkar och
snabblyssnade. Sigge valde Majas avsnitt. Han visade
programmet som man sedan kunde klippa och redigera i
tills man blev nöjd med helheten. Han visade hur tanken var
med mikrofonen, att de skulle stå på varsin sida och hur
viktigt det var att inte prata i munnen på varandra. Det är en
viktig skillnad mellan teve och radio, utan bildstöd funkar
det dåligt om flera pratar i mun på varandra.
Sigge berättade att han skulle inleda podden och sedan
lämna över ordet till Tor, att han då skulle presentera sig
och sedan skulle de köra. Tor fick en stund till förberedelse
medan Sigge kollade av tekniken en sista gång.

"Hej allihop! Sigge här igen, er podcastvärd", inledde Sigge.
"Idag har jag med mig min kompis Tor som går i nian och
snart är på väg att ta det stora klivet in i gymnasiet. Jag
lämnar över till honom nu så får han presentera sig själv lite
närmare och berätta om tanken med dagens avsnitt.
Välkommen Tor, här har du mikrofonen". Sigge såg på Tor
att det sista han var megasugen på, var att prata i mikrofon.
Alltsedan han klivit in i podderian hade han gått som katten
kring het gröt runt mikrofonen trots att Sigge gång på gång
intygat att allt som de inte var nöjda med skulle klippas bort.

"Tja! Tor här. Jag och Sigge hade tänkt ha ett gemensamt
prat om mammor. Vi har båda morsor som är ganska
beslutsamma av sig och vi ville med det här avsnittet göra
våra röster hörda. Vem jag är? Ja, det kommer
förhoppningsvis fram genom avsnittet här men helt kort
kan jag väl ändå säga att jag gymmar en del och så hänger
jag mycket med kompisar. Lite för mycket enligt mamma
som tycker att jag skulle plugga lite mer och satsa på skolan.
Jag har många kompisar, så vad jag än bestämt måste jag
prioritera om för att få till allt. Jag har två syskon. En syrra
och en brorsa, båda äldre än mig, och vad var det mer? Jo,
just det, jag jobbar lite extra på ICA också, plockar varor
och frontar på hyllorna. Tanken med det här podcast-
avsnittet är att ge en bild av hur det är att vara ungdom idag
och hur långt ifrån det våra tröttmössor till föräldrar är. Fast
vi älskar varandra ändå förstås, tro inget annat".

"Coolt!, Då är vi igång då, känns det bra Tor?", undrade
Sigge och Tor nickade.
"I mikrofonen Tor, de som lyssnar kan inte se att du nickar.
Så jag frågar igen: Känns det bra?"
"Jaaa!", ropade Tor lite överdrivet nära mikrofonen.
Ljudnivåmätaren svängde upp på rött och så tillbaka.
"Wow, ska vi dra igång första plattan då medan vi samlar
ihop oss för fortsättningen?". Sigge presenterade och tonade

upp låten *Don 't be so Shy* med Imany, eller Nadia Mladjao
som artisten egentligen heter.

”Det här med mammor”, sa Sigge samtidigt som han
tonade ner Imany från etern.
”Ska vi ge några exempel på hur saker och ting brukar vara?
Det kan bli kul kanske?”
”Ja, nu kör vi. Som till exempel om jag ber mamma swisha
pengar till skolans café och inte frågar asgulligt så tycker
hon att jag har dålig attityd. Som om det ska spela nån roll?
Hur som helst så säger hon att skolmaten får duga och att
hon inte har några pengar”, inledde Tor.
”Nej, sånt tror man ju inte på, eller hur? Klart de har
pengar, det där är bara något de säger för att inget tjat ska
börja. Det de inte fattar är att just sånt snack gör att tjat
börjar”, kontrade Sigge.
”Exakt! Ta av mina pengar brukar jag säga då och det gillar
hon inte och då kommer nästa lögn. Du har inga pengar,
säger hon, fast jag har det. Jag har ju barnbidraget”.
”Barnbidrag?”, undrade Sigge.
”Ja just det, du har ju fortfarande barnbidrag. Nästa år på
gymnasiet då blir det studiebidrag och då aviseras det direkt
till dig, så då kan du lika gärna ha barnbidraget direkt, redan
nu. Jag håller med, barnbidraget är ditt”.
”Fast hon säger att det är slut, det också. Alltså, fattar du
hur illa det är ställt när vi varken har pengar eller bidrag? Nu
måste ju tjat komma till sin rätt här, tycker du inte? Nu har
jag ansträngt mig länge nog och lyssnat på undanflykter.
Men du Sigge, vad är avisera förresten?”
”Äh, det är bara utbetalningen som kallas så”.
”Aha, det där kan vi klippa bort sen va? Jag vill ju inte att
nån ska tro att jag inte hänger med, typ inte lär mig nåt i
skolan eller så”.
”Det är lugnt”.

”Nå, vad tycker du om skolan då?”

”Det funkar väl. Jag gör det jag behöver, kanske inte alltid i tid och en eller annan gång har jag knyckt grejer på nätet för att slippa jobba ihjäl mig men det funkar som sagt. Jag satsar på att höja mig i flera ämnen”.

”Schysst, har du lyckats då? Ja, i SO och idrott höjde jag mig, det var i och för sig inte de ämnena jag satsade på men jag höjer mig i det andra sen”.

”Vad säger din mamma då, när du höjt dig?”

”Äh, hon säger väl att det är bra men så ser hon att jag har sänkt mig också, som typ i spanskan...”

”Okej, men det var det här med barnbidraget. Fick du några pengar till slut?”

”Nej, hon tyckte att jag hade alldeles för hetsigt sätt och var för gåpåig och tjatig. Hon tycker att jag lever över mina tillgångar vilket är skitsnack. Hon tycker också att jag borde helgjobba lite”.

”Swish är i alla fall bra. Man kan få lite snabba cash så där om man har tur. Fast det är klart, även om swish är snabbt så kanske föräldrarna är långsamma och då spelar ju snabbheten ingen roll. Har du haft swish länge?”

”Jag har inte swish”.

”Men jag tyckte du sa...”

”Jag har inte prioriterat att fixa det så mina föräldrar swishar mina kompisar och så får jag pengar av dem. Tydligen har mamma tröttnat på alla utlägg som skickas runt, så nu vägrar hon att swisha mer på ett tag”.

”Helgjobbet då? På ICA? Eftersom det är din morfar du jobbar hos, så är det väl bara att be honom plocka fram några bra pass”.

”Jag jobbar inte nåt. Har inte prioriterat det. Träningen och kompisarna är allra viktigast för mig och det kan jag inte ändra på”.

”Jamen då har du ju tre problem här Inget barnbidrag och inget swish. Inte heller nåt jobb. Du ska få lite råd av mig men först kör vi en ny platta. Tycker du inte?”

Medan de spelade *Lush Life* med Zara Larson pratade de om hur de tyckte att det gick och båda var nöjda.

"Fan, det är ju kul det här", sa Tor och Sigge höll med honom. Låten tonade ut och Sigge tog till orda.

"Men vems fel är det då att du inte har några pengar?"

"Mina föräldrars så klart. Alltså kom igen. De har ju pengar, de bara säger att de inte har några. Farsan är schysst i alla fall, han ger mig pengar om jag vill ha till mat och så, men mamma tjatar bara om att vi ska äta hemma tillsammans. Stelt, kallar jag det. Jävligt stelt. När jag är med mina kompisar och de ska äta på Donken eller pizzerian, då får jag bara sitta och titta på. Det suger ju. Sen säger hon att om jag satsar lite mer på skolan och pluggar mer hemma, kan hon väl ge mig en slant då och då. Men det kommer aldrig att ske, jag tror inte på det. Dessutom går jag på kunskapsförstärkningen och studieverkstaden i plugget, det borde väl räcka?"

"Absolut", sa Sigge. "Men vad är det för nåt?"

"Det ena är en timme på schemat då vi har chans att plugga på vad vi vill. Inför prov eller läxor. I vilket ämne som helst. Det andra ligger utanför schemat och är frivilligt".

"Faan vad bra! Sånt hade aldrig vi. Det utnyttjar du väl?"

"Både ja och nej. Det som ligger på schemat går jag på men det är lite svårt att fokusera där. Studieverkstaden har blivit en prioriteringsfråga det med. Mellan skolan, kompisar och gym finns en särskild ordning", sa Tor och skrattade. Sigge skrattade han med och så berättade han lite om hur det var när han gick på högstadiet.

"När jag gick i åttan och nian hade jag en del som släpade, har du det?"

"Nej, inte som jag tycker. Men mamma säger att jag har det. Musik och slöjd är det väl. I slöjd höll jag på att få F. Och kanske svenskan släpar lite. Men sen säger mamma att hon pratat med lärarna i svenska och engelska och att samma sak hänt där och tydligen i spanskan med. Som om hon skulle veta bättre än jag? Enigt henne har jag inte lämnat in hemkunskapen heller, fast det håller jag inte med om alls eftersom fyra andra i klassen inte heller blivit klara. Det bästa vore om hon lät mig sköta allt själv. Alltså morsor är för jobbiga. Du hör va? Man får inga pengar och de bara jagar efter en hela tiden".

"NO tyckte jag var svårt som fasen när jag gick på högstadiet. Skönt nog slipper jag det nu på gymnasiet, det kanske du också kan göra. Vad har du sökt förresten?", undrade Sigge.

"I första hand vill jag köra Sam, annars IHL, Idrott Hälsa och Ledarskap, så lite NO blir det nog men jag tycker det är ganska lätt. Jag blev i och för sig inte godkänd på senaste provet men det var för att jag inte hade pluggat".

"Visste du inte om provet? Finns det ingenstans där man kan kolla vad man har. Jag menar ingen kan ju hålla i huvudet allt som händer i skolan?"

"Jo då, vi har en portal där vi kan se allt men jag går inte in så ofta. Även det är något som mamma tjatar om. Hon har även fått pappa att tjata om samma sak, för att de tycker att jag planerar för dåligt".

"Jag tycker att det låter som om de tjatar mycket på dig, och inte tvärtom. Vad gör det om du tjatar lite om pengar, de verkar ju gå på rätt mycket de med".

"Mmmm, fast jag har kommit på ett trick", sa Tor sen.

"När de vill diskutera, kan jag hitta stickspår och detaljer i samtalet som gör att allt blir så rörigt till slut att de backar hem. Jag ber mamma att svara på frågor som det inte finns några svar på och så kan jag vända hela diskussionen till min fördel eftersom hon blir osäker. Med de frågor som det eventuellt finns svar på ska man ju komma ihåg att det finns mer än en sanning... Så med diskussioner kommer vi ingen vart. Det mesta går att sticka hål på. Mitt hemliga vapen", skrattade Sigge.

"Inte så hemligt numera, eftersom det här är en podcast, skojade Sigge.

”Ja visst ja, det blev ju tokigt. Vi klipper det va?”
”Absolut.”

”Det där med tjat kan jag allt om. Vad tror du när man har
en morsa med höns, getter, kreatur och en massa idéer? Det
är Sigge kom, Sigge kan du, och Sigge hjälp mig, stup i
kvarten. Till slut drog jag till farsan som du vet men nu lirar
allt som det ska igen. Även om det i och för sig är ännu mer
att göra på gården nu mot hur det var innan jag stack”.
”Konstigt”, sa Tor.
”På ett sätt, men mitt tips till dig är att du nog borde
planera lite. Till att börja med kan jag hjälpa dig att ordna
swish, det är bara att gå till banken. Synd att irritera sig på
sånt som man inte behöver. Ett par pass på ICA per månad
hinner du med, särskilt om du jobbar svinbra på
kunskapsförstärkningen och inför proven. Du kan också gå
till läxhjälpen och ta hjälp av oss där. Siri, mig och Mini.
Gör det, ska du se att det löser sig. Och om ett halvår kan vi
börja plocka äpplen i folks trädgårdar igen, det tjänade vi ju
bra på. Men vad sägs? Mer musik va?”

Låten *Shape of You* med Ed Sheeran spelades och killarna
höjde upp volymen rejält och Tor sträckte på sig. De gjorde
en high ten, nöjda som de var med sina insatser. Sigge
ställde sig upp en stund och tittade på klockan. Bara tio
minuter kvar nu.
”Och vet du vad de säger mer?”, inledde Tor efter att låten
fejdade ut.
”De tycker att de har backat på mycket. Exempelvis att låta
mig sköta skolan helt själv, men tycker du att det låter så
va?” Både Tor och Sigge skakade på huvudet.
”Kanske att de har backat på en del, men det är sånt som
föräldrar ska backa på. Jag har haft hand om mitt
barnbidrag, fått spela tevespel som inte varit för min ålder,
fått skippa cykelhjälm lite tidigare och de har ändrat
kvällstider från tramsiga klockan 22 till midnatt. Allt det här

har jag fått tjata mig till inklusive bilskjutsningar till och från gymmet 'stup i kvarten' som de kallar det för fast det bara är fyra gånger per vecka.
Okej, de har varit schyssta också och fixat gymkort och bankkort, betalar telefonabonnemang och busskort, hjälper till med moppekörkort och så, men det är sånt som föräldrar ska göra tycker jag".
"Du brukar väl få en skidvecka i fjällen också, och en vecka i Grekland va?", undrade Sigge. "Och konfirmationslägret!"
"Klart! Många av mina kompisar får både det och en utlandsresa på vintern, de har landställen också och deras föräldrar betalar både moppekort och moped plus att de har dubbelt så mycket fickpengar som jag. De får pengar hela tiden. Men mina föräldrar... särskilt mamma då, nej aldrig. Ändå har jag varit tydlig och sagt att får jag bara göra som jag vill så blir allting bra".
"Jag fattar precis. Men saker löser sig, man får nya perspektiv. Tänk över vad du kan göra först. Jag hjälper gärna till", sa Sigge.
"Det vill till det, för nu säger de att jag måste börja förtjäna deras stöd. Att deras motivation att vilja stötta, hjälpa och bidra till mer än det mest nödvändigt har sjunkit. Har du hört nåt dummare? Ska det vara så att vara barn? De tycker att jag behöver ta ansvar och agera mer moget".

Det blev tyst för ett ögonblick.
"Fast lite håller jag med. Jag kanske behöver ta lite mer ansvar när det gäller vissa saker. Men städa mitt rum? Varför då om jag får fråga, det är ju mitt rum och jag vill bestämma ordningen där. Och vad är kamikaze? Det säger mamma ofta när hon tittar in i mitt rum, men inget mer än just det".
"Det jag stör mig på allra mest är att de tror att de vet allt. Exempelvis påstår de att kreatin är ett farligt preparat som näringstillskott när man gymmar. Men är det inte min kropp, är det inte jag som bestämmer här?"

”Både och kan jag tycka. Klart att det är din kropp men
såna preparat är väl förbjudna för minderåriga?”
”Ja ja, men hör på den här då. Just nu håller de på att fäktas
med polisens information om läget i centrum. Enligt polisen
är centrum ingen plats där man ska hänga, dit går man för
att handla, sedan går man hem. Det är ganska precis så vi
inte vill ha det. Vi vill ha någonstans att vara”.
”Ungdomsgården är stängd va, visst är det så?”
”Japp, så var ska vi vara? Polisen har berättat för föräldrarna
nu att det är många gäng som samlas i centrum och att de
kommer från hela storstockholmsområdet. Det bidrar till
gängbildning, bråk, misshandel, rån, sexuellt våld plus
langning av alkohol och droger. Det har alla föräldrar gått
igång på nu. De tror inte att vi kan säga ifrån själva”.
”Det där hörde jag om”, sa Sigge. ”Att skolan får veckovisa
besök av polisen som själva tagit initiativet att hålla sig mer
synliga. Även fältassistenterna har väl besökt skolan och
berättat om sitt arbete. Det är nog rätt smart att både poliser
och fältare har skolornas fotokataloger så de har bra
överblick över vilka ungdomar det är som syns mycket...
och kanske lite väl mycket i centrum. Alla är inte så reko
och smarta som du Tor, det får du förstå”.
”En låt hinner vi med innan det är dags att runda av. Det
här med prioritering av tid, är faktiskt något man måste lära
sig och du ska se när du har tjej sedan, att då blir det ännu
viktigare. Just därför har jag valt den här låten till dig”, sa
Sigge och blinkade till Tor. Han satte igång låten *Fem fine
frøkner* med Gabriel. En av låtarna från tevesuccén 'Skam'.

”Sammanfattningsvis”, sa Sigge, ”vill du ha mer fritid och
mer pengar. Kunna ta egna beslut och bestämma mer. Har
jag fattat det hela rätt?”
”Yupp. De kallar det för att jag inte kan hålla en planering,
inte kan följa överenskommelser och tjatar hål i huvudet på
dem. Bara för att jag ringer ofta och frågar saker. Alltså, får
man säga såna saker till sitt barn? De tar beslut åt mig

annars kör jag allt ända in i kaklet säger de också. Även fast
jag förklarar att alla andra får saker, har saker och gör saker
så lyssnar de inte. Jag är så jäkla stelt hållen. Och så undrar
de varför jag aldrig tar hem kompisar eller själv vill vara
hemma på kvällarna? Alltså från vilken planet är de?”
”Ska säga som så, att jag känner igen mig som fan i dina
ord. Nu är jag ju ett par år äldre än du och kanske att
glappet mellan min vilja och min mammas vilja har börjat
växa igen. Det bara händer utan att man märker det.
Plötsligt upphör tjaten och bråken blir färre. Man börjar
liksom se på varandra med nya ögon. Vänta och se, jag tror
att jag kommer att få rätt. Men med detta måste vi avsluta
vårt avsnitt. Det allra första avsnittet som producerats som
en dialog och det var otroligt trevligt. Jag vill tacka dig Tor
så mycket för ditt mod att dela med dig av en frustration
som alla ungdomar säkert känner igen. Med tanke på att
världen ändå är din Tor, spelar vi nu Magnus Uggla med
låten *Världen är Din*. Tack för idag!”

”Bra låt det där och tack för podden. Det var sjukt kul
verkligen”, sa Tor när de var klara. Klockan hade blivit
mycket så han plockade snabbt ihop sina pinaler och
lämnade sedan Sigge åt sitt redigerande. Gymmet väntade.
”Vi ses i kväll!”
På sin väg därifrån kom Tor på att han kanske inte ville ha
avsnittet uppspelat under kvällen när alla lyssnade. Han
skulle komma ihåg att säga det till Sigge sen.

Sigge var verkligen glad för det arbete podden gav. Det var
kul att höra allas olika idéer för avsnitten. En del var så
personliga och andra intressanta eller lärorika. Klipparbete
och musikläggning påbörjades nu, en otroligt spännande
syssla. Det skulle bli kul att träffa de andra hemma hos
Tobbe och Pernilla i eftermiddag. Hans tanke var att spela
upp ett av avsnitten från podden då. Dessutom tänkte han
passa på nu när alla skulle ses att diskret fånga in den i

gänget som också skulle vara punkare på vårfesten. Åtminstone försöka. Han hade sett på inbjudan att förutom tre grannar som han inte kände, men åtminstone hade hälsat på i samband med julmarknaden, skulle Tobbe också vara punkare.

Klockan hade slagit sex och alla kom i tur och ordning. Rut, Twist, Sigge och Mini dök upp först. Strax senare kom Mac och Pia-Carin. När Siri klivit av sitt söndagspass på ICA, kom också hon på plats och i sällskap med henne kom Bengt. Det här var första gången på massor av år som Bengt besökte Pernilla och Tobbe. Åtskillig tid och tusentals händelser hade passerat sedan det sist hände. Inne i huset hade han inte varit på evigheter eftersom han de senaste gångerna stått utanför dörren och trampat runt. Alltid på väg, alltid med bilmotorn i gång, alltid med en ursäkt om allt han hade att göra.
Alla som kom fick först ett glas bubbel som de smuttade på medan de tittade i grekens pizzameny som Tobbe lagt fram. Greken hade järnkoll på Tobbes och Pernillas önskemål. De behöver bara säga "det vanliga" när de beställde och trots att det säkert bakats femtontusen pizzor sedan den senaste gången de var där, träffade han rätt varenda gång. För att undvika alltför mycket stress för deras käre pizzabagare skrev de nu upp allas önskemål så Tobbe hade ett bra underlag när han skulle beställa.

Så fort Tobbe och Pernilla hälsat alla välkomna sökte Tobbe upp Sigge och liksom motade honom lite diskret en bit bort från de andra.
"Pssst, du måste hjälpa mig med den här punkgrejen", sa Tobbe.
"Punkgrejen?" Sigge tittade konfunderat på Tobbe.
"Ja, vi ska ju vara punkare på festen. Alltså jag får panik. Det finns väl inget värre än att klä ut sig och så till något som man knappt vet vad det är. Vet du?"

Sigge låtsades som om han inte förstod ett dugg av vad Tobbe pratade om och njöt av att stressa upp honom ytterligare. Tobbe flackade med blicken och fortsatte sitt viskande vilket vid det här laget mest lät som jamningarna i ett kattslagsmål. Sigge avbröt honom med ett skratt och en lätt dunk i ryggen.

"Klart jag vet, jag skojade med dig lite. Jag tänkte prata med dig också ikväll. Punkare hör mer till din ungdom än min men vi fixar det här. Med mycket, jag menar *massor* av vax i håret så kommer det att stå upp i en tuppkam. Sen fixar vi svarta kläder, stora kängor och någon typ av bomberjacka. Det blir bra".

Sigge försökte låta övertygande men studerade samtidigt Tobbes skalle där knappt ett hårstrå satt. Hur skulle det vara möjligt att få det att stå upp? Vad värre var, så var det just självaste tuppkamshåret som saknades. Sigge försökte se framför sig hur den punkare såg ut som hade två tuppkammar, liksom en åt väster och en åt öster i stället.

"Man kanske kan vara skinnskalle i stället, det borde funka", sa Tobbe och strök sig över huvudet med ena handen.

"Kul att vi är lagkamrater i alla fall. Det skålar vi för".

"Hur går det med träningen då?", undrade Twist som fångat in Pernilla genom att klinga glasen ihop. Han visste att hon gjorde allt för att träna i någon form så frågan var inte på något sätt retfullt ställd, även om det lite grann lät så.

"Du, jag kör allt jobbigt man kan komma på varje kväll".

"Sit ups och höga knän eller?"

"Ja plus dips, core, abs, squats, kickbacks och biceps curl".

"Bara utrikiska? Räknar du one, two, three med? skrattade Twist.

"Typ. Det mesta behöver köras genom översättning och övertalning först. Utom plankan, där räcker det med enbart övertalning".

"Och allt detta gör du för att...?"

"För att inte säcka ihop, för att orka med seglingen och för
att så småningom matcha ett annat utrikiskt påhitt, nämligen
bikinin".
"Annars kan du göra som jag. Hoppa i japanskans one piece
och dra igen det svenska blixtlåset och ta en plats i vassen.
Rut har förresten investerat i en rockring. En vadderad med
vikt, jag tror den väger ett och ett halvt kilo", la Twist till.
"Ja, jag hörde det, en sån ska jag nog också köpa. Det låter
skitsmart. Använder hon den?"
"Jodå, framför teven flera kvällar i veckan. Hon kallar
träningen för Hula-Hoop-skam-den-som-ger-sig".
Twist och Pernilla skrattade åt namnet och lite åt Rut.

Pia-Carin och Tobbe hade hamnat tillsammans och Tobbe
frågade Pia-Carin hur det gick med hennes skrivande.
"Snart klar med den sjätte boken", svarade hon nöjt.
"Kul. Vad handlar den om då?"
"Det kan man verkligen undra. Allt och ingenting. Mest om
ingenting kanske".
Tobbe berättade att han läst något om det förra
presidentparet, Michelle och Barrack Obama. De hade blivit
ombedda att skriva en självbiografi och för det skulle de få
sextio miljoner dollar.
"Sextio miljoner?", utropade Pia-Carin högt.
"För besväret", la Tobbe till.
"Men gud. Det är ju närmare sexhundra miljoner kronor.
Det var inte dåligt, och bergis får de all hjälp de behöver
också".
"Eller hur? Men hur mycket har du fått in då? Börjar det
närma sig några miljoner?"
Pia-Carin harklade sig och sa att arvodet kanske blivit tolv,
trettonhundra vid det här laget men att nettoresultatet
kunde ses som rena förlusten. Det kostar ju att trycka också.
"I och för sig skriver jag inte för pengarna, utan för att det
roar mig. Jag ser det som ett engagerande tidsfördriv, lite
som ett handarbete", förklarade hon.

”Men då så”, svarade Tobbe och blinkade övertydligt mot henne.

”Då skulle det ha gett dig detsamma med sexhundra miljoner alltså. Liksom varken till eller från?”

”Fast jag är ju inte Obama, jag är ju bara P-C liksom”.

”Så klart. Men du, nu måste jag nog samla ihop det här med pizzorna lite. Vi kan väl prata mer senare?”

Pernilla och Siri ställde sig ihop i ett hörn av vardagsrummet. De mötte varandra med en ny sorts hälsning.

”Var hälsad store hövding”, sa Pernilla.

”Hej du gamla indian”, svarade Siri.

De skrattade först men sen övergick de till att viska till varandra.

”Vi som är i samma lag får ju prata med varandra”, sa Siri.

”Ja, när jag såg inbjudan och konstaterade att vi skulle vara i samma lag blev jag jättepeppad”, svarade Pernilla.

”Samma här! De är ju för roliga. Och så att göra allt så hemligt, det blir ju dubbelt så kul!”

”Undrar vad de andra kommer att vara? Eller tänk om det bara är vårt lag som kommer utklädda och de andra ser ut som vanligt?”

”Nej det tror jag verkligen inte. Alla som är bjudna kommer att ge järnet, det är jag säker på och det ska bli så himla kul”.

”Tänk att våra gamlingar håller i trådarna, de får en ju att längta till pensionen”, skojade Siri.

”Visst, så är det faktiskt. Jag gillar att pappa är med också måste jag säga, det finns hopp även om honom. Framför allt blir det mer spännande så. Man vet inte var det hela slutar. Men nu ska vi nog se till att hämta våra pizzor. Jag lämnar dig en stund”, sa Pernilla och sökte efter Tobbe med blicken.

Rut rörde sig runt och betraktade alla som pratade med varandra. Eftersom ingen av dem var på plats ikväll som

skulle ingå i hennes lag på vårfesten tänkte hon roa sig med
att lista ut vilka av de andra som troligtvis hörde ihop. I
hennes lag ingick Fia och Malte och de skulle hon nog
behöva ha skype-kontakt med för att kunna planera. Rut
hade bestämt sig för att vara spion här och ta hjälp av
lösryckta ord och gester för att få ihop det.
Hon visste att Twist skulle vara påskkärring. Han hade ju
försagt sig och eftersom han och Pernilla stod ihop i ett
engagerande samtal, var hon säkert också påskkärring. Å
andra sidan verkade hon och Siri ha ett kul samtal också.
Och Pia-Carin och Tobbe, vad skulle de vara tro? Äh, det
hela blev för svårt. Hon fick helt enkelt vänta och se. Det
var snart bara en månad kvar. Tor gled omkring lite för sig
själv så hon beslutade sig för att fånga upp honom i stället.
Precis i samma stund som hon lämnade den ansträngande
övningen med att lista ut saker och ting, kom hon på det.
Ordet AIM som stod skrivet på tomtens skylt, betyder
visserligen syfte men skrivet i versaler tolkade hon det mer
som en förkortning. Meningen med festen är att alla ska
vara utklädda. Maskerade. Så… Alla I Mask. Så klart! Det är
vårfestens namn. Det här var något hon inte tänkte prata
högt om.

”Har alla skrivit upp sina pizzaval?” hördes det plötsligt från
Tobbe genom sorlet i rummet.
Det hade alla, och medan Tobbe åkte efter pizzor dukade
de andra bordet. Inom loppet av en och en halv timme var
pizzorna hämtade och uppätna och dukningen var utbytt till
kaffemuggar och efterrättsfat. Sigge reste sig och hämtade
datorn från hallen. Han ställde upp den på ett bord och
jackade i nätsladden.
”Vi har en pod som jag gärna skulle vilja dela med mig av
till fikat”. sa Sigge. Mini nickade medhållande.
”Och vi har fått lov av Tobbe och Pernilla så klart”,
fortsatte han.

Tor fick panik. Han hade inte kommit ihåg att stoppa Sigge och det här var de inte överens om. Att spela upp hans avsnitt nu? Aldrig i livet att han ville sitta här och lyssna på sin egen röst och se allas reaktioner. Nej, det hade han inte tänkt sig. Han kände hur han rodnade, öronen kändes kokheta men det var liksom helt omöjligt att stoppa det som pågick. Nu var det bara att ta tjuren vid hornen, alla andra alternativ var uteslutna.
"Japp, avsnittet är helt nyredigerat och musiken är pålagd. Samtidigt vill vi tacka er för fina bidrag så här långt och hoppas att ni vill fortsätta podda med oss. Det går bra att göra mer än ett avsnitt", fyllde Mini på.
"Är ni beredda då?"

En låt tonade upp som Tor mycket väl kände igen men inte som något han valt att påbörjat sitt avsnitt med. Det var *Seven Years* av Lukas Graham. Vad var nu detta? När musiken försvann, tog rösten vid. Inte heller den kände han igen, det var inte hans. Det var Ruts.

"Hopiindianerna. Nordamerikas äldsta, fasta befolkning lever i Arizonas mest torra och karga öken", så började avsnittet. Tor och de andra satte sig tillrätta för att lyssna vidare.

"Hopiindianerna har bevarat sina uråldriga traditioner och har motsatt sig de vitas livsstil exempelvis med vattenledningar och elektricitet. I den hopplösa jord som omger dem odlar de majs i fyra färger, symboliska med färgerna på jordens alla människor. Vit, röd, svart och gul". Här tog Rut en alldeles lagom kort paus innan hon fortsatte. "Tio miljoner indianer var redan på plats sedan tusentals år tillbaka när Columbus upptäckte Amerika. Hela indiansamhällen utplånades och ingenting ansågs vara heligt under massakern. Trots alla rättsliga och moraliska övergrepp från de vita överlevde en tradition av visdom och

insikt vidare i indianstammarna. Frågan är hur det kom sig att indianerna överlevde med tanke på allt det som de fått kämpa emot? Svaret på det är enligt Oren R Lyons, hövding i Onondagastammen, att de har haft bra ledare".
En paus var inlagd och en låt spelades. *För kärlekens skull* med Danny Saucedo och under tiden satt alla som absorberade av det de nyss hört eller möjligen försjunkna i en kombination av det de nyss hört och en tung pizzakoma. Pernilla serverade kaffe medan musiken spelade och snart fortsatte Ruts röst att berätta för dem om indianerna och deras ledarfilosofi.

Oren menar att det alltid funnits naturliga ledare men också att de inte uppstår ur tomma intet. De måste formas, och man ska utgå från barnen. Genom att observera vilket av barnen som uppvisar ledaregenskaper i lekar finner man det barn som sedan vägleds. Det handlar om att se till att hon eller han förstår sitt ansvar, inte bara för sig själv och andra här och nu utan även för kommande generationer, menar Oren. Det viktigaste är att världens ledare har visioner och medkänsla samt att ledarnas värderingar ändras från maktutövning till ansvarstagande. En ledare är nödvändigtvis inte den som är starkast, utan den som är visast. Alla barn föds med sunt förnuft, det gäller sedan att förvalta detta och lära sig att ta ställning till allt som sägs och görs. Det är inte förenligt med sunt förnuft att följa någon utan att kunna motivera varför man gör det. Var och en ska vara sin egen ledare och lära sig tänka själv.
Efter dessa ord hade Rut valt *Don't Stop Believin'* med Journey som nu spelades. Kaffe fylldes på och det utbyttes några ord om det de nyss hört innan Ruts pod fortsatte.

"Jag ville med mitt avsnitt på podden lyfta några tankar sprungna ur en kultur som knappt överlevt men som det ändå finns ett frö kvar av. Jag vet inte om vi någonsin kommer att förstå det liv vi lever. I en värld där vi trycker

undan minoriteter, där vuxna karlar gifter sig med
åttaåringar och där bebisar används i prostitution. Där
människor behöver tigga sig till dagens matranson. I en
värld där småpojkar dansar för sina ägare, där hundar flås
levande och där människor torteras och lever som slavar.
Där behövs det bra ledare som förespråkar allas lika värde.
Där behövs en Oren, men mest troligt inte en Trump".
Rut tog en paus i sitt berättande och var det någon gång en
paus behövts för att understryka det som just sagts, så var
det här.

"Vi människor blir mer och mer individualister och i den
välfärden vi nu lever går detta bra. Vi kanske tror att vi inte
har behov av vår flock på samma sätt längre, utan att vi kan
klara oss själva. Visst kan det vara klokt att köra sitt race
och inte mäta sig med andra, att lära känna sin egen
kompetens oberoende av andra. Det finns mycket att lära
sig på egen hand. Våga vara med sig själv, umgås med sig
själv, stå ut med sin inre röst och tro på sin känsla. Det
kanske aldrig har varit viktigare att lära känna sig själv än nu.
Att göra rätt val, ta rätt beslut och förstå sin sanna
utvecklingsnivå. Att vara ett med tålamodet. Men vi får
aldrig glömma hur mycket vi behöver varandra. Vi kommer
att behöva uppleva fiasko och välkomna det negativa som
händer. Med stöd av andra kan vi tro att det motiga
vänder". Rut gjorde en kort paus och det blev tyst igen.

"Det finns alltid ett kugghjul att passa in i och då behöver
du göra det med din fulla potential. Det bästa du kan, så
skickligt du kan. Se bara till att ha omsorger för att utfallet
av din lycka inte överglänser utfallet av andras lidande. Då
blir det som bäst. För alla. Det största du kommer att lära
dig är att älska och att bli älskad".
Rut avslutade sitt avsnitt medan *Kärleksvisan* med Sarah
Dawn Finer tonade upp i bakgrunden.

Därefter blev det först alldeles tyst men plötsligt började ett trampande i golvet, som snart förvandlades till ett stampande vilket bara blev högre och högre. Händer klappade i takt och Rut tittade upp. Alla såg så glada ut. Det var Twist som hade dragit igång raketen. Det vankades ju paj och vaniljsås.

Varje månad sedan hösten 2010 har jag samlat ihop och skrivit ner diverse händelser i vardagen. Det finns så mycket inspiration i vardagen i såväl människor som händelser men också i det som sägs och skrivs.

Det kan också handla om fantasier som bara finns i mitt eget huvud. Där pågår det ofta en pjäs; fullt utrustad med kulisser, scener, dialoger, pratbubblor och rekvisita, som följer parallellt med mitt till synes vanliga liv. Detta dubbelliv har legat till grund för manuset men har också fyllts på av en ständig ström av idéer. Mycket av det som händer runt mig, hamnar i små fack som jag sedan plockar friskt ur.

Händelserna kan ha utspelat sig för länge sedan eller alldeles nyss, men det kan också vara sådant som aldrig någonsin hänt. Varje dag är en källa till inspiration och innehållet i boken är egentligen en enda stor hyllning till vardagen. Utan den, inget liv.

Alla likheter mellan verkligheten och bokens händelser, karaktärer och platser är rena tillfälligheter. Det här är en saga med mer eller mindre drag av verklighet, men som till största delen är en produkt av skribentens stolliga fantasier. P-C Wike är en pseudonym, lika sann och påhittad som innehållet och upplevelserna i boken.

Ett stort tack till:

Er som peppat mig att skriva. Tusen tack till mina nära och kära, både familj och vänner.
Anita som hjälpt till att kommentera och förbättra tankar och ordalydelser i detta ex innan publiceringen.
Manne som läst igenom alla tidigare ex och gett värdefull pepp och bra tips innan publiceringen.
Ruts vänner, gruppen som startades för er som bett att få läsa. För er som varit med på resan eller på annat sätt varit orsaken till mitt skrivande. Ni har också varit nyfikna nog att beställa böckerna, vilket gjort mig oerhört glad såklart.
Den moderna tekniken! Justeringar, flytt av textstycken, rättningar, strykningar och tillägg har kunnat göras utan Tippex och raderband. Givetvis otroligt tidsbesparande.
Intrycken i Konststian under professionellt och tryggt ledarskap.
Anita och Robert Maurer för värdefulla tips i Österrike.
Google, Wikipedia och synonymlexikon, där allt finns att ta reda på. Möjligheten har där funnits till att slå upp ord och uttryck, leta fakta bland annat kring personer, detaljer, syndrom, processer, regler och mycket mer.
Människor och händelser knutna till mina arbetsplatser och utbildningar, som utgjort grunden till mycket av allt spännande i vardagen.
Alla kända och okända skribenter och föreläsare som i mängder av artiklar, krönikor, insändare, tal och notiser beskrivit händelser och fenomen. Med innehåll som varit så spektakulärt och intressant att det tålt att berättas en gång till fast på nytt sätt. Exempelvis ur Ruts och Pernillas perspektiv.
Dagspress och lokaltidningar, som återgivit på lättläst vis vad olika studier resulterat i. Som också publicerat artiklar om dråpliga händelser om sådant man inte trodde kunde hända.
Tålamodet och uthålligheten.

… och annat som ständigt påminner mig om hur mycket nytt som finns att lära om livet, om ting och om företeelser. Som får mig att upptäckta sånt som inte är uppenbart. Exempelvis konsten att lära känna sig själv.

Sist men inte minst: Utan Books on Demand, det vill säga plattformen för oberoende bokutgivning, hade det inte blivit bokformat av manuset.

Det blev en hel del Waller följt av Fiffel, Mingel, Killer och Taffel. Nu även denna. Bok sex, Podder.